講談社文庫

奇科学島の記憶

捕まえたもん勝ち！

加藤元浩

講談社

目次

Contents

登場人物紹介

Character

七夕《たなばた》菊乃《きくの》　主人公　愛称はキック

三田村《みたむら》知佳《ちか》　菊乃の幼馴染　「ブルースカイG」元メンバー

峰山《みねやま》涼《りょう》　「ブルースカイG」元メンバー

〈警視庁刑事部捜査第一課第三強行犯捜査――殺人犯捜査第五係〉

大曽根《おおそね》　係長　第五係のトップ

伏見《ふしみ》　主任　菊乃の師匠

東山《ひがしやま》　巡査部長　柔道の達人

深海《しんかい》安公《やすきみ》　警部　警視庁捜査支援分析センターの捜査官
あだ名は「アンコウ」

海龍路《かいりゅうじ》重蔵　海龍路家前当主

海龍路貢《みつぐ》　海龍路家長男　喜角島《きかくじま》、
通称・奇科学島《きかがくじま》で町長を務める

海龍路慎二《しんじ》　海龍路家次男　山王《さんのう》マテリアル株式会社
研究者

海龍路秀美《ひでみ》　海龍路家長女　灯台の管理者

烏森《からすもり》来瞳《くるみ》　海龍路家次女　風神港《ふうじんこう》の責任者

海龍路正吾《しょうご》　海龍路家三男　海龍路家の会計担当

矢場《やば》　奇科学島の巡査

白壁《しらかべ》杜夫《もりお》　故人　医師・科学者
奇科学島の呼称の由来となる

喜角島（俗稱・奇科學島）島內圖

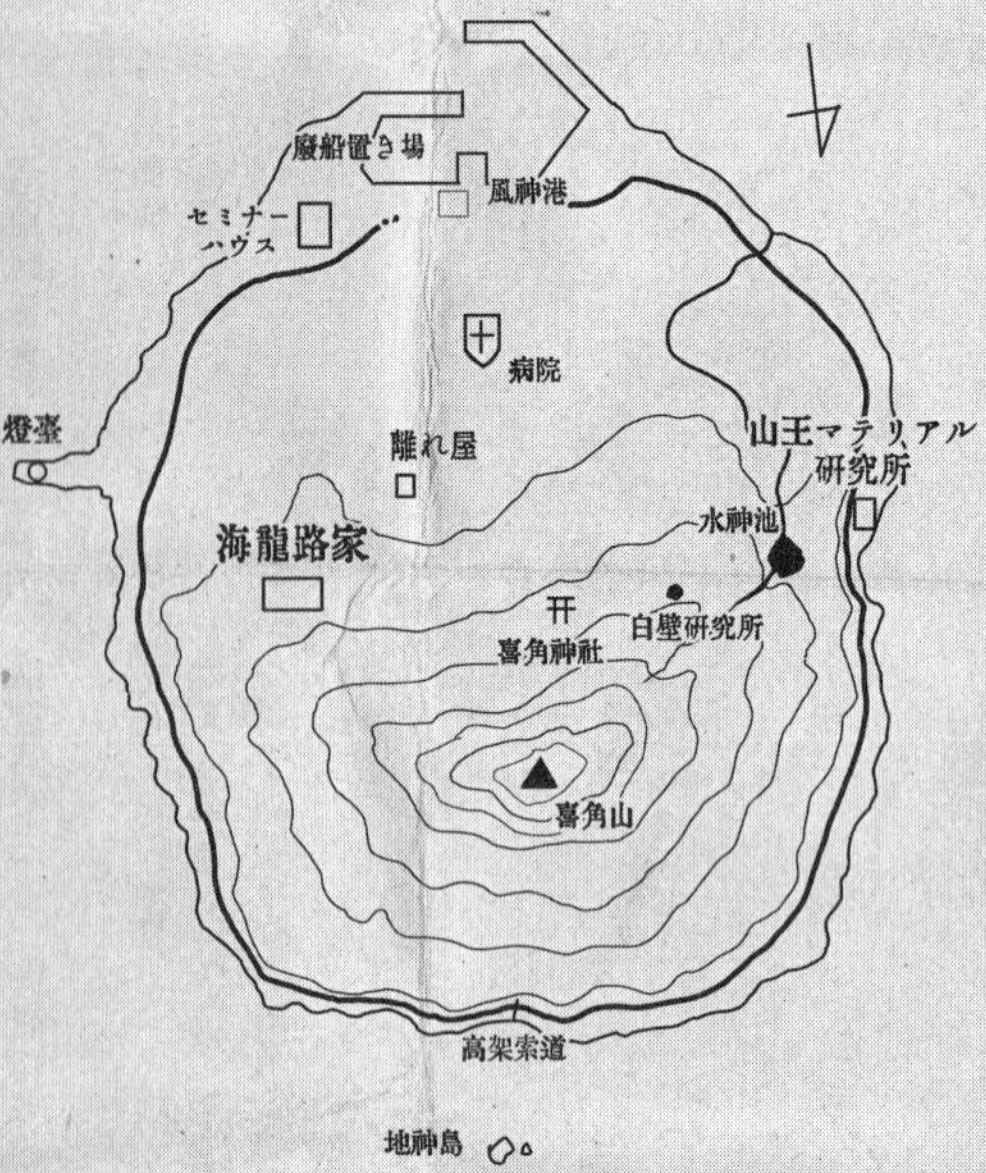

海龍路家本家　見取り圖

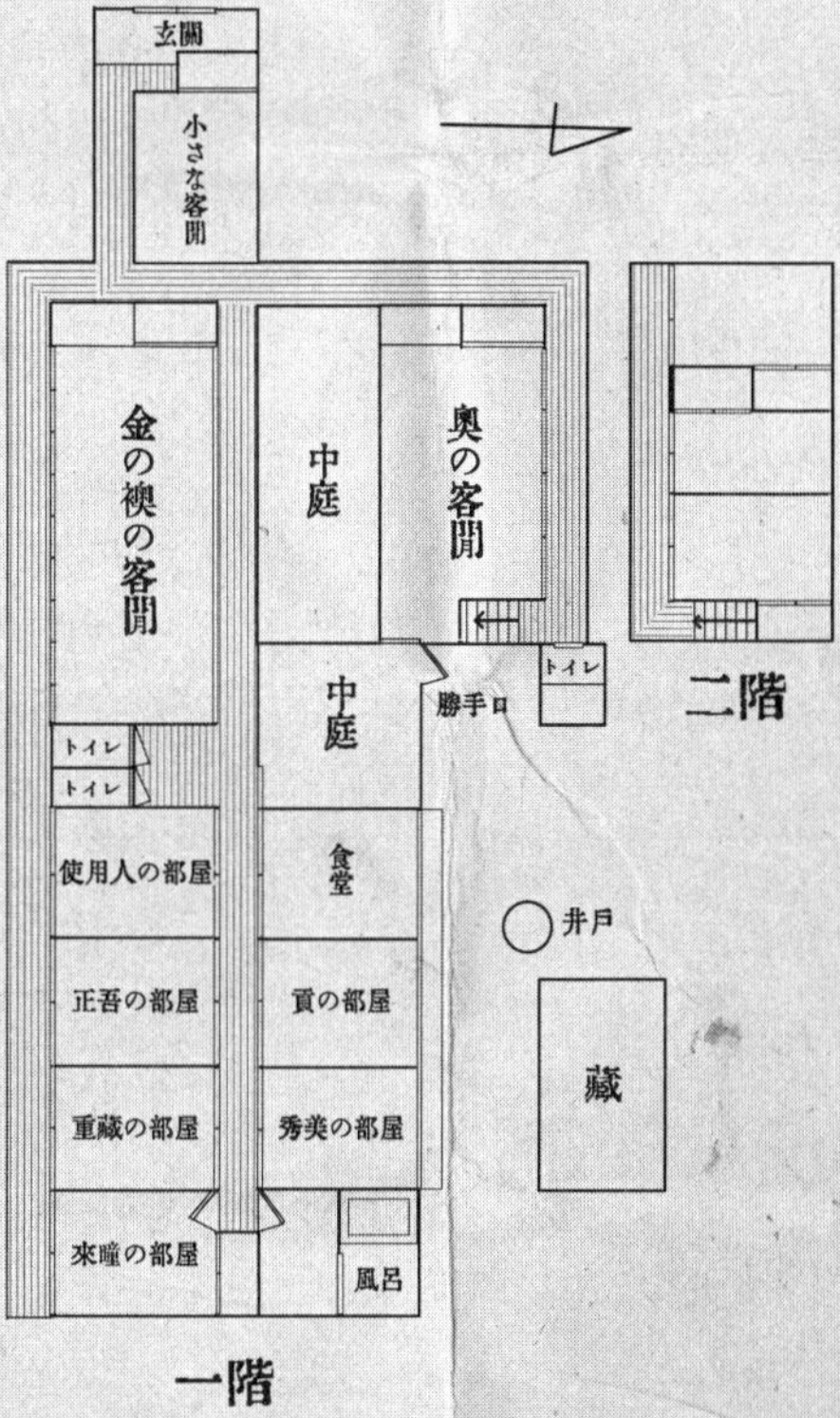
玄關
小さな客間
金の襖の客間
中庭
奥の客間
中庭
トイレ
トイレ
トイレ
勝手口
使用人の部屋
食堂
井戸
正吾の部屋
貢の部屋
藏
重藏の部屋
秀美の部屋
來瞳の部屋
風呂
一階
二階

奇科学島の記憶

捕まえたもん勝ち！

序章　白壁《しらかべ》杜夫《もりお》

若い連中が持ち込んだ飯櫃《めしびつ》の中を、海龍路六右衛門《かいりゅうじろくえもん》は見る気になれなかった。頭痛がするほど、いやな予感がしたからだ。

使い古した飯櫃で、カビでどす黒く変色している。

外から聞こえる祭り囃子《ばやし》に気を取られているふりをし続けたが、どうにも誤魔化せなくなってきた。

彼は嘆息し、先を促《うなが》した。

「もういい、話を聞かせてくれ」

「へえ、中を確認しないんで？」

「いらん。それより事の次第を説明しろ。隠し立てするなよ。少しでも騙《だま》そうとしたら、腕をへし折るからな」

身長六尺はあろう六右衛門が、丸太のような腕を見せつけた。

若い衆は目をそらし、祭り半纏《はんてん》を着た背中を丸める。

戦争が終わって十年余りだ。

本土の復興はめざましいものがあると聞く。東京には国際空港ができ、道路には自動車が増え、テレビ放送とやらが全国に広がっているというのだ。

うらやましがっていた六右衛門の住む島にも、ようやくその恩恵が届き始めた。連絡船が来るようになり、家電製品が広まり、島の生活が変わり始めたのだ。

なにより医者が来てくれたのは嬉《うれ》しかった。明るい未来が待っているはずだった。

ところが、この事件である。

当事者七名が海龍路家の客間に集まり、事の次第を説明しに来たというわけだ。

「でもね、お庄屋《しょうや》さん。オレが見る限り白壁杜夫って医者は、どこか怪しかったんですよ。自分の診療所にこもって、不老不死の薬を作ろうなんてバカげたことを繰り返しているって言うじゃありませんか。実際、猫をひっ捕まえちゃ殺してたって噂《うわさ》でしたよ」

「源三郎《げんざぶろう》。噂じゃなく、実際に見たのか？」

「いいえ。でも、火のないところに煙は立たないって言いますし……」

六右衛門は、あきれて首を振った。

「もういい。それでお前たちは、白壁先生のところに行ったんだな?」

「へえ。だって、自分のところの子供をあんなふうにおかしくされたんじゃ、黙っちゃいられませんよ。吉松《よしまつ》や魚次《うおじ》のところも同じだって言うじゃありませんか。きっとあの医者がよこした薬のせいです。あれを飲んでから熱が出て苦しみ出したんですから。毒を盛られたに違いないんです。あの外道はきっと、島の人間を皆殺しにする気だったんですよ。だから仲間と一緒に、山の中にある白壁診療所に押しかけました。もちろん最初は、奴《やつ》の言い分を聞くつもりだったんですよ。でも案の定と言いますか、いるのはカカアと赤ん坊だけ。奴は逃げていたんです。こりゃもう、後ろ暗いところがあるに違いありません。だから足跡を追って、お山の上まで行きました。ところがどういうわけか、今日に限ってガスがひどいんです。火口から噴《ふ》き出す白い煙で、野郎の姿がてんで見えないんです。三尺先もおぼつかない有様《ありさま》でしてね。いえ、逃がしゃしませんよ。そこはオレたちも慣れたもんで、動きを止めて耳を澄ましたんです。山頂は溶岩がゴロゴロしてますからね。ちょいと動いただけでガサガサ音がします。我慢しきれなくなって動き出したところを見つけましたよ。あの野郎、ニワトリみてえに逃げ回りましてね。最後は石を拾って投げつけたら、まんまと頭に命中しました」

これ以上は聞きたくない。だが、耳を塞《ふさ》げば庄屋としての沽券《こけん》に関《かか》わる。

「後は、どうした？」

「はい、殺しました」

源三郎の無頓着《むとんちゃく》ぶりに、六右衛門は目を閉じた。

なにか恐ろしいものの影を踏んだ気がする。

父から仕事を受け継いで島のすべてを取り仕切ってきて以来、なにやら運命のようなものを感じてきた。摂理に逆《さか》らえば、回り回って災《わざわ》いとなって戻ってくるような。

なのにこの連中は、大恩ある医師を殺してしまったというのだ。

「あの野郎、殺される前にこんなことを言っていました。『答えがわかった。薬の秘密は、この島にあるんだ』と。往生際が悪いじゃないですか。最後まで自分の罪を認めないなんて。あいつは子供たちに毒を盛ったんですよ。あんまり頭にきたんで、やってやりました」

源三郎は、抱《かか》えてきた飯櫃を掲げた。

六右衛門は、あれの中身が想像できていた。

「そうか……」

白壁先生がわざと、毒を盛ったということはあるまい。だが、見立て違いはあったのかもしれん。だから先生の薬を飲んで、体を壊したものが出たのだろう。

始末をつけないと。

白壁先生には妻がいる。あの美しい烏森露子《からすもりつゆこ》だ。

島で巫女《みこ》を務《つと》めてきた美しい女。貝のような白い肌で、なにより人を惹《ひ》きつけるのは、あの碧《あお》い眼《め》だ。彼女の祖先は海の向こうからやってきたと言われている。それ故《ゆえ》、恐れられ敬《うやま》われてきた。

私も露子が怖い。

どうやって、なだめようか。

今回の件は夫の治療ミスが原因で起きたことだ。生活の保障をしてやるからと因果《いんが》を含め、穏便に片をつけるしかない。しかし彼女は賢いし、他の大勢の島民がこの騒ぎを知っている。いずれは真相が漏れるだろう。警察だってやってくるに違いない。

ここにいる実行犯の中で数名を選び、罪を背負わせて逃がしてしまうのはどうだろうか。そんな算段を立てていると、玄関から声が聞こえてきた。

「お庄屋さん、大変です」

若い衆が三名、駆け込んできた。

今回の件がもう伝わったのだろう。六右衛門は歯《は》嚙《が》みした。

だが、予想は外れた。

「病人が、みんな治りました。白壁先生が飲ませてくれた薬で、みんなきれいに治ったんです。奇跡ですよ」

「熱を出していた連中もケロリとしちまって。信じられません。あの先生は神様ですよ」

海龍路家の客間が凍《こお》った。

「それでお礼を言いに診療所に行ったんです。ところが島の若い連中が追いかけていったと言って、奥さんが泣きじゃくるばかりで……。なにがあったか、わかりゃしません」

六右衛門の背後から、ガタリと音がした。

見ると、源三郎が飯櫃を落とし、中のものが転がり畳に赤い筋を引いた。白壁杜夫の首だ。

その場にいたものは飛び上がり、這《は》いつくばり、逃げ惑う。

「あああ」

「なんてことを」

命を奪われたその目が、六右衛門を睨《にら》んでいる気がして、膝《ひざ》から落ちた。

「呪《のろ》われる。きっと、この島は呪われる」

第一章　奇科学島《きかがくじま》

1

七月二日。

晴れた海を見ていると陽気になれる。

こんないいものを無料で開放している地球は、じつに良《い》い奴だ。

私は船に揺られ、碧い海を見ていた。

「休みが取れて、本当に良かった……」

隣に座っていた親友の三田村知佳《みたむらちか》ちゃんがこれを聞くと、くるりと振り向き、優しく肩を叩《たた》いた。

「菊《きく》ちゃん。無理しなくていいから」

もう一人の親友である峰山涼《みねやまりょう》ちゃんも、後に続いた。

「本当は、ハラワタが溶岩のように煮えくりかえっているんだよね？」

二人は高校以来の友人だ。一緒にアイドル活動をし、歌い、踊り、舞台を盛り上げた仲間である。だから隠しごとなんかできない。

そうとも。私はこの休暇を取らされたことに、メチャメチャ腹を立てている。

もし頑丈な棒と支点が与えられたなら、仕事先である警視庁をひっくり返してみせただろう。

事件は二週間ほど前に起きた。


私は七夕菊乃《たなばたきくの》、二十四歳。

大学を卒業して警察官僚となり紆余曲折《うよきょくせつ》を繰り返して、警視庁捜査一課の警部として働いている。

この一年で二件の大事件が発生し、先輩たちの厳しい指導の下に、無事に解決することができた。もしこの顚末《てんまつ》をお知りになりたい方は、別の巻をご覧いただきたい。

なにはともあれ、無事これ名馬であります。

しかし事件解決が、私が住む官僚の世界においては、別の意味を持つことがある。

つまり、事件を派手に解決すると、出世競争の前に出てしまうということだ。

捜査一課五係を束《たば》ねる、リーダーの伏見《ふしみ》主任はそれを心配してくれた。

「警察庁の上層部が、キックを本気で警戒し始めているようだ……。特に古見《ふるみ》参事官はキックを目の敵にしてる。なりふり構わず引きずり落とそうとしてくるだろう」

「警察官として職務を全うしただけです」

伏見主任は叩き上げのベテラン刑事で、そのがっしりとした体とアゴの傷は凶悪犯人逮捕で作られた。

お寺の門に立っている仁王《におう》様に命を吹き込んで角刈りにして、背広を着せると、こんなふうになる。

そして、警察の表も裏も、よく知っているのだ。

「甘く考えないほうがいいぞ。官僚は出世がすべてだからな」

私は大学を卒業すると警察庁に就職。そして警視庁捜査一課に出向する形で採用された。このときの上層部は「元アイドルだった女性警官を広告塔として使おう」ぐらいの判断だったらしい。役目が終われば、ハイ終わりということだ。

それにキレた私は、見返してやるつもりで必死に捜査し、驚天動地の事件解決に関われたわけだ。

楽なことなんかなかったし、死ぬような想《おも》いもしてる。

この話に東山《ひがしやま》刑事が加わってきた。

「七夕警部は新人なのに、いきなり大きな事件を二つも解決したら出世競争の先頭に立っちゃいますよ。金魚だと思って水槽に入れたら、サメになった気分でしょうからね。特に古見参事官は前回、煮え湯を飲まされていますから。今度こそ、なにがなんでも潰《つぶ》しに来るでしょうね」

東山刑事は捜査一課の頼れる先輩で、警視庁イチの柔道の使い手である。百七十センチ百キロ超の豪快な雰囲気とは裏腹に、優しい顔で、キメの細かい捜査を信条としている。

「でも、こちらは与えられた仕事をしているだけです」

「でも努力を、抜け駆けと取る人たちもいます」

伏見主任がうなずく。

「あの古見参事官のほかにも、霞《かすみ》が関《せき》のほうでカリカリしているのがいるのは間違いない。連中の警戒心を煽《あお》りすぎると、束になってかかってくる。組織の力学を無視するより、刺激しないことも覚えないと」

「そうそう。下手をすれば、捜査の妨害をしてくるし、マスコミに嘘《うそ》を流すなんてこともやってきますよ。それをネタに左遷されたりとか。ライバルを追い落とすために、手段を選ばない人間は本当にいるんです」

「じゃあ、どうすればいいんです？」

「休暇を取れ」

「は？」

「事件を解決したばかりで、しばらく五係に仕事は回ってこない。だからいいチャンスだ。休暇を取って霞が関に顔を出すな。カッカしてる上の連中の頭が冷えるのを待つんだ」

「でも」

「刀を鞘《さや》に戻すことを覚えろ！」


と、いうわけで、長期休暇を取り、碧い海を眺《なが》めているわけだ。

私は皆に迷惑をかけないように、必死で食らいついていただけなのだ。今度は、それが目立ちすぎるから休めという。

近日、どこかのＩＴ企業で「場の空気を計るアプリ」でも開発しないものだろうか。職場で自分が浮き始めると、猫が涙目になって教えてくれるデザインなら最高だ。

旅行に出かけるにあたり、親友の知佳ちゃんと涼ちゃんを誘ったら、二つ返事でついてきてくれた。

「まぁ、しばらく気ままに過ごせばいいんだよ」

涼ちゃんは優しく言ってくれた。

休暇先は八丈島《はちじょうじま》となった。

「東京から近い南の島で、海と山と温泉が楽しめて、おいしい魚が食べられるとこがいい！」などと、無茶苦茶なことを言ったら「それ、八丈島かも」と、知佳ちゃんが教えてくれたのだ。以前グラビア撮影で来たのだとか。

そして今日は海釣りをしに、船で繰り出したというわけだ。

ところが、一番ストレスを解消しなきゃいけないはずの私は一匹も釣り上げていない。クーラーボックスの中にあるメダイやムロアジなどの獲物の山は、ほかのメンバーによって築かれているのだ。

「あはは、キック。お前、金払って魚の食堂を開きに来たのかよ。さっきからエサを取られてばっかりじゃねぇか！」

「わかっていますよ。少し黙っていてください」

右隣で爆笑している無礼極まりない男の名前は深海安公《しんかいやすきみ》。

現在、警視庁内の捜査支援分析センターに所属し、捜査が行き詰まると助けに来てくれる、情報分析のエキスパートだ。

いや。彼の場合、その分析力は異常なレベルといっていい。深海警部は関わる事件がどれほど深い謎《なぞ》に包まれていようと、たちどころに霧を晴らしてくれる。

まるで魔法使いだ。

昔はアメリカの連邦捜査局（ＦＢＩ）に所属し、犯罪捜査の講師をしていた男で、その能力を警視庁が認めて引き抜いてきたほどの実力の持ち主だ。

どんな真実も見抜く「ウアジェトの目」を持っているといわれ、彼が関わればたちどころに捜査は進展し、犯人は逮捕された。

犯罪捜査の天才である。

だが、どんな便利な道具にも欠点はある。釘《くぎ》を打ちつける便利なトンカチも、頭に落ちればタンコブを作り、水を入れられる便利なコップも頭に落ちてくればタンコブを作る。

この陽気な高性能犯人捜査マシンは、途方もないお調子者で、しかも気軽にイヤミを吐《は》くのだ。

その姿が海の底からあぶくをはぜるように見えることから、捜査員からは「アンコウ」と呼ばれ、恐れられている。

「いっそ、海の底で魚向けの食堂でも始めろよ」

「釣れなくても、海を見てるだけで楽しいんです。そもそも深海警部がなぜ、私の休暇に割り込んでくるんですか！」

「釣りに行くと聞いちゃ黙ってられない。温泉に入った後、ビールを飲みながら釣りたての刺身を食う気だろ。自分一人でそんな良い思いをする気か？　世間に恥ずかしいと思わないのか！」

思わない。

「仕事場に、あんな格好いい人がいたんだね。菊ちゃんなんにも言わないから知らなかったよ」

知佳ちゃんが妙に楽しそうに、ヒソヒソ話しかけてきた。

そうなのだ、アンコウは普通にしていればルックスは良い。頭は小さく、肩のラインはきれいだ。そして鷹《たか》のような鋭い目をしている。

だが実際には、焼き肉での黒焦《くろこ》げタマネギのように、周りから避けられている。

なぜなら日常のファッションセンスが破滅的なのだ。

せっかくのサラサラの髪をポマードで固めたり、蛍光ピンクのスーツを着たり、縁日で買ったようなメガネをかけたり、金魚の柄のネクタイを締めたり。とにかく現在の人知では解明できない姿で、警視庁の中をうろついているのだ。

「いいですか。船に乗りたければ、普通の服と髪型で来てください」

この脅しがきいたのか、今日は白のジーパンとライトブルーのパーカーに収まっている。ただ、足下にチラチラ見える、ピンクとモスグリーンの縞《しま》の靴下が気になって仕方がない。

さて、私の釣果《ちょうか》はゼロ。知佳ちゃんと涼ちゃんが二匹ずつで、アンコウはさすがの七匹だが、それを上回った参加者がいた。

東山刑事の八匹である。

そう。なぜか彼も、この釣りに参加しているのだ。

「深海警部も遊びに行くんですか？　いいな！」と、言いながら、意外なことに休暇を取ってきた。

さらに驚くことに、涼ちゃんが彼と楽しそうに話しているのである。

「それ、エサが取られています」

「本当？」

「さっきアタリを見逃したんで、そのとき取られたと思います」

「ところで菊ちゃんは、そんなに上から目をつけられているの？」

「優秀すぎるんです。それに若い女の子だから、敵愾心《てきがいしん》を燃やす人もいて」

「菊ちゃんは自分の能力とかに無頓着だからな。昔から美人の自覚とか全くないし。そこがいいんだけどね。東山さんは、後輩が優秀なのは気にならないの？」

「ありがたいですよ。優秀なナビゲーターがいてくれれば、捜査で無駄な動きをしなくてすみますからね。上司の伏見主任も言ってますよ。『あいつが来てから、楽ができる』って」

「いい職場に入ったんだね」

すっかり意気投合している。考えてみれば東山刑事と涼ちゃんは、真面目《まじめ》という共通点があるわけだ。

「この後バーベキューで、釣った魚もさばいて刺身にしてくれるんだよね。大勢が集まったから、ワイワイして楽しいね」

知佳ちゃんは本当に嬉しそうだ。

でも、主催者の私が釣れないのは、格好悪いにもほどがある。

「どうか一匹、大物を与えてください！」

ふざけて願《がん》をかける。

すると、なぜかアンコウが黙り込んだ。そして、何度か首をかしげ、スッと立ち上がると水平線を指さした。

「なんだ、あれ？」

言われて、皆が海を見つめる。遥《はる》か水平線に、灰色の点が見える。

「船？」

小さなボートのようだ。だが人影が見えない。それになんだか、様子がおかしい。

「全員、仕掛けを巻き上げろ。船長さん、近づいてもらえますか？」

アンコウの言葉に、船長さんが即座に舵《かじ》を切って応《こた》えた。どうやら彼も異変を感じているようだ。

いやな予感がする。


長さ五メートルほどの木造船だった。

変わった形をした帆船で中央に帆柱が立ち、白い布が風を孕《はら》んでいる。

船長が目を細めて唸《うな》る。

「おかしな船だな……。というか、島にあんな船はない。なんだありゃ？」

「時代劇で見たことあるような……」

知佳ちゃんが言った。

「ああ、本当だ！」

言われてみればテレビの時代劇で、こんな船が川に浮かんでいた気がする。

「高瀬舟《たかせぶね》だよ。なんの冗談だ？」

アンコウが教えてくれた。

「高瀬舟？」

「江戸時代に作られた小型の木造船で、川や内海を移動するのに使われたものだ。なんでこんなところに流されているんだ？」

騒いでいる間に、高瀬舟が百メートルほどに近づいてきた。やはり、誰も乗っておらず、潮と風に任せてこちらに向かってくる。

そのとき私は気づいた。

「帆柱の根元、赤くない？」

「ああ……」

アンコウが鷹のような眼で睨んだ。そして不意に難しい顔をして、知佳ちゃんと涼ちゃんに振り返る。

「二人は船室に入っててくれないか。東山、彼女たちを見ててくれ」

「わかりました」

アンコウのただならぬ様子に、東山刑事は素早く従った。

さらに船が近づき、灰色に変色した船板に赤黒くにじんだものがハッキリ見えてきた。

「キック。変な大物を釣り上げるなよ……。船長、あの高瀬舟に横付けしてくれ。あと、無線で八丈島警察署に連絡を入れてくれないか。鑑識も一緒に連れてきてくれと。警視庁捜査一課の七夕菊乃と名乗れば話を聞いてくれるから」

「ちょ……。私、呼んでませんよ！」

「名前ぐらい貸せよ。減るもんじゃなし」

高瀬舟の中がハッキリと見え、赤いものの正体が確認できた。

血だ。

「けが人がいるかも。医者を手配しないと！」

「無駄だ。帆柱の陰《かげ》をよく見ろ」

言われて、息をのんだ。捜査一課に配属されて死体は何度も見てきたが、これは初めてだった。

生首である。

帆柱の陰からこちらをのぞき込むように、人の顔が見えた。

眼をうっすらと開き、口からほんの少し歯を見せている。でも、首から下の体の部分が確認できない。間違いなく首は切断されている。

腐敗はそれほど進んでいない。でも、血の気は失われ肌は灰色がかっていた。眼窩《がんか》はくぼみ、数匹の蠅《はえ》がたかっているようだ。

アンコウが、知佳ちゃんと涼ちゃんを船室に押し込めた理由がわかった。こんなものを見たら、ひどいショックを受ける。

十分ほどして、八丈島警察署の船が到着した。

「せっかくの休暇に、仕事を増やしやがって。とんだ大物だよ」

アンコウが愚痴《ぐち》るのには、わけがある。と、いうのも、八丈島の住所は「東京都」で、殺人が起これば我々警視庁の管轄となるのだ。

東山刑事とアンコウは、警察の船に移り、現場捜査に加わることになった。そして私は、知佳ちゃんたちと宿に帰るよう命じられた。

「私も加わります」

東山刑事は首を振る。

「だめです。七夕警部は長期休暇中なんだから。せめて今晩は、まだなにも知らない友達と、バーベキューパーティーを楽しんできてください」

「そんなことできるわけ……」

食い下がる私を、アンコウがたしなめた。

「あのな、キック。お前は伏見に命じられて長期休暇を取ってるんだぞ。そこで東山が捜査に加わることを認めたとなったら、こいつの立場はどうなる？　少なくとも伏見はこいつを、どやしつけるぞ」

確かに。私はいつも頭に血が上って、相手の立場を忘れる。

「わかりました。よろしくお願いします」

釣り船はエンジンを始動し、事件現場を離れた。

「なにがあったの？」

聞きたくて仕方ないという顔で涼ちゃんが船室から顔を出した。

「人が倒れていたの、遭難者かもしれない」

嘘をついた。

「どこから流れてきたんだろうね？」

知佳ちゃんが、心配そうに呟《つぶや》く。

「この辺の海は、黒潮が西から流れてくるからね」

彼女の疑問に、船長さんが答えた。

「それに今の時期は西からの風も吹いている」

「てことは、あの船は西のほうから流れてきたってことですね」

涼ちゃんが聞いた。

「まぁ、そうなるね」

「西にはなにがあるんです？」

「キカガク島」

「幾何学？　あの図形を研究する、数学の幾何学ですか？」

今度は、私が聞いた。

「いや、奇妙な科学で『奇科学島《きかがくじま》』。ここから四十キロほど行ったところにある小さな島だよ。昔は『喜角島《きかくじま》』って名前だったらしいんだけど。戦後の頃から、この辺の者は『奇科学島』と呼んでるんだ」

「奇科学島……」

ずいぶん変わった名前である。

七月三日。

朝の飛行機で、知佳ちゃんと涼ちゃん、アンコウ、東山刑事の四人は本土に帰っていった。

「刺身につける島唐辛子、辛かったね」

「あれは、醬油《しょうゆ》にちょっとだけ漬けなさいって注意されたじゃん」

「それにしても、魚がおいしかったですね」

「無論、オレが釣ったからだ」

昨夜はバーベキューパーティーで盛り上がった。ほかの宿泊客や、近所の人も加わって楽しいひとときが過ごせたのだ。

アンコウや東山刑事が気を遣ってくれたおかげである。

現在のところ、事件はまだ報道されていない。

皆を空港で見送った後、私は一人で八丈島に残った。休暇の続きを楽しむためである。

私は空港から歩いて、島の西側にある八重根《やえね》港の連絡船事務所に向かった。

「ここから奇科学島に向かう連絡船が出ているんですよね？」

「ええ、基本的には八重根港から朝七時と午後三時の二便出ています。でも、風や波の具合で東側の底土《そこど》港に到着することもあって。変更があった場合は島に流れる防災無線でお知らせしています」

四十代くらいの女性が丁寧に説明してくれた。

現在、午前九時少し前だから、今から奇科学島に渡ることを考えると、午後三時の便に乗り一泊して帰ってくることになる。

「向こうに飛び込みで泊まれる宿はありますかね？」

「無理。民宿が五軒あるんだけど、どこも一杯じゃないかな。島でなにかの採掘作業をやってるらしくて、作業に携わる人が泊まっていて、満室だと思う……」

そう言いながら、彼女は電話をかけてくれた。

二軒目の宿にかけたところで笑顔になった。

「お部屋が一つだけ空いているって。泊まるなら夕食付きをお勧めするけど、予約する？」

「お願いします」

八丈島のホテルに戻り、リュックに一泊分の荷物を詰め込むと、午後二時に八重根港に戻った。

すでに連絡船「喜角丸」が接岸していた。全長は三十メートルほどで、青く塗られたその船体は、ところどころ錆《さび》が浮き出て、ペンキがはげている。船体に大きく「八丈島・奇科学島連絡船」とプレートが掲げられていた。

夏の日差しの中を、数名の男性スタッフが汗を流して、たくさんの段ボール箱を積み込んでいる。考えてみれば島の生活必需品は、この船で運ぶしかないわけだ。

荷物の積み込みが終わると、次は人間の番だ。桟橋と船の間に渡された歩み板が、波に煽られギシギシと音を立てる。

船は三層構造になっていて、一番下の階が雑魚寝のできる広い絨毯《じゅうたん》敷きの部屋だ。その上が三十名分ほどの座席の並んだ客室になっている。

三階部分が操舵室《そうだしつ》で、その後方には屋根のない展望デッキがあった。

出港の汽笛が鳴り響き、足下からディーゼルエンジンの振動が伝わってきた。

防波堤を抜けると、外海の荒い波が襲ってきた。

「こりゃすごい！」

ものすごい揺れ方で、客室に座っていると酔ってしまいそうである。慌てて甲板に飛び出し、水平線を見つめた。

叩き付けるような海風の中をカモメたちが追いかけてきていた。

周りには小さな釣り船がそこかしこに点在していて、昨日の私たちのように、のんきに魚釣りを楽しんでいる。

　ベンチに座り、景色を眺めながらペットボトルのミネラルウォーターを飲む。しばらくするとカモメたちが姿を消した。多分飽きたのだ。

　本を読むことも、スマホをのぞき見ることもままならない状況に置かれ、ただひたすら風を受け、海を見続けることに時間を費やした。

　結局私は、奇科学島になにをしに行こうというのだろう？

　行けばあの生首事件を起こした犯人を、逮捕できると思っているのか？

　いや、そうじゃない。ただ、気になるのだ。

　この海の向こうから、小舟に乗せられ人間の生首が流れてきた。死んだ人の首を故意にさらしてくるなんてよほどの怨念《おんねん》である。

　それが水平線の向こうに存在するのだ。

　まるで瓶《びん》に詰められ、たどり着いた血染めの手紙のようだ。いったいどんな場所からこの怨念が流れてきたのか。それを知りたくなったのだ。

　やがて海と空の境目に、灰色の小さな島が姿を現した。

「もうすぐ、奇科学島ですよ」

　四十歳くらいの日に焼けた筋肉質の男性が話しかけてきた。頭に巻いたタオルを締め直しながら、白い歯を見せ笑っている。

「観光ですか？　地元でこんな美人がいたら、知らないはずないですからねぇ！」

「おい、タツ！　お客さんに迷惑かけてんじゃねえぞ！」

操舵室から、ヒゲの男性が怒鳴《どな》ってきた。

「違いますよ、船長。島の説明をしていたんですよ。あ、お客さん。あの真ん中に見える山は『喜角山』っていうんです。立派なもんでしょ！」

奇科学島の中央には、なだらかな山が鎮座《ちんざ》している。

ちょうど、お茶碗《ちゃわん》を伏せたような感じで、その山頂からは少し煙が出ていた。

「あの火山は、噴火するんですか？」

「しないよぉ！」

タツさんが、元気良く請け合った。

「ばか！　噴火するよ。小学校で習っただろう！」

船長の添削が入る。

「なに言ってんです。オレは噴火しているとこなんか、見たことねえよ！」

「江戸時代の初めに噴火して以降は、休止状態なんだよ。今でもああやってガスを噴き出している。小学校で寝てたのかよ！」

「つまり、今は活動していないってことですね。でもいつ噴火してもおかしくない」

私は間に入った。

「お嬢さんのほうが、全然わかってる。タツの案内には、およばねえよ！」

「ちぇ」

船が島に近づくと、さらに形が見えてきた。

なんと周りは、切り立った崖《がけ》に囲まれていて、海から立ち上がる壁のようである。

わかりやすく言えば、ロールプレイングゲームのマップ上で山に囲まれ、どうやって入るかわからないような島で、後半に空を飛べるようになってから入れるところだ。

「この島は、どこから入るんです？」

この質問にタツさんは、笑顔になる。

「びっくりしたでしょう。島中グルッとあんなふうな崖に囲まれてるんですよ。でも、左手のほうを見てください」

目をやると正面に灯台が見え、その左手に、灰色の防波堤が見えた。

「あそこに風神町《ふうじんちょう》って町があってね。奇科学島はそこだけ低くなっていて、唯一の港があるんだ」

なるほど、島に出入りできるのは、あの港だけなのだ。となると、生首を乗せた船はあそこから流された可能性が高い。

「島のことなら、なんだってオレに聞いてよ！」

タツさんが嬉しそうに言った。

じゃあ、お言葉に甘えて、気になっていることを聞いてみよう。

「なぜ奇科学島って名前なんです？」

「へ？」

「昔は喜角島と呼ばれていたんですよね？　それが戦後に呼び方が『奇科学島』に変わったって聞いたんですけど」

「ああ、そのことか……」

陽気なタツさんが不機嫌に口元を歪《ゆが》めた。

「太平洋戦争が終わって、しばらくしてのことらしいんだけど、島に医者が来たんだよ。名前は白壁杜夫。科学者でもあった彼は薬の研究をしていて、そいつが不老不死の薬を作ろうとしたって言われてるんだ」

「不老不死？　つまり、人間が年を取らなかったり、死ななくなる薬？」

「そうだよ、怪しいだろ？　それで山にある診療所で変な実験を繰り返したらしいんだ」

彼の話を聞きながら、甲高《かんだか》い声で笑いながら試験管を片手に持つ、白衣の老人が頭に浮かんだ。もちろん、次の瞬間に試験管が爆発している。

「確かに怪しいですね」

「だろ？　その話が本土の役人に伝わったんだ。そして『これじゃ喜角島じゃなくて、奇科学島だね』と、面白がって言って、それが新聞に載ったんだ。そこから『奇科学島』って名前が広まって、定着したらしいんだよ」

「また、変わった名付けられ方ですね」

「オレは『喜角島』のほうがいいと思うんだけどね」

彼は口をとがらせた。

「結局、その医者は島の人に殺されたって聞いたけどな」

「なぜ、殺されなきゃならないんですか？」

「そんなの知らない」

彼は首を振った。

「きっとなにか、悪いことをしたんだろう。けど、その医者の人が殺される前に『薬の秘密は、この島にあるんだ』って、言い残したらしいんだよ。だから不老不死の薬んだ」

の秘密が隠された『奇科学島』ってことになって、余計にこの名前が広まったらしい

不老不死の薬……。確かに心惹かれる伝説である。

「島でなにか困ったことがあったら、オレに聞きなよ。お勧めの居酒屋とか観光スポットなんか紹介するから。ここに携帯かけてくれたら、なんでも答えるから」

そう言って笑いながら名刺をくれた。

ボオ、という汽笛を鳴らし、連絡船は防波堤の中に入っていった。

栈橋は想像したより、かなり広かった。

小学校の体育館くらいの大きさなのだが、その理由もすぐにわかった。

出迎えの人のほかに、大型トラックが並んでいたのだ。

人間の乗り降りと貨物の積み卸しが同時に行われるから、これくらいのスペースが必要なのだ。

船のエンジンが切られたとたん、タツさんたちスタッフが手際良く栈橋に飛び移る。慣れた手つきでロープを結わえ付けた。港のスタッフも駆け寄り、力強く船体を栈橋に引きつけ、歩み板が架けられる。

港にはコンクリートの建物があって、看板には大きく「奇科学島連絡船乗り場」と、書かれていた。白い壁に緑色の南国風のとがった屋根がのっていて、結構おしゃれである。

待合室に入ると「ようこそ奇科学島へ」と、子供たちが描いたと思われる絵が迎えてくれた。

とても、あの生首が流れてきた場所とは思えない。夕日に照らされた待合室は、楽しい南国の雰囲気にあふれていた。

「まずは、島の地図を手に入れなきゃ」

そう思い部屋を見回すと、壁には「島の歴史セミナー」「四神《しじん》まつり」「島唄《しまうた》のゆうべ」など、島の行事のポスターが貼られている。

ところが肝心の地図が見当たらない。

胸に名札をつけた女性がいたので、スタッフと思い声をかけた。

「すいません、島の地図はありますか？」

「そこに……」

彼女が指さした先には、観葉植物のプランターが据えられていた。

「あ、ごめんなさい。鉢植えの陰に隠れちゃって見えなかったんだ。ハイこれ」

地図を手渡しながら振り向いた彼女の顔を、改めて見た。

ハッとするような、美しい女性だった。

黒く長い髪に、日に焼けた褐色の、それでいてキメの細かい肌。なにより見入ってしまったのは、その碧い眼だ。不思議な力でも持っているような、大きくて人を惹きつける海の色をしていた。

名札には「烏森来瞳《くるみ》」と、書かれていた。

「宿は、もう取ってありますか？」

「はい、案内所で勧められましたから」

「良かった。採掘作業している会社の人たちが大勢来ていて、宿が塞がっているんです。たまに宿を予約しないで来る人がいて、大騒ぎになるんですよ」

「そういうときは、どうするんです？」

「諦《あきら》めて回れ右で、帰りの連絡船で帰られる人もいます。どうしようもないときは、宿の布団部屋に泊まってもらったこともあります」

それは大変だ。

「明るいうちに宿に行ったほうがいいですよ。日が落ちると、本土の人はショックを受けるくらい暗くなるから。それじゃ、観光を楽しんできてくださいね」

そう言い残し、彼女は連絡船のほうに駆けていった。

港にはトラックが次々とやってきて、荷物を運んでいる。仕事を終えた漁師さんたちは夕バコをくわえながら、近くの居酒屋に入ってゆく。

赤い夕空の下、夜が訪れる寸前の光が山に生える南国の植物を照らし出した。椰子《やし》の木が風に揺れ、ハイビスカスの花が咲いている。原色《いろど》で彩られた美しい世界だ。

そして目の前にある人の世界は、どこよりも先に暗闇《くらやみ》の中に沈んでいった。

予約した宿は、細い路地の先にあった。

玄関が普通の家と全く変わらず、宿かどうか迷うほどだった。中をのぞくと、オレンジ色の明かりの下を、忙しそうに立ち回る女将《おかみ》さんと目が合った。

「七夕菊乃様ですね。予約は承っています。お夕飯は七時から九時までとなっていますが、いつになさいますか？　はい、八時ですね。お風呂《ふろ》は女性のお客様は、九時から十時の間がご利用になれます。でも、もしよろしければ、ここから百メートルほど離れたところにコミュニティーセンターがございまして、海の見える大浴場が、二百円でご利用になれますので是非そちらをお勧めします。ええ、それはもう、眺めがようございます。石けんやタオルはお部屋のほうにご用意してありますので、お持ちください。それでは、こちらが部屋の鍵《かぎ》になります」

立て板に洪水の説明を聞き終え、ハッと気がつくと鍵を握って自分の部屋の前に立っていた。


コミュニティーセンターの大浴場に当然行った。

銭湯ほどの浴室が用意され、島の住人らしき人が五名ほど利用していた。どうやら人気があるようだ。そして、女将さんの言ったとおり眺めが良く、夜の海に釣り船の明かりが点々と見えた。

センターには二十畳ほどの畳敷きの休憩所が用意されていて、大型テレビではバラエティー番組が流れている。地元の親子三名とお婆《ばあ》さんが二名、団らんを楽しんでいた。

私は邪魔しないように隅《すみ》に座り込み、自販機でチョイスしたフルーツ牛乳を味わった。

「まあ、怖い。島の近くじゃないかね」

お婆さんの声に振り向くと、テレビにあのニュースが流れていた。

生首事件だ。

「現場は八丈島西側の海上で、小さな木造船に死体が乗せられ流されていたのを釣り客が発見したとのことです。関係者によりますと、死体は切り取られた頭部だけが発見されたとのこと。男性で年齢は二十代後半から三十代とみられており、地元警察は身元の特定に全力を挙げているとのことです」

「うちの島というより、八丈島の事件じゃないか」

「それでも、ほら。お庄屋さんのところで一人、行方がわからん言うて、騒ぎになっておったろ」

「ああ、海龍路家の次男坊のことか」

お庄屋さん？

携帯で検索してみると、江戸時代の役人で村のリーダーに当たる人らしい。

「そう、海龍路慎二《しんじ》さんのことだよ。殺された人と年も同じ二十代後半だったし。ピッタリじゃないか」

海龍路慎二。

そういう人が、この島で消えて騒ぎになっていたのか。年齢もあの生首の死体と同じくらいらしい。思わず聞き耳を立ててしまう。

「誰がそんな恐ろしいことを？　そもそも、あの人は学者肌のおとなしい人じゃろ。

そんな目に遭ういわれがあるか？」

「海龍路家はとんでもない資産家だから、やっぱり金が原因じゃないかね」

「まさか」

なるほど。行方不明の慎二という人は、お金持ちなのか。

でも、金銭目的の殺人と、昨日見た生首の光景は、なにか重ならないものがある。

あれはもっと暗い殺意に満ちたものだ。

「ひょっとして、海龍路家に伝わる例の呪いに関わることなのかもね」

「よしなよ。あんなのは、悪い冗談だよ。もう、六十年も前の話じゃないか」

「でも、首を切られているし」

「私は、お夕飯食べに帰るから。そういう話は聞きたくない」

「私も一緒に帰る」

そう言うと、二人の老婆はパタパタと出ていってしまった。

それにしても、呪いとはただ事ではない。この奇科学島に伝わる伝説のようなものがあるのだろうか？

ボンヤリとそんなことを考えていたら、メールの着信音が鳴った。

〈受信メール〉
Ｔｏ　菊ちゃん
件名　気にしないで
恐ろしい事件のことを黙っていてくれて、ありがとう。当日このことを聞いていたら、全然楽しめなかったよ。

三田村知佳より

少しホッとした。

七月四日。

朝食を食べに定食屋に出かけると、そこに集まった漁師さんたちが顔をつきあわせ、生首事件について話していた。

「詳しい話は新聞に出ておらんけど、奇科学島の人間が殺されたと言われてるらしいな」

「潮の流れを考えると、船はうちの島から出たものらしいぜ」

「やっぱり、海龍路家の慎二さんかな。姿を消した時期を考えてもピッタリだぞ」

どうやらこの人たちも、被害者を海龍路慎二という人だとみているようだ。

しかもその人はつい最近、行方がわからなくなっているらしい。どういう人なのだろう？

「あれ？　お巡りさん、来ていたんですか？」

私の正体がバレたと思いビクッとした。でも、勘違いだった。

「あ……おはようございます」

おじさんたちが声をかけたほうを見ると、私のほかにもう一人警官がいたようだ。

日に焼けた若い青年が大盛りのご飯をかっ込んでいる。目の大きな童顔の男の子で、下手をしたら高校生にも見える。身長は百八十センチくらいと高く、まだ、警官になったばかりという風貌《ふうぼう》だった。

「お巡りさんなら、事件のこと聞いているんじゃないの？」

「いえ、なにも聞いていません」

気持ちのいい笑顔でハキハキと答えている。

でも、顔をよく見ると、頬《ほお》のあたりが少し青い。

「お巡りさん、ほっぺたどうしたの？」

「昨晩、居酒屋の『竜円《りゅうえん》』でケンカがあったんですけど、仲裁して殴られました。留置場に二人ほど入ってもらっています」

へぇ。漁師町の酒場のケンカに割って入れるなんて、大変な度胸である。しかも二人も引っ張っていけるなんて。この青年は見た目の細さとは裏腹に、かなりの武術の使い手とみた。

「また木田《きだ》とヤスオだろ。悪かったな矢場《やば》巡査。オレが後でシメておくから。それより、あんた。こんなところでゆっくりしていていいのかい？」

「なにがです？」

「だって、うちの島から死人が出たかもしれないんだろ？　昨日の今日なんだから、駐在所には今頃、本土の警察から問い合わせの電話がかかってきてるんじゃないのかね？」

矢場巡査と呼ばれていた青年は、大きな目をさらに丸く開き、持っていた箸《はし》を落とした。

「おばさん、代金は後で払いに来ます！」

そう叫ぶと、定食屋を駆け出していった。

行動は幼いが、キビキビとした青年である。

「しょうがねえな。おばさん。矢場巡査の残した飯をおにぎりにして、おかずと一緒に弁当にしてやってよ。後で若いのに届けさせるから」

「いいよ、私が届けるから」

「それにしても、警察が島にたくさん来るんでしょうかね？」

「殺人事件となれば、そうなるだろうな」

「やっぱり六十年前の事件を思い出さねぇか？　首が切られたり、海龍路家が関わっていたりしてよ」

「よせよ。滅多《めった》なこと言うな」

「いや、呪いのことを思い出す奴も多いだろう」

また、六十年前の事件と、それに関わる呪いの話が出てきた。


宿に戻り、会計を済ませた。

「海龍路さんの家というのは遠いんですか？」

女将さんに尋《たず》ねると、喜角山の中腹を指さした。

「あれですよ。島のお庄屋さんで一番大きなお屋敷《やしき》です」

見ると、さしわたし三十メートルほどの黒い屋根が見えた。周りをソテツで囲まれていて屋根しか見えないのだ。

「港の案内所に行けば、ガイドさんをつけてもらえますよ」

「いえ。地図があるので一人で歩いてみます」

風神港に出ると、漁船が次々と出港していた。

地図によると、ここが町の中心で商店街や行政機関もここに集まっている。ここを起点に国道が島を一周していた。キチンと舗装されている二車線道路である。

まずは海龍路家を目指して東に向かって歩き始めた。

しばらく進むと道祖神が立っていて、その隣に石に「海龍路家」と、刻まれた古い道標があった。

山道に入る。

道の両側にはゴツゴツした岩が積み上げられ、その隙間《すきま》からたくさんの小さな赤い花が顔をのぞかせていた。しばらくすると風神町が一望できる高台に辿《たど》り着く。

港では午前の連絡船が出港準備をしているのが見えた。きっと、昨日のきれいな女の人も、忙しくしているのだろう。

島の東側に目をやると岬があり、その先に白い灯台が見える。昨日船から見えたやつだ。

先へ進む道は、杉木立になっていた。夏の強い日差しが輪郭《りんかく》のハッキリした影を作っている。その影に足を踏み入れたとたん、なにかの結界を越えたような気がした。

なぜここに来たのだろう?

今更と思えるような疑問が急にわき上がり、胸騒ぎがしてきた。

風が吹き始め、杉木立が揺れ、ポトポトと葉を落とす。

この場所には気軽に近づいては、いけなかったのではないだろうか。

海龍路家の黒い門が見えた。

古い木造の棟門だ。

瓦《かわら》の切妻《きりづま》屋根がのっていて、そこかしこからシダが生えていた。真っ黒に塗られて厳《いか》めしく、門前に立つものを威嚇《いかく》していた。

門の両脇《りょうわき》には丸い石で築かれた土台に白い築地塀《ついじべい》が建てられている。

とても静かだった。誰もいないのか、物音がしない。風にそよぐソテツの葉音が聞こえるくらいだ。

この家の住人が行方不明となり、遺体となって見つかったかもしれないのだから、ひょっとして八丈島警察署に確認を取っているのかもしれない。

ひときわ強い風が吹いた。

熱帯の緑の葉の隙間で、赤い花がガタガタと震える。「戻れ」と、言っている気がした。

「お前なんかに、この謎は解けやしない。さっさと帰れ」と。

後ずさりし門から離れた。

一昨日の生首の有様に当てられたせいだろうか。怨念のようなものが、島をさまよい、そこかしこに顔を見せているような気がする。

そしてそう感じる自分がバカげているように思えた。

「いや、気のせいだ。怖いと思っているから、ススキが幽霊に見えるんだよ」

そうは思っても、今は事件に安易に触れるべきではない気がして、その場を離れた。

山道をさらに北側に進むと低い機械音が響いてきた。

高架《こうか》索道《さくどう》だ。

簡単に言うと、荷物を運ぶロープウェイで、鉄製のカゴには岩石が積み込まれ海から引き上げられていた。

国道にはトラックが停《と》まり、岩石を積み込むと、どこかへ運んでいた。

「あれがきっと、皆が言っていた採掘作業だな。いったいなにを掘り出しているのだろう？」

目を凝《こ》らしてみても、私に岩石の分析ができるはずがない。

諦めて海を見やると小さな岩礁の近くで、クレーン船が黒煙を噴き上げながら、海の底からなにかをかき上げていた。

喜角山を西側に回り込むと、再び風神町が見え始めた。ちょうど喜角山を一周したような状態だ。

山道脇に目をやると、林の中に白い建物が見えた。

再び強い風が吹いて垂れ下がるツタを揺らし、木漏れ日が妖《あや》しく揺れる。輪郭のボンヤリした光が、生き物のように動く。

「なんだろう？」

コンクリートの廃墟《はいきょ》は、ツタや植物の葉に覆われ、床は枯れ葉の層ができている。

ゴオと風が唸り、木々の隙間から見える空を、驚くほどのスピードで雲が流れた。

「なんか、いやな感じ……」

ここに来た理由が、目の前にあるような気がした。首を切り落とし、海に流すような憎悪の破片がすぐそこにあるような。

足下に古い木の板があった。風雨にさらされドス黒いシミが広がっている。なにか書いてある。

鞄《かばん》からマグライトを取り出して、光を当てた。

このマグライトは捜査一課に入ったとき、伏見主任からもらったものだ。鋼鉄製の懐中電灯で、少し長めに作られている。いざというときは警棒のように相手に一撃を加えられる武器でもある。

その強力な光で、年月が隠した看板の文字を浮かび上がらせる。

「白……診……所……」

確か、ここにいた医者の名前は、白壁杜夫だったはず。

「わかった。『白壁診療所』だ！」

ここが「奇科学島」と名付けられる切っ掛けとなった、医者の診療所だ。見ると、当時使ったであろうベッドや丸イスが放置されていた。ここで患者の診察を行っていたのだろう。でも、生活の名残《なごり》はすべて消えていた。ここに住んでいた人はすべてを持ち出して、去っていったようだ。

手を合わせて、廃墟を出た。

今回の生首事件に漂う凶悪な思いが、この場所に表れている気がした。島の人たちが言っていたとおり、呪いのようなものが、本当に関わっているのだろうか。

林を抜け、もう一度山道に戻ると突然携帯が鳴った。見ると着信履歴が残っている。二時間ほど前に東山刑事からだ。どうやらこのあたりは、電波を拾うらしい。

「もしもし、七夕です」

私は電話をかけ直した。

「ああ、七夕警部。通じて良かった。また、海に釣りにでも出ていたんですか？」

「いえ、今日は別の場所です」

「申し訳ないんですけど、休暇を切り上げて戻ってもらえませんか？」

「なんでしょう。古見参事官に氷水をぶっかける計画なら、参加しますけど」

「まぁ、それなら参加者多数で抽選になりますから呼び戻しませんよ。それより、なるべく早く戻ったほうがいいと、深海警部からの情報です。その方が面倒に巻き込まれなくてすむと」

なんだかまた、ややこしいことが起きているようだ。


七月六日。

アンコウが「早く帰ってこい」と言った理由は、帰宅した翌日に判明する。

朝早く、緊急呼び出しがかかり、捜査一課五係は警視庁に集められたのだ。家に戻っていた私はスーツに着替え、無事に出席することができた。島にいたら間に合わなかっただろう。

会議室に入ると、なぜか古見参事官が部下を引き連れて、着席していた。彼は私を見つけると、幽霊にでも会ったかのように甲高い悲鳴を上げ、五センチほど飛び上がった。

「な、なんでお前がここに……」

「緊急呼び出しがかかったので」

「そ、そうじゃなくてだな……」

参事官はしばらく酸素を求めるように口をパクパクさせると、会議室から逃げるように去っていった。

この様子を見ていた東山刑事が笑いながら近づいてきた。

「じつはこれ、古見参事官の罠《わな》なんですよ」

「罠？」

「七夕警部が休暇を取ったのを知った古見参事官がいやがらせを仕掛けてきたんです」

深海警部の情報は、こうである。

警察庁の上層部のほうでは、私を出世させようという刑事局と、それを阻止したい警備局がかなり険悪な雰囲気になっている。

なんでも刑事局は私を在外大使館の赴任候補に挙げようとし始めたとか。これは警察官僚の出世競争の大本命コースに入ることを意味する。

そんなことを絶対に許したくない警備局の古見参事官は、この話を潰そうとした。

そのために仕組んだのが今回の罠だ。

本来、捜査一課五係には事件担当が、しばらく回ってくることはなかった。だからこそ、私も休暇を取った。

そうして油断しているところに古見参事官は、無理矢理五係に担当事件を押しつけてきたのだ。

旅行中となれば私は、緊急呼び出しに応じられない。つまり一人だけ会議に参加させず、追い落とす材料にしようとしたわけである。

「在外大使館赴任候補を審査している大事な時期に、攻撃材料を与えることになりますからね。マイナス評価がつくのは必至です。まぁ、深海警部がこの動きを察知してくれて良かったですよ」

海外赴任の話なんて興味はないし、現場から外されるくらいなら断る。けれど、古見参事官が鼻の穴を膨《ふく》らませて喜ぶ姿は、断じて見たくない。阻止できて本当に良かった。


午前十時に、捜査一課五係の捜査員は三階の会議室に集められた。

大曾根《おおそね》係長が皆の前に立ち、事件の概況を説明する。

「伊豆諸島《いずしょとう》、八丈島の西側海域で小舟に乗せられた人間の頭部が発見された。そしてこの殺人事件を五係が担当することが内定した。かなり異様な事件であり、世間の注目を浴びている。捜査の進捗《しんちょく》具合には人々の関心が集まるだろう。特殊な事件であり、かつ現場も海上であることから捜査は困難かもしれない。だが、被害者の無念を晴らせるのは君たちしかいないのだ。どうか気を引き締めて、犯人逮捕に全力を挙げてほしい」

予想どおりだった。八丈島沖で見つけた生首の事件を、担当することになったのだ。

捜査員から、疑問の声が素直にわき上がった。

「なんで、五係が担当するんです？」

「つい、一ヵ月ほど前に大きな事件を担当して、検察に送ったばかりですよ。まだ順番じゃないでしょう」

警視庁捜査一課は十一係まであり、本来なら担当を終えたばかりの我々が、すぐに事件を割り当てられることなどないはずなのだ。

「なぜ我々なんですか？　次の土曜に子供を遊園地に連れていく約束をしているんですが」

荒畑《あらはた》刑事が、つらそうな声を上げた。

「君たちの疑問は当然だが、今回は仕方がない。なぜなら事件の第一発見者が、ここにいるのだから」

「だ、第一発見者がここに？」

「誰だ？」

刑事たちが顔を見合わせた。

「私たちです」

私と東山刑事は右手を挙げた。

「マジかよ！」

「警察庁のほうから、第一発見者がいるのなら、五係が担当したほうがいいだろうとのお達しがあったわけだ」

なるほど。古見参事官はこの状況を利用して、五係にこの事件を押しつけてきたのだ。官僚の割に、ずいぶん横紙破りなマネである。

大曾根係長に代わり、伏見主任が前に出た。

「まぁ、不満はわかるが、一ついい知らせがある。捜査員にして事件の第一発見者の中には、捜査支援分析センターの深海警部が入っている」

「アンコウが！」

「そりゃ、ありがたい。奴がいれば事件解決も早いだろう」

伏見主任は安堵《あんど》の空気が流れたのを確認して、説明を始めた。

「事件発生は七月二日の午前十一時だ。小さな木造の帆船に、切断された男性の頭部が乗せられ運ばれてきたのを、八丈島西方沖で釣りを楽しんでいた、おっちょこちょいが発見した」

会議室に失笑が広がる。

「この船は、江戸時代に使われた『高瀬舟』というものを、復元したものだ。被害者のほかに乗員はおらず、帆を操って八丈島に来たわけではないらしい。つまり風と潮に乗ってひたすら進んできたと見られる。現在、遺体は八丈島の総合病院に安置されている。まずは身元確認と、切り離された胴体の捜索をすることになるだろう」

「被害者に合致しそうな行方不明者はいないんですか？　現場近くで捜索願いの出された者は……」

「いる」

「え？」

会議室がどよめいた。

「発見現場から西に四十キロほど離れたところに『奇科学島』という島があり、住人の海龍路慎二という男性の捜索願いが出ている。年齢は三十歳。事件の三日前、六月二十九日から行方不明になっていて、条件に合致するとのことだ」

やはり、海龍路慎二の名が出てきた。

「後日、正式な辞令が下りれば、我々はまず八丈島に向かい、遺体の身元確認をすることになる。そのとき海龍路家の関係者が来てくださるとのことだ。確実なことは、そのときにわかるだろう」

「捜査本部は、その奇科学島に置かれる可能性があるんですね」

「捜査状況により変化すると思われるが、どのような態勢も取れるよう、心の準備をしておいてほしい」

「地方で捜査はあるけど、離島は初めてだよ」

「どこの警察署が所轄なんだ？」

いつもは都内を走り回っている捜査員から、戸惑いの声が漏れた。私も経験したことがない。

一足先に乗り込んだ奇科学島で感じたあの不可解な印象。そして六十年前に起きた事件との関わりと、島の人々が口にしていた呪いの噂。そのすべての謎を解きに、再びあの島に渡るのだ。

大曾根係長から激励が飛ぶ。

「君たち捜査一課は警視庁の精鋭である。今回の事件は特に、その猟奇性から世間の耳目を集めている。警視庁の捜査能力を見せ、市民の平和が守られていると示すチャンスと考えてほしい。そして被害者やその家族のためにも、必ずや犯人を逮捕してほしい！」

「はい！」

捜査員一同は、声をそろえた。

七月七日。

「八丈島海域生首事件」の捜査を命じる辞令が捜査一課五係に下された。

本格的な捜査の開始である。

伏見主任を中心に、千種《ちぐさ》、金山《かなやま》、荒畑、日比野《ひびの》、天白《てんぱく》、一宮《いちのみや》、北《きた》、東山、そして私の十名の捜査員が、羽田《はねだ》空港に集合した。

さらに、遺体発見時にすぐに証拠収集ができるよう、鑑識課から春日井《かすがい》、金城《きんじょう》と二名の捜査員が同行することになった。

「よお、キック」

「深海警部！」

振り返るとアンコウが、東京のお土産のコーナーで手を振っていた。

黒のシャツに蛍光ピンクのジャケットを引っかけ、縞柄《しまがら》のパンツをはいている。

これが羽田空港のバードアタック防止のための「鳥よけ人間」なら納得できるファッションだ。

先が思いやられる。

2

八丈島空港から外に出ると、椰子の葉が風に揺れているのが目に入った。海から吹き抜ける熱風が、遮《さえぎ》るもののない島の上を遠慮なく通り過ぎてゆく。そして紺色の八丈富士《はちじょうふじ》が、長い裾《すそ》野を海まで伸ばしていた。

「ご苦労様です。警視庁第一方面八丈島警察署捜査一課の常滑《とこなめ》です。こっちは本池《もといけ》刑事」

八丈島警察署の捜査員が二人、迎えに来てくれていた。

「皆さんの荷物は、ご要望どおりホテルに運んでおきます。早速、総合病院にご案内します。流れ着いた首はそこに安置されていますので」

「お願いします」

伏見主任が礼を述べ、私たちに向き直った。

「深海、金城、キックは私と一緒に病院へ。千種、日比野、荒畑、金山、春日井は八丈島警察署で捜査状況の確認を。北と天白は、第一発見者の釣り船屋の船長に会いに行ってくれ。一宮と東山は流れ着いた船の検分を頼む！」

「はい！」

犯人を捕らえるべく、狩猟者は力強く散っていった。

八丈島は、三原山《みはらやま》と八丈富士の二つの山からできていて、二つの山に挟まれた真ん中の平地に、街が造られている。

ちょうど、フタコブラクダの人が乗るヘコんだ部分に、建物が並び、たくさんの人が生活している感じだ。

総合病院はコンクリート造りの、大きな建物だ。駐車場も大きく、門を入って入り口近くにバス停まである。

建物の中に入ると、待合室にはお年寄りが集まっていた。

「それで、捜索願いを出されていた海龍路家のご家族の方も、今日来られるんですよね」

伏見主任が常滑警部に確認をした。

「はい。昨晩の連絡船で来られています」

白髪の交じった五十代くらいのメガネの男性医師が現れた。

「こちらに」

そう言うなり、サンダル履きでペタペタと音を立てながら、廊下を進んだ。

「小さな島の病院に赴任して、まさか首だけの検死解剖を任されるとは思っていませんでしたよ。もっとも、詳しい診断は本土の専門家がされるとのことですが」

地下の霊安室の前に喪服をキチンと着こなし、背筋を伸ばして、折りたたみイスに座っている男性がいた。

身長は百七十センチくらいで肩幅が広く、とてもがっちりした体つきをしている。水泳選手と言われたら信じてしまいそうだ。

黒縁のメガネをかけているのだが、その奥にある眼は、不思議な力を持っているような気がした。髪の毛を短く刈り込み、面差しは柔らかく、見るからに真面目そうである。

こちらに気づくと、静かに立ち上がった。

「海龍路貢《みつぐ》です。今日はよろしくお願いします」

奇科学島に渡ったときに地元の人が噂していた、海龍路家の人だ。

「捜査責任者の伏見です。よろしくお願いします」

「こちらにどうぞ」

医師が霊安室に招き入れ、そしてステンレススチールのドアの前に立った。

冷たい金属音を響かせて、ドアを開けると白い冷気が床に垂れ、ビニールの袋にくるまれたものが現れた。仏具をのせた台が用意され、線香が焚《た》かれる。

私たちは手を合わせ、黙禱《もくとう》した。

ビニール袋がゆっくり開けられ、中から人の頭部が現れた。船で見たときより、さらに小さく、そして血の気が失《う》せているように見えた。

「いかがでしょう？」

伏見主任が、海龍路貢さんに確認を求めた。

「…………」

唇《くちびる》を引き締め、複雑な表情を浮かべた。目の前にある現実を受け入れるのを拒否しているように見える。

「違うような気が……。いえ……」

視線を虚空に移す。

「弟です。海龍路慎二に間違いありません」

そのまま目を閉じた。

私たちは、彼が再び目を開けるのを待つ。

「見つけてくださって、ありがとうございます」

呻《うめ》くように息を吐き、深く頭を下げた。

再びステンレス製のドアが閉じられ、私たちは再び手を合わせた。

つらく、そして大事な仕事が一つ終わった。

私と伏見主任で、貢さんから詳しい話を聞くことになった。

病院側が貸してくれた会議室でテーブルに差し向かいに座る。私はノートを広げながら貢さんに、基本的な質問を始めた。

「弟さんのお名前は海龍路慎二さんですね。年齢は？」

「一九八六年生まれの三十歳です」

「ご両親は？」

「二人とも健在です。父の名前は重蔵《じゅうぞう》、母は明美《あけみ》といいます」

「ご兄弟は何人で、何番目に当たるんでしょうか？」

この簡単な質問に、なぜか貢さんは言いよどんだ。

「あ……。慎二は五人兄弟の上から二番目です。長男が私で、あいつは次男になります」

「なるほど。慎二さんは、ご結婚はされているのですか？」

「いえ。兄弟は皆、独身です」

「慎二さんが行方不明になった状況を、詳しく話していただけますか？」

彼は一息つき、お茶で喉《のど》を湿らせた。

「慎二は東京に本社がある『山王《さんのう》マテリアル株式会社』の研究者として働いていました。地下資源を開発する会社で、彼は地質の調査を任されていたのです。そして奇科学島で採掘をする計画が始まって、現場責任者として生まれ故郷の島に戻っていたわけです」

「奇科学島の調査が始まったのは、いつからでしょう」

「今年の春頃です」

「つまり、慎二さんはずっと本土で仕事をしていて、島に渡ってきたのは今年の春ということなんですね？」

「ええ」

私は奇科学島の北側で見た採掘作業を思い出した。考えてみれば岩石を運ぶために高架索道まで作っていた。ずいぶんお金をかけた大規模なものである。

「いったいなにを採掘されているんです？」

「金です」

「え？」

私と伏見主任は、目を丸くした。

「奇科学島で金が取れるんですか？」

「私も詳しくは知りません。慎二が、末の弟の正吾《しょうご》と事業を進めていたようです。なんでも海底にある火山から、金がわき上がっているというのです」

なるほど、金が取れるのなら資金も投入できるはずだ。

「末っ子の正吾さんは、どんな方なんでしょう？」

「海龍路家の三男に当たります。彼は海龍路家の事業で会計を担当していて、慎二と正吾は共同事業の窓口になっていたのです」

「でも、なにを調べていたんでしょう？　金が出るなら早く掘り出してしまえばいいのに」

「それが、そうはいかないようで。地下資源は採掘費用がかかるので、金の含有量を調べ、黒字になるかどうかを確かめなければいけないそうなんです。赤字になるようなら金を掘るのは諦めるのだとか」

「なるほど」

確かに金一グラム掘り出して五千円で売れても、採掘コストに一万円かかったら割に合わない。

「試掘計画が決まったのが去年で、その施設が完成したのが今年初め。そして春から海上基地を建てて、作業を行っていたんです。慎二は毎日のように海の上の基地に通っていました。朝九時に港を出て採掘現場に行き、午後五時には戻ってくる。ところが六月二十八日の夕方、彼は戻ってきませんでした」

「それで、捜索をされたんですか？」

「はい、島のみんなも手伝ってくれました。最初はどこかに飲みに行ったのかと思っていたんですが、翌日になっても港に現れない。慎二は生真面目《きまじめ》で、試掘開始から三カ月間、一度もそんなことはありませんでした。山王マテリアルの社員や島民で島を探したんです。でも、彼が出入りしそうな場所には見当たらない。だから島の駐在所に捜索願いを出しました」

「そしてこの事件が報道されたわけですね？」

「ええ。慎二の可能性が高いと聞かされて。なので身元を確かめに来たわけです。……なんでこんなことに」

貢さんはメガネの奥に、涙をにじませた。

「弟さんは、なにかトラブルに巻き込まれているような様子はありませんでしたか？」

「私はなにも気づきませんでした」

「貢さんのわかる範囲でかまわないのですが、慎二さんは誰かに恨まれたり、脅されたりしている様子はありましたか？　たとえば暴力団のような、反社会勢力に脅迫されたり」

　この質問に、貢さんは居住まいを正し、威厳《いげん》のある姿勢で反論した。

「そのようなことは、海龍路家の名誉に懸けてありません。私たち一族は長年にわたり、あらゆる権力や暴力から、島を守ってきたのです」

「でも、そういう人間は、金のためにあらゆる弱みにつけ込んでくるものです」

「そういう連中は、海龍路家の力を思い知ることになります」

　貢さんの目は、誇り高い為政者のものに変わっていた。

「おそらく刑事さんたちは、奇科学島に来られることでしょう……。そのときは必ず海龍路家に声をかけてください。きっとお役に立てると思います」

　虎《とら》の爪《つめ》を見たような気がした。


　午後三時。

　宿泊しているホテルの会議室を借りて、捜査会議が始まった。

「医師の検死報告によると、腐敗具合と失血から見て、発見時には死後三日ほど経《た》っているだろうとのことでした」

「つまり死亡推定日は六月二十九日。被害者が姿を消した時期と一致しますね」

「また、頭部に打撲傷が見られるとのことでしたが、これは死因ではないそうです。おそらく犯人は被害者を殴打して昏倒《こんとう》させた後、胴体部分になにかしらの致命傷を負わせて殺害。その後、頭部を切断したのだろうとのことです」

「潮の流れと、当時の風の具合から見て奇科学島から船を流したとすると、十二時間ほどでこの八丈島に到着するのではないかということでした」

「発見が七月二日の昼前だから、船を流したのは前日の七月一日の夜ということになるな」

「だとすると犯人は、六月二十八日の夕方に慎二さんを連れ出して翌日に殺害。その後首を切り落とし、一日おいて次の夜に船に乗せて流したというわけか」

「なんでそんな、手間のかかったことをしたんでしょう。古い船にわざわざ首を乗せて流すなんて」

東山刑事は、疑問を提示した。

この事件最大の謎である。

「八丈島の誰かに、首を届けたかったとか？」

「単に目立ちたいだけじゃないか？」

皆が思い思いに予想を口にする中で、アンコウがぼそりと呟いた。

「なにかに見立てているのかもしれないぜ」

伏見主任が顔を上げる。

「見立てる？」

彼の途方もない推理に、一同が黙り込み、答えを求めた。

彼は、生首を高瀬舟に乗せて海に流す行為を、犯人からのメッセージだと言い出したのだ。

「いったいなにに、見立てているんです？」

私は聞いた。

「あれ？　お前、休暇中に八丈島空港のお土産コーナーは見なかったの？」

「お土産？」

「売店に、たくさんTシャツが売っていたろ。『流人』とか『島流し』って書かれた」

「ああ！」

そういえば母さんのお土産を買いながら、そう書かれた商品をたくさん目にした。

「この伊豆諸島の島々は関《せき》ヶ原《はら》の合戦《かっせん》以降、『島流し』という刑罰の流刑地になってきた。時代劇で『遠島の刑』を申し渡されたら、この八丈島にも送られてきた」

「それと、高瀬舟に生首を乗せるのと、なんの関係があるんだ？」

伏見主任が興味深そうに聞き返した。

「あれ、わからないか？　お前ら小説を読まないの？」

「小説？」

捜査員一同、顔を見合わせる。

「高瀬舟……。あ、森鷗外《もりおうがい》の小説『高瀬舟』か！」

私は、声を上げた。

「さすが、キックちゃん。官僚になる子は勉強してるね」

「その『高瀬舟』ってのは、どんな話なんだ？」

伏見主任が聞いた。

「罪人が高瀬舟で流刑地に送られる話です。その途中で役人と罪人が会話を交《か》わして、次第にこの罪人が罪を犯していないことがわかってくるっていう」

「なるほど。つまり、高瀬舟を用意して海に流したのは、あの遺体を流人に見立てているってことか。それが、犯人からのメッセージだと？」

「オレには、そう思える」

伏見主任は考え込み、そして聞いた。

「その高瀬舟の報告は？」

日比野刑事がメモを読む。

「船の大きさは長さ五メートル、幅一・八メートルです。帆の高さは三メートルほど。江戸時代の高瀬舟を復元したもので、おそらくどこかの博物館の所有物ではないかと。検索してみると奇科学島に民俗博物館があったので、連絡を取ってみました」

「それで？」

「残念ながら今日は休館日で、誰も出ません。明日また連絡を取ってみるつもりです」

「いや、その必要はない。直接乗り込んで、話を聞こう」

伏見主任のこの一言に、捜査員が顔を上げた。

「奇科学島に乗り込んで、捜査ですか」

「本庁には、もう伝えてある。捜査本部は奇科学島に開設するとな。今、事務方が手続きを進めてくれている。明日の午後には、連絡船に乗ることになるだろう」

「はい！」

いよいよ奇科学島に乗り込んで、事件の謎を解くことになるのだ。

七月八日。

午後三時の連絡船に乗るため、八重根港に集合した。

ありがたいことに、波は穏《おだ》やかである。

「そういえば、深海警部がいませんね」

私は東山刑事に聞いた。

「今朝早く、本土に呼び戻されました」

「よ、呼び戻された？」

ようやく本格的な捜査が始まるというときに、どういうつもりなんだ？

「なんでも新宿《しんじゅく》署管内で強盗殺人事件が発生したので、深海警部にはそちらを担当してもらうんだとか」

「でも、生首殺人の捜査に当たるのは上が決めたことですよね？　なぜ急に変更するんです」

「このままだと、七夕警部が有利になると考えたんじゃないですか」

「私が有利？」

「古見参事官は七夕警部を追い落とすために、五係に不意打ちで事件を担当させましたが、予想に反して戻ってきてしまった。このまま捜査して、犯人逮捕にでもつながれば参事官の目論見《もくろみ》は完全に裏目に出てしまう。なにがなんでも捜査を妨害したい。だから、深海警部を外してきたんですよ」

東山刑事が途方に暮れた声で解説してくれた。

私は頭にきて、聞くに堪えない悪態《あくたい》をつこうとしたとき、携帯のメール着信音が鳴った。

〈受信メール〉
Ｔｏ　キック
件名　なし

メールで捜査状況を教えてくれ。
腹を立てて、聞くに堪えない悪態をついたり、目の前の船をひっくり返すなよ。
深海安公

私は、船をひっくり返すことを諦めた。

　伏見主任が少し離れたところで、八丈島警察署の刑事と話をしている。

「奇科学島には駐在所が一つだけあって、警官が一名だけいます」

「一名？」

「はい。矢場巡査といいます。元々奇科学島出身の青年なので、島のことは彼に聞けばいろいろわかるはずです」

　あの子だ！

　矢場巡査って子はたった一人で、奇科学島の治安を守っていたのか。たいしたものである。

　感心しながら連絡船に目をやると、歩み板のところで日に焼けた青年が、せっせとたくさんの荷物を船に運び込んでいた。

　百八十センチの長身に大きな目。気さくな性格で、お年寄りが乗ろうとすると、白い歯を見せて手を貸していた。

　ん？　お前、初めましてじゃないぞ。

　そう思っていると、向こうから近づいてきた。

「七夕菊乃警部ですよね。お荷物、運びます」

「え？　なぜ私の名前と階級を知ってるの？」

「ああ！　そうでしたね。申し遅れました。自分は奇科学島駐在所に勤務している巡査の矢場といいます。今日来られる捜査員の名簿は、受け取っていますので」

なるほど。それにしても島でたった一人のお巡りさんが、ここに来ていていいのか？

私の疑問をよそに、矢場巡査は愛想《あいそう》の良い笑顔で、手際良く皆の荷物を積みこんだ。

やってきた伏見主任は、彼の荷物を運ぶ姿に目を丸くしたが、すぐにいつもの調子に戻る。

「捜査一課五係の伏見だ。若いな。何年目だ？」

「高校を卒業して警官になり、今年で二年目です」

「ところで駐在所の警官が島を離れてもいいのか？」

「今日は非番です。でも、大勢の警察官が来ると海龍路さんから連絡がありましたから。これは手伝ったほうがいいと思いまして、船に乗せてもらいました」

納得。

「島の住人も、皆さんを迎える用意をしています。宿泊場所になるセミナーハウスを掃除したり、布団を陽にあてたりとか」

そう言うと、荷物運びに戻っていった。本当に人のいい青年である。

「島中の人間が、我々が来ると知っているわけか」

考え込む主任に、私は言った。

「小さな島ですから伝わるのが普通ですよ。積極的に関わりを持っていったほうが解決への早道かもしれません」

そこに再び矢場巡査が戻ってきた。手に大きな封筒を持っている。

「あの……。言いにくいんですけど」

「なんだ？」

伏見主任が不審そうな顔になる。

「七夕警部は、アイドルグループ『ブルースカイG』の七夕菊乃さんですよね？」

「は？」

今度は私が、不審な目を向ける。

「サインをお願いできますか？　じつは自分は小学生の頃からファンでして。それに友人の二人からも頼まれまして……」

そう言いながら、封筒から色紙とフェルトペンを取り出した。膝から力が抜けそうになる。

「いえ。私は警官でして。そのようなことは……」

「いいじゃないかキック。書けよ」

「なに言ってるんです！」

「自分で言ったじゃないか。島の人との関わりを積極的に持つことが、捜査につながるって」

船は無事出発した。


三十名ほどが乗れる客席には捜査員のほかに、山ほどの段ボール箱が積まれて、かなり手狭になっていた。

「警察の方が大勢来られるというので、買い込んだ食料品です」

矢場巡査が申し訳なさそうに説明してくれた。

なるほど、十人もの大男が生活するとなると、こんなにものが必要なのか。

そう思って眺めていると、後ろから聞き覚えのある声がした。

「あれ？　あんた、この前の美人！」

見ると、前回の旅で奇科学島を説明してくれたタツさんだった。

矢場巡査が怪訝《けげん》そうに振り返る。

「タツさんは、七夕警部を知っているんですか？　まさか、なにか失礼なことを言ってないでしょうね？」

「言ってないよ。この人警察なの？　オレ、協力できることがあったら、なんでもするって言っただけだよ。ねぇ？」

「はい」

「ははは、ほら見ろ！」

タツさんは、苦笑いしながら甲板に駆け上っていった。

「矢場巡査は奇科学島の出身なんですよね？」

「中学まで島で育って、高校では本土のほうに渡ったんです。おじさんが東京に住んでいたので、そこから通いました。その後、警察官になって、そのまま奇科学島勤務になったんです。きっと島出身だからでしょうね。もっとも二、三年もすれば別の赴任地に転勤でしょうけど」

「じゃあ、自宅から駐在所通ってるんだ」

「いいえ、父が心臓の病気を持っていて、医師に坂の少ない本土で暮らすように勧められたんです。それ以降、両親とは離れて一人暮らしです」

考えてみれば、両親と住んでいれば、彼は朝食を定食屋に食べに来るはずがないのだ。

「島の暮らしは長いのね」

「ええ。だから奇科学島の案内なら任せてください。でも歴史のほうは苦手なので、お年寄りに聞いてください。きっとお役に立つと思いますよ」

この青年は本当に、屈託なく答える。

「今回の殺人事件を、島の人たちはどんなふうに考えているんです？　狭いコミュニティーの中だと『きっとあいつが犯人だ』みたいな話は、出ると思うんだけど」

「それは、ありませんね」

矢場巡査は、きっぱりと首を振った。

「亡くなった海龍路慎二さんは、もう十年以上島を離れていた人なんです。本土の大学に通って、会社も向こうで勤めていたわけで、今年の春に戻って来たばかりなんですよ。普段は昼は海に出ているし、島の人は慎二さんになじみがない。だから噂好きの人も、今回の事件はなにがあったのか見当がつかないわけです」

なるほど。慎二さんは奇科学島出身だけれど、ほとんど他所者《よそもの》状態だったわけだ。

「亡くなり方が異様だったから、ひょっとしたら暴力団がらみじゃないかって話も出ているんだけど。島にそういう反社会的組織の話なんかはあるの？」

彼は笑って首を振る。

「それは考えられませんね。海龍路家の人間を襲うなんて。海龍路家は政界や財界にもつながっています。そういうことがもしあれば、それ相応の片をつけていると思いますよ」

海龍路貢さんが厳然と否定していたことが、裏打ちされたわけである。

「そんなに力がある家なの？」

「もちろん。貢さんは町長ですし、とても信頼されています。それに海龍路家自体が都内に何棟もビルを持つ大手の不動産開発会社を経営しています。ほかに海運や医療、製薬事業も手がけていて大変な資産家です。政界にも顔が利くし、奇科学島出身者は就職に困ったことがありません」

「面倒見がいい人なんだ」

「自分は警官をしていますから、住人の引き起こす問題にも直接関わることが多いですが、民事的な問題は無理です。金銭問題や女性を巡るトラブルなんかもしょっちゅう聞かされるけど、たいてい海龍路さんが解決してくれます」

それはつまり、海龍路家自体が抱える問題は、解決方法を持たないことを意味しているようにも思える。

「昔、科学者の人が殺されて、その因縁《いんねん》で『奇科学島』という名前が残ったそうだけど」

「はい。でも、その辺のところは誰も詳しくないんです。関わった人があまり話したがらなくて、正確になにがあったかはよくわからない。ただ『奇科学島』という名前が残った、としか知らなくて」

「でも島の人たちは、この事件とつなげて、生首事件を考えているようだけど」

「あれ、よくご存じですね！」

やばい。

「警視庁には、あらゆる情報が入ってくるのよ」

「へぇ、すごいな。そのとおりですよ。その科学者は首を切り落とされて殺されています。だから今回の事件とつなげて考えているようなんですよ。まぁ、噂好きの人たちの思い過ごしですよ。今どき呪いとか怨念とか、そんなものがあるわけないんですから」

確かに、今の科学捜査でそんなものが証拠としてまかり通るはずはない。

でも、怨念は人には見えず、しかし間違いなく存在するのだ。

そんなことを話していると、東山刑事がやってきた。

「矢場巡査。島が見えてきたんだ。皆に奇科学島の概要を説明してくれないか」

「わかりました。では甲板に集まってください」

捜査員がどやどやと集合した。

灰色と赤のまだらな夕空に、奇科学島は、鮮やかな緑色の姿を浮かべていた。

「奇科学島は海岸線の長さが十五キロほどの小さな島です。ご覧のとおり、島全体が切り立った崖に囲まれていまして、ほとんどの場所は海から出入りできません。唯一出入りできるのは左手に見える風神町の港だけです。防波堤が伸びているのが見えると思います」

この説明は私も受けた。

「中央に見える大きな山が喜角山で標高八百メートルほどあります。今も活動している火山ですが江戸時代の初め以降は、噴火した記録はありません。たまに今日のように噴煙が見えることがあるくらいです。人口は三百人ほどで、ほとんどが漁業と農業関係者です。後は、生花を育てているところも多いですね。伊豆諸島にある島の例に漏れず、奇科学島も江戸時代は流刑地でした。春と秋の黒潮が穏やかな時期を選んで、罪人が送られてきました。最近は観光客も増えて、夏には宿が取れないほどの人気があります。海の幸や焼酎《しょうちゅう》はお勧めなので、是非味わってください」

矢場巡査の流暢な案内に拍手が起きる。
やがて連絡船は、風神町の港へと向かった。

第二章　風神

1

船を下りた捜査一課の男性陣は、もれなく彼女に目が釘付けになった。

黒く長い髪を後ろで束ね、作業員に次々と指示を出している。

「東京から来た刑事さんたちの荷物を先に出してあげて。あそこのスーツケースも、そうでしょう！」

前回に来たとき、地図をくれた美しい女性だ。

今日はタンクトップを着ていて、そのしなやかな体の線が思いっきり目に入った。体つきはモデルのようではなく、アスリートのように筋肉質だ。港で力仕事をしているらしいが、野生のジャガーのような印象を与える。

なによりその碧い眼に、思わず魅入られてしまう。

「きれいな人がいますね」

「渋谷《しぶや》あたりを歩いたら、間違いなくスカウトされるだろうな」

私もそう思う。

港のスタッフは彼女の命令に素直に従っている。どうやらこの港の責任者のようだ。

私が視線を向けていることに気づいて、彼女がスタスタと近づいてきた。

「荷物は全部そろっていますか？」

「見ている範囲ではおそらく。でも、足りない荷物があった場合は、どちらに尋ねればいいでしょう？」

「そこの白い建物が事務所です。引き取り手の見つからなかった荷物はそこで預かってるので、いつでも取りに来てください」

そう言いながら、彼女は小首をかしげた。

「一度、ここに来られていますよね？」

「ええ、地図を探していただきました」

「やっぱり！」

彼女は素敵な笑顔を見せた。

「私は七夕といいます。これからしばらく、この島にお世話になります」

「伺っています。私は烏森来瞳。この港の責任者です」

やっぱり責任者だ。二十代くらいに見えるのに、すごい。

「ああ、来瞳さん。荷下ろしなら僕も手伝います！」

そう言って飛び込んできたのは、矢場巡査だった。

「なんでも言いつけてください。今日は非番なんです。なにを降ろせばいいです？」

来瞳さんに好意を寄せているのが、宇宙からでも確認できそうなほど、顔と態度に出ている。

「警察関係の方の荷物を優先して降ろしてもらえれば……。でも、いいの？」

「なにがです？　来瞳さんのお役に立てるなら！」

矢場巡査はハートマークが飛び出しそうなほどの勢いなのだが、来瞳さんは碧い眼に冷ややかな色を浮かべている。

「だって矢場君には、ほかに大事な仕事があるんじゃないの？　今日来られた警察の方たちを、宿泊するセミナーハウスに案内するのはあなたの役目でしょ？」

矢場巡査は顔色を赤から青に切り替えた。

「そ、そうでした！」

来瞳さんの目が、さらに冷たくなった。

「ところで、矢場君に聞きたいんだけど」

「なんでしょう？」

「刑事さんたちを全員、セミナーハウスに泊める予定なの？」

「はい。海が見えて見晴らしもいいし、風神町の飲食店街がすぐそこにあって食事にも便利ですよ。建物の中には会議室も、宿泊できる部屋もありますし、なにより大きな温泉がついてますから。海龍路貢さんも、あそこがいいとおっしゃっていました」

確かにあそこならいい場所だ。でも島の人たちが楽しみにしている大浴場を占拠してしまうのは気が引ける。

「でも女性が一人いるよ。別の宿が取れないの？」

「ああ、そうでした！　そうか……気がつかなかった」

矢場巡査のうろたえぶりに、助け船を出す。

「私は、べつに大丈夫ですから……」

後ろで聞いていた伏見主任も、頭をかいた。

「そのことを伝えていなかった。キックが来るまでは、男所帯だったから」

「困ったな。今は鉱山会社と研究者の人が民宿を押さえちゃってるからどこも一杯で、今から長期で借りるなんて、とても無理だ……」

「もういい！」

来瞳さんの碧い眼が、矢場巡査を射すくめた。

「私が貢兄さんに聞くから」

そう言うと携帯を取り出して、連絡を取り始めた。

貢兄さん？　つまり海龍路貢の妹ってことか。なるほど、彼女がこの港の責任者である理由が理解できた。

でも来瞳さんは貢さんと名字が違う。どういうことだろう？

「わかった……。そうする。彼女には『お客様の離れ』をお貸しすればいいのね」

どうやら私が泊まる場所を用意してくれたようだ。

捜査員の皆は、島の憩いの場所であるセミナーハウスへ向かった。

一方私は、来瞳さんの小型トラックで「お客様の離れ」という家に送ってもらった。

「案内していただいて、ありがとうございます」

「すぐそこなんだけど、坂が大変だし。それに荷物があるからね」

奇科学島はその中心に火山があり、住人は裾野の平野に住んでいる。町を離れると必然的に、坂を登らなきゃならない。

道すがら、風神町が一望できるポイントについた。

「あれがさっきまでいた港。風神港っていうの。昔は船の運命を風が握っていたから、風神様の祠《ほこら》が近くにあるのよ。その周りに広がっているのが風神町。島では一番大きな町で、スーパーも書店も病院もある」

「ひょっとして矢場巡査がいるのは、あの駐在所ですか？」

一応、彼をフォローしてみた。

「さぁ……」

全く気のない返事だ。くじけるなよ、青年。

「ああ、着いた。ここよ」

案内されたのは、入母屋《いりもや》造りの小さな家だった。

敷地《しきち》内には青い芝が短く刈り込まれ、椰子やソテツなどの亜熱帯の植物が植えられている。

「どうぞ中へ」

内装はアジア風の古民家造りで、かなりおしゃれだ。小さな冷蔵庫やキッチンもついていて、自炊もできるようになっている。

「これは、すごいですね」

大きなベッドが窓際にあり、屋根にも小さな窓がついていた。寝ながら星空が見られるようだ。シャワーのほかに檜《ひのき》の風呂が作り付けられている。

こりゃ、高級別荘だよ。

「東京から来られる大事なお客様を泊めるための家なんです。一見古そうに見えて、断熱材や床暖房なんかは新しいものを取り入れてあるんです。どうぞ好きに使ってください」

「いいんですか？　こんな立派なところを」

「もちろん。慎二兄さんを殺した犯人を逮捕しに来てくださったんだから」

やはりこの烏森来瞳さんは、海龍路家の兄弟らしい。でも名字が違うのは、なぜなのだろう。長男の貢さんに、兄弟の人数を聞いたとき言いよどんでいたが、これが関係しているのだろうか。


午後六時。

捜査本部の置かれるセミナーハウスは、港から三百メートルほどの高台に建っていた。

本来は集会所として使うためのもので、台風や津波のときなどは避難場所にもなっていた。

今回はそれを、捜査一課に貸してくれたというわけだ。

責任が重くのしかかる。

現在の捜査態勢は本土に一名が帰ったため、捜査一課が十名、鑑識が二名、所轄の警官が三名で合計十五名。ここに地元の消防団の六名が加わって捜査員は計二十一名となった。

これだけの人数で、まずは海龍路慎二さんの消えた胴体部分を探さなくてはならない。

「この二十一名を三人ずつ、七つの組に分ける」

伏見主任は、奇科学島の地図を広げた。

「島を二十八の区域に分けて、各チームが一区画を一日ずつ捜索する。これを四日間続けるんだ。そこで見つからなかったときは喜角山に分け入るしかない。このときはもう少し人手を集めて山狩りをすることになる」

周囲が十五キロしかない小さな島でも、中央に八百メートルの高さの山があり、そして深い自然があれば捜索場所には事欠かないというわけだ。

「捜索は明日から始める。今日はゆっくりと休んでくれ！」

「はい！」

皆が解散し、島の焼酎の話で盛り上がっているとき、伏見主任に呼ばれた。

「海龍路家に挨拶《あいさつ》に行く。向こうが食事を出したいと言ってるんだ。矢場巡査と一緒に、ついてきてくれ」

「わかりました」

島焼酎は明日以降の楽しみとなった。

2

海龍路家の黒い門の前に、再び立った。

前回来たときは、島の何者かの声に追い返された。でも、今回、扉は開け放たれている。

事件の謎を解く入り口に立ったのだ。

「行こうか」

伏見主任が、私と矢場巡査を促した。

飛び石が玄関まで続いていて、きれいに水が打たれている。石灯籠《いしどうろう》に明かりが入れられ、オレンジ色の光が亜熱帯の植物を照らし出す。

「幻想的ですね」

風が、オレンジとブルーの鳥のような花を揺らした。

「珍しい花ですね。まさに南の花というか」

「ストレリチアです。島では結構咲いてますよ。別名『極楽鳥花』というんです」

なるほど。確かに色鮮やかな極楽鳥に似ているかも。

でも、その美しさは極楽というより、人の世と別の世の境に立っているような感じだ。

玄関を入ると、家政婦さんが案内してくれた。

清水《しみず》さんという五十代くらいの女性だ。ふくよかで、キビキビとした人である。

古い時代から絶え間なく磨《みが》かれてきたであろう、黒光りする木造の廊下をまっすぐに進んだ。そして右手の襖《ふすま》が開かれる。

「ほお」

「これは……」

私と伏見主任は声を上げた。

黄金の部屋だった。

二十畳以上はある客間で、部屋を囲む襖はすべて金箔《きんぱく》が貼られ、その一枚一枚に細かな絵が描かれている。畳も、こまめに張り替えられているのであろう。秋の稲穂が一面に広がっているようだ。

部屋全体が黄金色に輝いている。

そして正面に開け放たれた障子《しょうじ》の向こうには、島の景色が一望できた。夜の風神町の明かりが広がり、その向こうの海には釣り船の明かりが輝いていた。

まるで、奇科学島を統べる天界だ。

「さあ、奥へ」

身元確認に来てくれた海龍路貢さんが現れ、私たちを上座に促した。

「自分は、これで失礼します」

なにか特別な場と察したようで、矢場巡査がすっと下がっていった。

向かい側には次々と海龍路家の人々が席に着いた。貢さんのほかに、港で会ったあの美しい烏森来瞳さん。そのほかに男女の二名だ。

「紹介します。海龍路家の長女の秀美《ひでみ》、次女の来瞳、そして三男の正吾です」

全員が席に着くと、朱塗りの膳《ぜん》が用意された。

「山葡萄《やまぶどう》で作った果実酒です。食前酒にどうぞ」

貢さんのこの言葉から、食事が始まった。

アワビの煮物、もずくとキュウリの酢の物、エビのゼリー寄せから始まり、金目鯛《きんめだい》の煮付けや、明日葉《あしたば》の天ぷら、ウニとカニの和《あ》え物《もの》、刺身の盛り合わせなどなど。

舌がトロけるようなご馳走《ちそう》が並んでいる。本当においしい。

「それで警察は、慎二兄さんを殺した犯人の見当は、ついているんでしょうか？」

話の口火を切ったのは、貢さんの隣に座っていた長女の秀美さんだった。

皆の箸が止まった。

彼女はニュアンスロングの髪を後ろで束ね、白のブラウスに黒のスカートを合わせている。年齢は二十代後半だろう。整った顔立ちに鋭い目、そして強めの眉《まゆ》が描かれているのだが、その反面、おびえたように背中を後ろに引く仕草《しぐさ》が印象的だ。

強気と弱気が入り交じっているように見える。

「私たちはただ、食事会をしているのじゃないはずです。慎二兄さんを殺した犯人を、警察は捕まえてくれるんでしょうか？」

秀美さんは、この静かな雰囲気に焦《じ》れて、怒っているようだ。

伏見主任は居住まいを正し、箸を置いた。

「我々は全力を尽くし、犯人を逮捕します。捜査に当たっては、有力者である海龍路家の方々のご協力を、お借りしたいと考えています。どうかよろしくお願いします」

主任は頭を下げた。

「ときに、秀美さんは今回の事件に関し、なにか心当たりがおありなんでしょうか？」

彼女は目を丸くして、体を後ろに引いた。

「べ、べつになにも……」

「ふふん」

秀美さんの答えに、末席に座っていた男性が鼻で笑って答えた。

「隠すことはないでしょう、秀美姉さん」

彼は冷ややかに口を挟んだ。

三男の海龍路正吾さんだ。

年は二十代前半だろうか。ショートの髪をアップバングさせた今風の青年だ。色は白く小顔でアゴが細い。切れ長の眼で唇は血の気が引いているように見える。白のワイシャツにベージュの八分丈《たけ》のパンツをはいている。

「私がなにを隠しているのよ？」

「慎二兄さんが死んだ理由ですよ。ハッキリ言えばいいじゃないですか。遺産争いが原因だって」

遺産争い？

「現在、我々の父親に当たる海龍路重蔵は健康に問題を抱えている。彼が死ねば莫大《ばくだい》な遺産をどうするかという問題が起こる」

「バカなこと言わないで。人を殺してお金を手にしても、捕まったら使えない。そんな意味のないことするわけないでしょう！」

そのとおりだ。

「捜査は警察の人たちがしてくれる。私たちは正直に協力すればいいだけじゃない？」

来瞳さんが二人の間に割って入った。

「でも、来瞳。誰が犯人か気にならない？」

「なるけど。兄さんの体も見つかってない時点で、事件の真相がわかるわけないし」

貢さんがおもむろに、会話に割って入った。

「慎二の葬儀は、いつ行えるでしょうね？」

「全力を尽くして遺体を捜索しています。ですが日時をお約束することはできません」

「わかっています。できることがあればなんでもおっしゃってください」

「くく……」

また、正吾さんの冷笑だ。貢さんがムッとした顔を向けた。

私は雰囲気を変えようと、別の話題を振った。

「後ろの襖は立派ですね。金箔が貼ってあるんですよね。描かれてるのは船ですか？」

「千石船《せんごくぶね》ですよ」

貢さんは、指さしながら答えた。

「江戸時代の大型輸送船で、米を千石分運べる大きさだから、千石船と呼ばれるそうです。でも、この襖絵の中では罪人を島に運んでいるところを描いています」

「罪人を？」

「伊豆諸島は江戸時代に島流しの場所として使われてきた歴史はご存じでしょう。つまり潮や風向きの関係で、そう簡単に渡れる場所じゃなかった。大きな千石船を使って、春と秋に天候に注意しながら渡らないといけなかったんです。この襖絵は島流しの歴史の一部を描いているんですよ」

なるほど。言われてみれば島に人が降ろされている。

「でも絵の中で、米俵《こめだわら》も運ばれていませんか？」

「島に、偉い人が流されてくることがあるの」

今度は来瞳さんが説明してくれた。

「政治の場では、ライバルの追い落としや裏切りがあるわけ。それに負けた身分のある人が島流しに遭ったりする。そのとき食料を送ることを許されたりしたの」

なるほど、身分が高いと待遇が良くなるわけか。

「海龍路家はこの島の庄屋で、罪人の面倒を見ていた。当然、当時の名家の人間も預かるわけさ」

今度は正吾さんが、説明を始める。

「すると海龍路家は多くの名家との縁ができ、それは島流しが廃止された後も続いた。この家が栄えたのは、そういう理由があるわけさ」

「なるほど」

外から来た人に優しくした功徳が、この財力として返ってきたというわけだ。

貢さんが説明を加えた。

「海龍路家の不動産開発が始まったのは戦後のことで、祖父に当たる海龍路六右衛門が戦後の東京の復興事業に参加させてもらいました。もちろん、様々な縁がものを言ったわけです。海龍路家には、この島に来た人の世話は必ずするようにとの家訓が残されました」

「なるほど。幸運は島の外からやってくるわけですね」

私が泊まらせてもらっている離れが立派な理由が、なんとなくわかった。

「お祖父《じい》さまの六右衛門さんはご健在で？」

「いえ、十二年前に亡くなりました。九十六歳でした。祖母はその五年ほど前に亡くなっています」

「それで、お父様は？」

「今、申し上げたとおり、父の重蔵は病床に伏せっております。現在六十八歳になります」

「お母様は？」

「あいにく外出中で……」

貢さんが、困った顔になった。珍しく感情を表に出したのだ。

「遊び歩いてるんだよ。あの女は」

口を挟んだのは、またしても末っ子の正吾さんだ。

「やめないか、正吾」

「いいだろ。貢兄さん。いずれはわかることなんだし。両親は仲が悪くて、母はもう十年以上、東京に住んでいます。ホテルを転々として遊び歩いていて、こちらからは連絡がつかない。慎二兄さんの死もまだ知らないんじゃないかな」

「わかりました。もし良ければ、警察のほうで捜索してみましょう」

「無駄だよ。母さんには、なにも関係ない」

「いえ、それはこちらで判断します」

この言葉に、一瞬彼の目がつり上がり怒りの表情を見せた。でも、すぐに冷笑の面持ちに戻った。

「好きにすればいい。無駄な時間だと思うがね」

そう言いながら、手元の白ワインを一口に飲んだ。

私は話題を切り替えた。

「そちらの絵は、家族で暮らしているようですが、家ごと流罪になることがあったんですか？」

「いや、これは島で結婚した流人を描いてるんだ」

貢さんが答えた。

「結婚したんですか？」

「流人は男女が別々の島に送られた。たとえばこの奇科学島や八丈島は、男の流人しか入れなかった。それじゃなにかと不便だということで、男性は島の女性と一緒に暮らすことが許された。表向きは妻ではなく『水くみ女』と、称していた。島の女も『新人《あらびと》好み』と言われ、外から来た男性を好きになることが多かったらしい」

「なるほど」

と、なると男女のトラブルも結構ありそうだな。外から来た男に、地元の女性が連れていかれたら、腹を立てそうである。

今度は伏見主任が、会話に加わった。

「来瞳さんは、港の管理をされているんですよね」

「ええ」

「亡くなった慎二さんが、毎日港を出入りしていたのを見ていらした？」

「もちろん。平日は採掘現場に出かけて、午後五時には戻ってきていました」

「六月二十八日、火曜日の午後五時に慎二さんは姿を消し、翌日の二十九日に現場に現れないのを不審に思い捜索。同日午後六時頃に捜索願いが出されています。前日の二十八日に慎二さんは港に戻ったかどうか、覚えていますか？」

「あの当時、同じことを貢兄さんに聞かれたんですが、見ていません。あの時刻は釣り船なども戻る時間で、それなりに人の出入りが多かったんです」

「慎二さんが戻られたとき、挨拶などは交わされないんですか？」

　この質問に、来瞳さんは驚いた様子だった。

「いえ、そういうことはしていません」

「では、慎二さんがなにかのトラブルに巻き込まれていたということは？」

「そういう様子はなかったかな……」

「秀美さんは知りませんか？」

「いいえ。だって慎二兄さんは研究者で、人と争うタイプじゃないし……」

「だから言ってるだろ。遺産が原因で殺したのさ」

　正吾さんは、あくまでこの動機にこだわっている。

「嘘だと思うなら、風神町に住んでいる顧問弁護士に聞くといい」

「参考になりました」

　私は素早く顧問弁護士の件を、メモした。

でも、慎二さんは首を切られ、わざわざ船に乗せられていた。深い恨みがあり、それを人に見せようという意図が感じられる。遺産争い以上の理由があるような気がしてならない。

ザザァ。

それは突然やってきた。土砂降りの雨である。

雨粒が窓を叩き、ソテツの葉が激しく揺れる。

「驚かれたでしょう。これが島の天気なのです。天気予報は当てになりません」

貢さんが、諦めたように外を眺めた。

「南の島のスコールみたいですね」

私は答えた。

滝のような雨が、地面をあっという間に水たまりに変え、その次には泥水を撥《は》ね上げている。

「周りを海に囲まれているので、その水温に守られて穏やかな気候を授かることができる。でも一度荒れ始めれば、それを遮ってくれるものがない。人の手では止められない。抗《あらが》おうとすれば、更に深い傷を受けるかもしれんのです」

遠い目で、静かに呟いた。

会食が終わる頃、雨は小降りになっていた。

でも風はかなり強い。

「傘はさしても、壊れるだけです。車のあるところまで走るしかありませんよ」

清水さんがアドバイスしてくれた。

玄関を出ると、なんと矢場巡査が待っていた。

「行きましょう！　本当に走るしかありません。車の鍵は自分が預かっていますから」

「皆との飲み会に、なぜ合流しなかったんですか？」

「そのつもりだったんですが、清水さんが別室で食べてゆくように勧めたんです。じつは皆さんが食べられていた仕出しを、自分の分も用意してくれていて」

「あなたも、あの食事を？」

肩の荷が下りた。自分たちだけおいしいものを食べたと思い、気になっていたのだ。

「貢さんが『どうせ矢場君も来るだろうけど、同席はできまい。だから、別室で食べさせてあげてくれ』って」

「優しい人ですね」

それに機転も利く。彼の気配りに驚いた。

「あの人、頭がいいだけでなくケンカも強かったんですよ。なによりこの辺のほかの漁師に比べても泳ぎが格段にうまい。子供が溺《おぼ》れているのを何度か救ったこともありますよ。かなり荒れた海でも負けずに泳ぐし、フィンなしで水深十五メートルくらいなら潜れるかな。陸で仕事してるのを、漁師の人たちはいつも『もったいない』って、言ってますよ」

確かに島のリーダーとして、申し分ない人だ。

車に辿り着き、中に入ろうとしたとき、暴風に混じってなにかが聞こえてきた。

「おおお……」

低い声だ。海龍路家の奥から聞こえる。

「……仕方がなかったんだ」

仕方がない？

なんのことだろう。

風雨で途切れるようにしか聞こえないが、なにか大事なことを話している気がした。

「あのとき……殺してしまったから……」

島の秘密を隠すようにソテツが躍り、声を遮る。

「……私はなんとかしようと……。呪いだ……。六十年前の事件が呪いをかけたのだ」

その場にいた三人は、思わず顔を見合わせる。

「呪い？　あの声の主はいったい……」

私は矢場巡査の方を振り返った。

「重蔵さんじゃないかと思います」

「重蔵さん？　病床に伏せっている、貢さんたち兄弟の父親？」

「はい」

なんと、海龍路重蔵氏までもが、六十年前の事件の呪いを疑っている様子だ。

「ばかばかしい」

伏見主任は、この非科学的な考えに拒否反応を示した。そして口に苦いものを入れたような顔で車に乗り込んだ。

「これ以上雨に打たれたら風邪を引く。さっさと戻ろう！」

空を雨雲が覆い、島には本当の闇が広がっていた。

目の前の道も見えない。人の作り出す光は、ほんのわずかしかないことに気がついた。

「早く車に乗りましょう」

そう言った矢場巡査の顔は、なぜか死者のように血の気がなかった。

3

七月九日。

昨晩の天気のことなど忘れたかのように、海は静かに朝日に照らされていた。

シャワーを浴びた後、白のハーフパンツとグレーのパーカーに着替え、町に降りる。

島の人に警戒心を持たせないよう、捜査員はスーツをやめて、カジュアルな私服で来るようにとのお達しが、伏見主任から出されたのだ。

私も、そのほうが良いと思う。

山道にはクマザサとシダが混生して茂り、町に近づくにつれて溶岩を積み上げた石垣が増えてゆく。

朝食が提供される、一番近場の喫茶店に行ってみた。

ドアを開けると酒造工場のにおいがした。

見ると捜査員が数名、席についてコーヒーをすすり、昨晩の酔いを覚まそうと努力している。

「おはよう、キック」

「大丈夫ですか？」

「ああ、なんとかがんばる」

朝九時にセミナーハウスに行くと会議室の片隅に焼酎の瓶が並べられていた。

「ここでも、飲んでいたのかよ」

ところが捜査会議が始まると、さすがの捜査一課が底力を見せてくれた。

「昨夜居酒屋に行ったら、山王マテリアルの社員が来ていて、いろいろ話が聞けました」

「え？　一緒に飲んでたんですか？」

「当然。犯人を捕まえないと、家に帰れないからな」

さすがである。

「彼らは、この奇科学島に金の試掘に来ていて、島の北側に、地神島《ぢしんじま》といわれる小さな岩礁があるのですが、そこが採掘現場になっているそうです。いつも午後五時が終業時刻で六月二十八日も五時過ぎには風神港に戻ってきたそうです。いつものように港で解散するところまでは、被害者の慎二氏がいたことを社員が確認しています。そして、自宅のほうに戻る姿も見ているそうなんです」

「目撃者の話によると、その姿を見て『今日は自宅で食事を取るんだな』と、思ったそうなんです」

伏見主任がうなずく。

「つまりその時点で、誰かに話しかけられたりはしていないと」

「はい、不審な人物は見ていないそうです」

「港から自宅の海龍路家に戻る途中に姿を消したとのことで、海に落ちたり、崖に落ちたりした可能性は低いだろうと」

「島の小さな町とは言え、人通りはあったはずだ。その場所で声も上げずに人がさらわれたとは考えづらいな」

「と、いうことは、被害者は顔見知りによって連れ去られた可能性が高いわけか」

私は昨日、海龍路家で聞いた末っ子の正吾さんの「殺された原因は、遺産問題だ」という言葉を思い出した。もしそうなら、犯人は確かに顔見知りである。

「翌日の二十九日には島中が総出で、慎二さんを捜したそうです。港から海龍路家への道のりや、日頃通っていた飲み屋、友人の家。考えられる場所はすべて捜したそうです。けれど、慎二さんのいた形跡は、全く見当たらなかったし、異変も見つからなかったそうです」

ん？

今の言葉で、なにかがひらめいた。

慎二さんは二十八日に消えて、翌日に殺されて首を切られ、丸一日をおいた七月一日に首が船で流されている。その間、島中が総出で捜し、なに一つ形跡が見当たらなかった。

なにか足りない、いいものがある。

「慎二さんの形跡は、島中の人が捜しても全く見つからなかったんですよね？」

私は聞いた。

「ああ」

「どれくらいの規模で捜したんです？」

「島中総出ってのは言いすぎかもしれないが、百人はいたんじゃないか？」

「それで、なにも見つからなかった……。ひょっとしたら、胴体部分の隠し場所の見当がつくかもしれません」

私の言葉に、会議室の全員がポカンと口を開けた。

「なんでだよ、キック」

「これだけの情報で、なにがわかる?」

「ないんですよ。血液が」

「血液?」

「慎二さんは二十八日に行方不明になり、翌日には首を切られ、頭部は船に乗せられ流されている。私たちがその船を発見したとき、その首の周辺にはおびただしい血が流れていました。と、なると切られた直後、胴体部分から流れ出した血の量は、それとは比べものにならないほど大量だったはずです」

「確かに」

「頸動脈《けいどうみゃく》を切れば、その出血量は半端《はんぱ》じゃないからな」

「でも、島の人の報告からは、そんな血の痕を見た人がいないいないんでしょ?」

「ん?」

「つまり、どういうことだ?」

伏見主任に先を促された。

「血の痕《あと》がなかったとなれば、洗い流されているか、地面に落とさなかったかです。そして首は船に乗せられ、海に流された。と、なれば胴体部分が隠された場所は限られてくるはずなんです」

「ああ、なるほど！」

伏見主任が額をぴしゃりと叩いた。

「海だ！」

「そうです。殺害も、首を切り落としたのも、高瀬舟に乗せたのも、すべては海のすぐ近くのはずなんです。そして、それ以降は遺体を全く動かしていない。だから道ばたに血液が落ちるようなことはなかったし、少々の血液が流れても海水で洗い流せたんです。遺体が隠されているのは海のすぐ近く。しかもこの島は崖に囲まれているから、風神町の港のはずなんです」

「捜索範囲を変更する！」

伏見主任は地図を広げ、フェルトペンで港付近を細かく区切った。

「奇科学島は周囲が崖で囲まれていて、出入りができん。となれば犯行現場は風神町の近くに限られるはずだ。ここを十一の区域に分ける。各グループで徹底的に調べるんだ」

「はい！」

刑事たちが声を上げ、会議室を出ていく。そして外に待機していた消防団の人たちとともに捜査区域に飛び出していった。

私も無線機やマグライトを準備して出かけようとした。

ところが伏見主任は、まだ地図を睨んでいる。

「どうしたんです？」

「……キック。お前は遺体捜索を外れろ」

「は？」

私、なにか失敗した？

東山刑事が怒り出した。

「な、なぜです。七夕警部はヒントをくれたんですよ。その彼女を外すなんて、ひどすぎる！」

主任は黙って首を振る。

「そうじゃない。キックには、ほかにやってほしいことがあるんだ。島のことを調べてくれ。特に六十年前のことを」

「六十年前って、あの科学者が殺された事件ですか？」

「そうだ。昨夜、海龍路重蔵氏が、今回の事件とつながりがあると暗示していた。遺体が見つかっても、こちらの情報が欠けていたら、全体像がつかめない危険がある。その芽を摘み取っておきたい。矢場巡査と一緒に、島を回ってくれ」

あの老人の「呪い」という言葉を鵜《う》呑《の》みにはしないが、裏を取っておこうということである。

矢場巡査は長い足をスタスタと動かして、山道を登ってゆく。

慣れている道は楽だというけれど、私はここまでの坂道を普段は上り下りしない。結構体力を持っていかれる。

「白壁杜夫の診療所があった場所は、喜角山の西側です」

以前見ている。林に埋もれ、木漏れ日に照らされていた廃墟だ。

「この道は慣れてるの？」

「子供の頃から上り下りしてます。ほとんどの道は頭に入っていますよ。全部じゃありませんけど」

「全部じゃない？　そんなにたくさん道があるの？」

「じつは隠れた近道が結構あるんですよ。普段生活する中で、自分の家から目的地までは、なるべく近道をしたいじゃないですか。そういうルートがこの喜角山の中にはたくさんあって、全部はわからないんです」

「なるほど。私用の近道があちらこちらに隠れているわけだ」

「はい」

舗装された車道は途中で途切れ、山道に変わる。

クマザサやソテツが生い茂る道は、次第に杉木立へと変わっていった。

日差しが遮られて、急に涼しくなる。

「六十年前っていうと、一九五〇年代か……」

「自分が口を挟んでいいものかわかりませんが、その……」

「なに？」

「自分は、今回の事件と白壁さんのことは無関係だと思うんですけど」

また矢場巡査が暗い顔になった。

「なぜ？　現に重蔵さんは叫んでいたし……」

「……重蔵さんが、今回の事件の真相を知っているとは限りませんし」

確かにそうだ。

「でも、島の人たちも関連付けて考えているわけでしょ？」

「はい。でも、慎二さんと白壁さんはともに首を切り落とされたという共通点があるだけで、それ以上の深いつながりはないと思うんですけど」

　そうはいっても湯気の出るやかんを見れば手を引っこめる。昔触れたときの熱さを反射的に思い出すだろう。

「ほら、あれが診療所です」

　やはり、あの廃墟だ。

　おそらく昨日のような暴風雨に何度も襲われ、ここにあった記録のようなものはすべて吹き飛ばされているであろう。そして、コンクリートという朽ちることのない人工物が、呪いのように、この島にへばりついているのだ。

　腰まである雑草をかき分け、中に進んだ。

　枯れ葉が堆積《たいせき》して、わずかにリノリウム張りの床が顔をのぞかせている。

「彼の行動を知ることができる資料とか、残っていないかな……」

「ないと思います。奥さんの露子さんが持っていったんじゃないかと」

　ん？

「あなた、白壁杜夫の奥さんの名前を知っているの？」

「あ、いえ。すいません」

「いや、謝ることじゃなくて。あなたは確か連絡船の中で六十年前の事件を詳しく知らないと答えてる。でも今、彼の奥さんの名前を口にした。矛盾していると思うけど」

「いえ、その……」

「捜査に関係ある情報を隠さないで。彼はなぜ、殺されたの？　なにか悪いことをしたの？」

「いえ、白壁先生が悪いことをしたんじゃなく、誤解があったって……」

「誤解？」

「この島に悪い病気が流行《はや》ったとき、白壁先生は皆を治してくれたんです。でも、治る直前にちょっと具合が悪くなる人が出て、それが白壁先生のせいにされちゃったんです。だから島の人に襲われたって……」

なるほど。

「それだけ？」

「……いえ。じつはその前に、白壁先生が島民の不信を買う事件があったんです」

「なに？」

「その……島の巫女と結婚しちゃったんですよ」

「巫女と結婚？　それが事件なの？」

「当時、島を守る神通力《じんずうりき》があると信じられた、特別な少女だったんです。その人が結婚するわけだから、巫女も辞めたわけですよ。これは島の人にとって守り神をなくすような話です。しかもその人は、すごく美人で……。それが露子さんなんです。奇科学島では有名な人なんですよ」

なるほど、だから名前を知っているわけか。しかし島一番の美女を他所の男が連れ去れば、確かに恨まれそうな話である。

昨日の宴席で聞いた流刑地だった時代の話が頭をよぎる。島の女性は「新人《あらびと》好み」で、島の外から来た人を好きになったと。それが六十年前にも再現されていたわけだ。

「本当にそれだけ？　まだ隠していることはない？」

「…………」

「後でバレたら、信頼をなくすわよ」

「……巫女の名前は烏森露子。碧い眼をした美しい少女だったそうです」

え？

「烏森……それに碧い眼？　それって……」

「そうです。露子さんは烏森来瞳さんの祖母に当たる人です」

来瞳さんは露子さんの孫！　つまり、六十年前に殺されてこの奇科学島の名前の由来にもなった白壁杜夫の孫に当たるのか。

だから、矢場巡査は六十年前の事件と今回の生首事件を関連付けたくなかったのか。白壁杜夫が殺された事件と因縁があるとすると、真っ先に疑われるのが烏森来瞳さんになる。

だからといって、情報を隠していいことはない。私は彼を睨み付けた。

矢場巡査は制帽を脱いで汗を拭《ふ》くふりをし、目をそらす。

「なぜ、白壁杜夫の孫の烏森来瞳さんが、海龍路家の兄弟の一員となっているの？」

「昨日も聞かれたと思いますが、海龍路家は家訓として島に来た人の面倒を見るんです。祖父に当たる海龍路六右衛門が当主の頃に、白壁先生はこの島にやってきました。そして、烏森露子さんと結婚するんです。この件に関して六右衛門さんはなにも言わず、むしろ祝福したと伝えられています。ところが、島民が誤解から白壁先生を殺してしまった。これに六右衛門さんはひどく責任を感じたといいます。自分の島で、悲劇を起こしてしまったことに。だから残された白壁露子さんと、当時生まれていた娘の繭子《まゆこ》さんの面倒を生涯みると誓ったそうなんです。そしてお詫《わ》びに、海龍路家の所有していた小さな島である『地神島』を贈りました。そして、六十年の時が過ぎたわけです」

「ひょっとして、今もその誓いが生きていると？」

「そうです。来瞳さんは母子家庭だったそうで、十八歳のときにお母さんの繭子さんが亡くなって、一人になってしまったんです。途方に暮れていた来瞳さんを、そのときの当主である重蔵さんが引き取ったんですよ」

「名字が前のままの『烏森』にしてある理由は？」

「お母さんのことを、忘れたくなかったそうです。祖母の露子さんの姓が烏森で、繭子さんも夫の死後は烏森を名乗りました。来瞳さんは海龍路家に引き取られるとき、烏森の名前を残すことを条件にしたのだと」

なるほど、だから彼女だけ名字が違うのだ。

でも、そういう事情となると海龍路重蔵さんの言っていた「六十年前の呪い」の意味が見えてくる。

慎二さんが殺された理由は、あの一族の中では遺産争いと考えられている。つまり彼が死ねば、彼が相続する分を奪える人物が犯人だと。その中で「六十年前の事件」と、関わりがあるのは一人。

やはり烏森来瞳さんだ。

「昨日、海龍路重蔵さんは『来瞳さんが犯人だ』と、言っていたんじゃないの？」

「彼女はそんな人じゃありません。誤解ですよ！」

矢場巡査の来瞳さんに対する気持ちを考えたら、こうなるのもわかる。でも、警官としては別である。

「殺された慎二さんの無念を晴らすために、捜査員が必死になっている。そんなときに捜査情報を隠すのは、絶対にだめ。仲間を裏切る行為だから。来瞳さんが犯人じゃないと思うなら、あなたが証拠を集めて真犯人を逮捕すればいい。あなたには、島のほかの人にない捜査権が与えられているのよ。慎重に判断しないと」

「はい……」

「本当の犯人を逮捕するためなら、私たちはいくらでも協力するし」

「……申し訳ありませんでした」

えらくヘコんでしまった。

ヘコんだついでに申し訳ないけれど、もう一つ確認させてもらいたい。

「来瞳さんはあなたのこと、避けてなかった？」

矢場巡査の顔色が色調補正に失敗したように、さらに倍ほど悪くなった。

「なにやったの？」

「自分が高校生のとき、彼女を怒らせてしまいまして……。夏休みで島に帰ったとき、来瞳さんが大学を卒業してこの島で働き始めていたんです。そのとき彼女がここに来た理由を聞いて……」

「聞いて、どうしたの？」

「言ってしまったんです。『もっと早く海龍路家の援助を受けていれば、君もお母さんも苦労することなかったのに』って」

「え？」

彼女は前の名字を残すほど、お母さんを大事にしている。その母親を批判するような台詞《せりふ》はまずいだろ。

「そりゃ、怒るね」

「ひっぱたかれました」

彼は頬をさすった。

十代の彼に、悪気はなかったんだろう。

彼の中にある来瞳さんへの思いの強さが伝わってきた。それと同時に、彼女をかばおうとする態度も許せた。

「時間が誤解を解いてくれるのを、待つしかないかもね」

「許してもらえるように、どんなことでもするつもりです」

彼は白い歯で唇をかんだ。

パキッ。

足下を見ると実験器具のガラス管を踏んづけていた。

「ここで白壁杜夫は、不老不死の薬の研究をしていたのよね……」

当然、実験は失敗しているはずである。成功していれば巨万の富にプラスして、ノーベル賞がおまけについてくるだろう。そして人類は、健康問題から解放されているはずである。

が、今もってそういう兆候はない。

白壁杜夫は最後の瞬間に「薬の秘密は、この島にある」と、言い残したという。

彼はこの島の中に、なにを見つけたのだろう。

白壁杜夫の診療所を抜けて、島の西側に向かう。

ちょうど前回とは逆に島を回っているわけだ。しばらくすると木々の間から水の音が聞こえ始めた。やがて視界が開け、小さな滝と池が現れた。

「水神池《すいじんいけ》です。島の貯水池で命綱ですね」

前回は見落としていた場所だ。

水の色が不自然なほどに碧い。まるでトルコ石を溶かしたようだ。

「水神池ってことは、水神様が祀《まつ》ってあるの？」

「あれです」

滝のそばにある、石造りの小さな祠を指さした。

「小さな島で人が住めるかどうかは、水源が豊かかどうかで決まりますからね。涸《か》れたら大変ですから水神様に守ってもらっているんです」

「それにしても、水の色が不思議なくらい碧いね」

来瞳さんの瞳の色を思い出させる。

「学校で習ったんですが、火山から染《し》み出る硫黄の影響で碧くなるんだそうです」

「へぇ、すごいね」

池のすぐそばが切り立った崖になっていて、真下には海が見える。まるで池の水と海がつながっているような錯覚を起こさせる。

見下ろすと島を一周する国道が見え、そばに大きなプレハブが建っていた。その脇には岩石が積まれている。

「あれは？」

「山王マテリアルの、仮設の研究所です。海底から採取した岩石をあそこに持ち込んで、分析しているんです。社員が何名か宿泊もしているはずです」

「そうすると、積み上げられた岩石は、海底からのものなんだ」

さらに進んで島の北側に回る。

「でも……」

矢場巡査が歩きながら呟いた。

「さっき情報の共有が大事だと言われたから、だから言いますけど……」

「うん」

「末っ子の正吾さんも、海龍路家に引き取られた人なんです」

海龍路正吾さんは、あの会食で末席に座っていた男だ。昏の血の気が薄く、今回の事件が遺産争いだと主張していた。

「正吾さんが引き取られたってことは、つまり養子ってこと？」

「そうです。じつは海龍路重蔵さんは浮気をしていて、外に愛人がいたそうなんです。それに腹を立てた奥さんの明美さんも浮気をして。そのとき子供ができてしまったそうなんです」

「それが、正吾さん？」

「はい。なんでも相手の男は逃げてしまったそうで。それで、重蔵さんは正吾さんを自分の子供として育てることにしたんです」

「妻と浮気相手との子供を、自分が育ててるの？」

信じられない。

島にやってきた者は、海龍路家が面倒を見るという家訓を実行したのだろうか。それとも恐ろしく心が広いのか。

しかし昨晩の宴席で、正吾さんの態度がどこか冷たく、醒《さ》めていた理由がわかった気がした。

「奥さんの明美さんもそのことがあって以来、島に寄りつかなくなりました。東京で遊んでいると聞いています」

昨日聞いた話と、合致する。と、なると明美さんは慎二さんが亡くなった事実を知らないというのも本当かもしれない。

高架索道が見えた。

山王マテリアルが金を試掘している現場だ。

矢場巡査が沖を指さす。

「真正面に岩礁が見えるでしょ。あそこが金の試掘を行っている場所です。昔『地神島』と呼ばれていて小さな火山だったんですよ」

「地神島、あれが？　さっき白壁杜夫が殺された償いに、海龍路六右衛門が残された親子に贈ったって言っていた島だよね。あんな小さな岩礁をあげたの？」

人が三人も寝れば手一杯のような岩場である。

もらっても、喫茶店も開けない。

「昔はもっと大きかったんですよ。でも一九八四年に大きな地震があって、そのとき地神島は沈んでしまいました。残っているのはあの小さな岩礁だけで、火口は今は海底にあるんです。そしてそこから吐き出される熱水の中に金が発見されたんです」

「それじゃあ海龍路六右衛門が贈った『地神島』は、今は海の底ってこと？」

「残念ですが、そういうことです」

せっかくの六右衛門さんの誠意が、消えてしまっていたなんて。

「山王マテリアルは、地神島が沈んだ場所から岩石を採取する。あのクレーンのついた船が掘り出しているんですよ」

見ると、アームのついた船が、黒煙を上げ、ディーゼルエンジンの音を響かせている。

「そして採取した岩石をこの真下にある港に持ってくるんです」

「港？　この島には港は風神町にある一つだけじゃないの？」

「いえ、仮設の小さな港があるんです」

見ると、鉄骨で組んだ足場のようなものが見える。

「あそこから高架索道を使って、岩石を国道まで引き上げる。そこに待機しているトラックが、水神池から見えた研究所に運ぶんです」

なるほど、そういう流れの作業をしているわけか。

金を掘るとなれば、設備もそれなりにお金がかけられるというわけだ。

「どうして『地神島』って、呼ばれたの？」

「いつも噴煙を上げているような島だったそうで、島の人は噴火するのを恐れたんです。それを鎮めるために地神の祠が造られた。だから地神島と呼ばれるようになったそうです」

「なるほど」

逃げ場のない島の人にとって、噴火はまた恐るべき災害なのだ。

島の北側から東側にかけては、かなり切り立った崖になっている。ここを上り下りできるとすれば、高山に住んで崖を跳び回る山羊《やぎ》か、少なくともイチゴミルフィーユより崖が好きな人間だ。

「島の北側にはほとんど民家が見えないのね」

「人はほとんどいません。昔は冬に炭焼き小屋に通っていた人がいたと聞きましたが、今は誰も」

急峻《きゅうしゅん》な崖を見るとうなずける話である。


さらに道を進むと白い灯台が見えてきた。

前回は海龍路家を訪れたときに見えたものだ。

島の真東から岬が三十メートルほど伸びていて、その先端に高さ十メートルほどの建物がある。海に白波が目立つほど風が強い中で、微動だにせず航海の安全を守ってきたのだろう。

「あそこは海龍路家の長女の秀美さんが管理しています。昨日の食事会でも、お会いになったでしょう」

言葉は強気なのに、少し臆病《おくびょう》なところのある彼女だ。

「長男の貢さんは海龍路家の本業を仕切っている。次男の慎二さんはこの島の資源開発。秀美さんは灯台の管理で、来瞳さんは港の管理をしているのね。皆島の仕事をしているんだ。末っ子の正吾さんは会計を担当されているそうですね」

「はい。ものすごく頭のいい人で、米国の大学で経済学の修士号を取っているそうです」

なるほど。頭がキレそうな雰囲気だったけれど、やはりただ者ではなかったわけか。

島を一周して、再び風神町が見えてきた。

後は、六十年前の白壁杜夫が殺された事件を詳しく調べなきゃいけない。

考えてみれば六十年昔なら、実際にその事件を見た人が生きていてもおかしくない。島のお年寄りに聞けば目撃情報を取ることも可能だ。

連絡船にいたタツさんも矢場巡査も、案内できるほどに島のことには詳しいが、六十年前の事件のことだけは曖昧《あいまい》になってしまう。

島の名前にまで残ってしまった事件なのに、不思議なことである。

「矢場巡査。奇科学島のお年寄りで、島の歴史に詳しい人はいる？」

「たくさんいますよ。なかでも喜角神社の神主さんで尼《あま》ヶ坂犬《さかけん》次郎《じろう》という人がいるんですが、今年九十歳で、この人は生き字引と呼ばれています」

「会うことはできるかな？」

「あの神主さんは旅行好きで……」

プルルル。

彼が答えかけたときＰフォンが鳴った。Ｐフォンとは、警察専用の携帯電話である。

「七夕です」

「七夕警部、風神港に来てください」

東山刑事からだった。珍しく声の調子がうわずっている。

「海龍路慎二の胴体が見つかりました。それが……」

熱い風が突然吹き抜けて、木々を揺らす。惨劇の始まりを告げているような気がした。

「とにかく死体の状況を見てください。人の仕業とは思えないんです……」

4

雲の流れが早くなった。

風は強くなり、海は白波を見せ始める。

風神港の待合室に駆け込むと、人がおらず静まりかえっていた。

「あれ、皆は？」

「警察の方達は、廃船置き場にいらっしゃいますよ」

職員の一人が現れて、防波堤の隅を指さした。

見ると防波堤の奥にたくさんの船がたまっていて、そこに人だかりができている。

「七夕警部、こっちです！」

東山刑事が手を振っている。

「遺体の様子は？」

「良くありません。この暑さですし……」

まぁ首が切断されていることはわかっているし、ショッキングな状況なのは想像できる。捜査に協力してくれた消防団員が二名、海に向かって吐いていた。

「第一発見者は？」

「烏森来瞳さんです」

「彼女が？」

「遺体が海沿いにあるかもしれないと聞いて、一番人の近づかない場所を調べてみたそうなんです。それがこの廃船置き場だそうで」

見ると、人垣から離れた場所で来瞳さんが伏見主任に説明をしていた。

「正式な廃船置き場なんてものはありません。漁師が老いて次の乗り手が現れなかった船が、捨てられて集められた場所なんです。海洋投棄はできませんし、かといって簡単には廃棄できませんから、防波堤のすみに集められていたんです。警察のほうから『遺体は港の近くにあるかもしれない』と、聞かされて。それで廃船置き場が思い当たったんです。ただ、とても危険な場所で、慣れない人間が入り込んだら命を落としかねません。なので私とスタッフが安全を確かめながら、一隻ずつ中を確かめていきました。そうしたら、釣り船の船室に兄がいたんです……」

来瞳さんは声を詰まらせて、うつむいた。

風神港には腕で抱えて守るように、防波堤が築かれている。その根元あたりに十隻以上の廃船が放置されて身を寄せ合っているのだ。

コンクリートの岸では外されたエンジンが体液を吐き出すように赤い錆《さび》を流し、船体は波にもまれてギシギシと音を立て、お互いを削り合っていた。やがて力尽きたものから海に沈むのだろう。

船の墓場だ。

確かに、いつ沈むか予想もつかない廃船の上に乗って、捜索するのは素人には無理だ。犯人も、そこを計算して廃船置き場に死体を隠したのかもしれない。

それにしても、東山刑事は「人の仕業とは思えない」と、言っていたが、いったいなにが起こったのだ？

「現場の状況は？」

「鑑識の春日井さんと金城さんがいるんですが。その……手が出せなくて……」

「手が出せない？」

「とにかく来てください。見ればわかります」

波で大きく揺れる壊れかけた船を飛び移りながら、現場である釣り船に近づいた。大きな船室を持つ船である。ＦＲＰ製の船体を海藻やカビが覆い、不気味な雰囲気を漂わせていた。

船縁《ふなべり》にはぐるりとベンチが据えられ、釣り人たちが腰掛けられるようになっている。中央にはドアが閉まる半地下の船室が用意されていた。昔は乗船客が寒風を避けたり、ときには船酔いした客が寝ていたのだろう。

船室の両側には三十×二十センチほどの、小さな窓が左右に二個ずつついている。捜査員が大勢集まり、この窓から中をのぞいている。その中には伏見主任や海龍路貢さんの姿も見えた。

なぜか誰もドアを開けて室内に入ろうとしない。

「どうしたんです？　なぜ入らないんですか？」

伏見主任に近づいて聞いた。

「入れねえんだ。のぞいてみな」

目の前にいた捜査員と交代してもらい、確認する。長年の風雨で窓ガラスが、ホコリと泥にまみれていた。

視界の右端《みぎはし》に、人影が見えた。どうやらドアのある壁とは反対側に、首のない死体があるらしい。つなぎの作業服の上半分を腰に結わえ、Tシャツ姿である。

そしてそのTシャツは元の色がわからないほど血に染まっていた。犯行時にどれほどの体液の噴出があったか想像がつく。床や壁に飛び散った血は赤黒く変色していた。

凄惨《せいさん》な現場である。早く遺体を回収してあげたほうがいいと思う。どうしてこれで、鑑識員が中に入らないのだろう？

そう思いながら、遺体とは反対側のドアのほうを見てみた。

「これは……！」

目を疑うような状況だった。

ドアに鍵が、普通にかけられているわけではないのだ。それなら蹴破《けやぶ》って、鑑識活動を始めている。それをさせないほど強烈な光景が、そこにはあった。

ドアノブと壁側に作られたフックが、鎖でぐるぐると巻かれているのだ、そしてその鎖が南京錠《ナンキンじょう》で、がっちりとつながれているのだ。

奇妙な施錠である。

こんなことは、部屋の内側にいる人物しかできない。

でも、部屋にいるのは、首のない死体だけだ。窓は割れていないし、壁に穴が空いているわけでもない。

考えられるのは、死体が動いてドアに鎖を巻いたということだけである。

確かに東山刑事の言ったとおり、人の仕業とは思えない。

私は貢さんの方へ振り返った。

「船室にいるのは、弟の慎二さんですか？」

「わかりません。ただ体格は似ているし、普段着ている作業用のつなぎであることは間違いありません。その服には左胸のところに名札がついているはずです。下にずり落ちていて見えませんが、たくし上げれば確認できるはずです」

でも、これは無理矢理には開けられない。この奇妙な状況を犯人が仕掛けたとなれば、証拠が残っているかもしれない。それを壊してしまうかもしれないのだ。

伏見主任は首を振った。

「このまま放置しておくわけにもいかない。決断しないと」

伏見主任は何度かドアを押し開けようとした。でも数センチほど開くだけで、あとはびくともしない。

そして動かすたびに中からの屍臭《ししゅう》が辺りに広がった。

「鑑識は、写真を撮ったな？」

「はい」

「よし、蹴破ろう。仏さんをこれ以上こんなひどい場所に置いておくわけにはいかん。東山、やってくれ」

東山刑事は足場を固めると、ドアノブに狙《ねら》いを定めた。次の瞬間、ドアが吹っ飛んで破片が飛び散った。

屍臭が一気に広がる。

先に鑑識班が入り、まずくくり付けられていた鎖を拾い上げ、ビニール袋に入れた。二メートルほどの長さがあり、これが幾重《いくえ》にも巻き付けられていたようだ。

次に床にライトを当て、足跡を入念に調べ始めた。それらしいものはすべて写真が撮られる。床に落ちているものが、丹念に拾い集められた。

「様子から見て、ここが殺害の現場だろうな」

伏見主任が呟いた。

八丈島の検死では、頭部に殴打された痕が見つかっている。被害者は六月二十八日の午後五時以降に連れ去られ、そしてこの廃船に運ばれ、首を切断された。そしてその首は、高瀬舟に乗せられ流された。と、なると犯人は、この危ない廃船に近づける人物に限られるのではないだろうか。

「入っても大丈夫か？」

伏見主任は鑑識に聞いた。

「踏み荒らさないように」

注意しながら遺体に近づき、両手を合わせた。

私たちも同じように、手を合わせる。

そしてつなぎの服を引き上げ、胸の名札を確認した。

「海龍路慎二」

名が告げられると、貢氏は天を仰ぎ、堅く目をつぶった。

「なんてこと……」

絞り出すように声を上げた。

「これは？」

鑑識の春日井さんが遺体の右手を開いて見せた。手の中には小さな鍵が握られている。簡単な作りのものだ。

「なんの鍵でしょう？」

「家の鍵とか。コインロッカーはこの島にはないし……。スーツケースの鍵かも」

一宮刑事が手に取って、考え込んだ。

「いえ、ちょっと待ってください」

私はその鍵を受け取ると、この船室にかかっていた南京錠に差し込んでみた。

カチャリ。

見事に開いた。

「おお！」

「そこの鍵か！」

なんと、閉じ込められていた船室の鍵を、被害者本人が持っていたのだ。

東山刑事が、真っ青な顔になる。

「これ……死体が鍵をかけたってことですかね……？　あの鎖だって、内側からしか巻き付けられないわけだし」

伏見主任は、怪談めいた言葉を無視して遺体を見直す。すると、もう片方の左手のほうにもなにか握り込んでいる。主任はボールペンの柄で、指をこじ開けた。

「なんだこれ」

数センチほどの、白いプラスチック片だ。

「写真を撮ってくれ。あと、袋とピンセットを」

鑑識の春日井さんが交代し、ピンセットで左手の中の謎の物体をほじり出す。ところが力が入りすぎて、中のものがはじかれ、弧を描いて床に転げ落ちた。

「あ！」

その場にいた捜査員や、協力してくれた消防団員が一斉にそれに目を向けた。

私は慌てて拾い上げ、隠す。

犯人しか知り得ない大事な証拠だ。人に見られたら台無しである。

船室の窓を見た。捜査に協力してくれた島の消防団の人たち、そして海龍路貢さんも、こちらに目を向けていた。

見られたかもしれない。

名札であった。その表面にハッキリと名前が書かれていた。

「鳥森来瞳」


死体検分も終わり、午後七時の連絡船に遺体を乗せることができた。

この後八丈島から空輸され、本土で本格的な検死を行うことになる。

「これで慎二の葬儀を挙げてやることができます」

長男の貢さんは、捜査員に丁寧に礼を述べ、遺体と一緒に八丈島へと向かった。

皆は、当面の目標であった遺体発見が無事すんだことにホッとして、待合室のイスに次々と座り込んだ。

「良かった」

「次は犯人逮捕だ」

「その前に、山ほど書類を書かないとな」

疲れた体を起こし、セミナーハウスの捜査本部にふらふらと戻る。そして、書類整理に忙殺された。

「もう頭が働かない」

「今日の日付が思い出せない」

「誰か代わりにやってくれ」

口々に文句を言いながら、パソコンで必要事項を書き続けた。

でも私は、報告書を整理しようとすればするほど、混乱した。

いったいなぜ、首のない遺体を密室に閉じ込めておくことが必要なのか？　どうやったら、ドアの内側から鎖をぐるぐると巻き付け、南京錠をかけることができるのか？　その鍵はなぜ、慎二さんの遺体が握っていたのか？

そしてなぜ、来瞳さんの名札を握りしめていたのか？

「キック、ちょっと来てくれ」

伏見主任がドアの向こうから、呼んだ。

「烏森来瞳への事情聴取を今日中にやっておきたい。明日になれば騒ぎが大きくなるだろうからな」

「わかりました」


午後九時。

最終の連絡船を送り終えた風神港は照明が落とされて静まりかえっていた。

職員はいなくなり、聞こえるのは波の音だけである。防波堤の明かりには無数の虫が集まっているのが見える。

烏森来瞳の事情聴取は港の待合室ですることになり、私と伏見主任は彼女を待っていた。

「喜角神社御焚きあげ」

「海洋生物を親子で体験」

来瞳さんを待つ間、島の催事を知らせるポスターを丹念に眺めた。

ふと、ポスターの中に「夏の四神まつり」を知らせるものがあった。

開催日は八月十四日。

「あと、一月と少しですね。この『四神まつり』って。その頃には犯人が捕まっているといいけど」

「江戸時代から続いているお祭りです」

そう言いながら、烏森来瞳が入ってきた。

手にしたお盆には、麦茶の入ったグラスを三つのせている。

「ご苦労様です」

烏森来瞳は悪びれる様子もなく、胸を張ってツカツカとやってきた。

「こちらに来られた理由は伺っています。兄の死体から、私の名札が出たそうで。どうぞ、忌憚《きたん》なく質問してください」

やはり見られていた。

彼女はソファの背もたれに背中をつけることなく、胸を張って私たちに応じる。

その姿に、見たこともない彼女の祖母の、巫女姿が重なる気がした。凛々《りり》しく神の言葉を伝えていたであろう烏森露子の威光の片鱗《へんりん》だ。

伏見主任は動じることなく、淡々と質問をぶつける。

「あの遺体を発見したのは、あなたですね。そのときの様子をもう少し詳しく伺えませんか」

「遺体捜索が始まったのは聞いていました。今朝早くから消防団の人たちが大勢港に集まってきましたから。どうしたのかと聞くと『東京の女刑事さんが、遺体は港にあるって言うから来たんだ』と。私が、どうしてなのかと聞くと『遺体は首を切られているけど、島の中に血の痕が見当たらない。首はそのまま船に乗せられている。ということは、体のほうも港にあるって言うんだ』と、言うのです。なるほど、これは理にかなっていると思い、先刻お話ししたとおり、港の中で一番人が近寄らない場所を探したわけです。そして兄の遺体を発見しました」

「よくその場所を思いつきましたね」

「七夕警部のヒントがなければ見つかりませんでした。頭のいい人ですね」

彼女は碧い瞳で私を見た。

本当に眼に力のある人だ。とても魅力的である。

「ご協力感謝します。慎二さんが行方不明になったのが六月二十八日の火曜日でしたね。その日のあなた自身の夕方の行動を思い出していただけるでしょうか？」

彼女は上目遣いになり、宙を見つめた。

お神楽で、巫女が見せる所作のようだ。

そして声にならない独《ひと》り言《ごと》を始めた。まるで、神の言葉を下ろしているような雰囲気を漂わせる。

記憶を探るときのクセだろうか。

「仕事が終わると、友人の経営している『あずみ』という飲み屋さんによく行きます。疲れているときは、直接帰るし。毎日同じ行動しか取っていないのでこのどちらかだと思うんだけど。ちょっと電話をかけてみますね」

彼女は巫女から普通の女の子の様子に戻り、スマホを取り出した。

「ああ、タカコ。来瞳だけど。六月二十八日ってお店に行った？　うん、水曜日が定休日だからその前日」

どうやら電話口のタカコという人は、懸命に記憶の糸を辿っているらしい。

「え、行ってない？　そう、わかった。ありがとう」

彼女は電話を切り、首を振った。

「アリバイを証明してくれる人はいません。一人で家に帰りました」

「翌日の二十九日にはどのような行動をしたか覚えていますか？」

「その日だけの行動というわけじゃなく、いつもスケジュールどおりなので、それをお話しします。まず毎朝午前六時に出社し、その日の天候をチェックして一番大事な連絡船の状況を確認します。八丈島を出港したかどうかは、島の生活に関わることなので。連絡船の状況を役場に連絡して、防災無線で島の人に伝えてもらいます。また、天候に問題があれば漁師の人たちに伝えたり。そして午前九時には連絡船が到着。荷下ろしの指示をします。それが終われば次は連絡船に乗り込む乗客の誘導と、荷積み。それが終わり、一息つくのは午前十一時。ここから一時間は書類の整理が始まります」

「朝起きて、息つく暇がないですね」

思わず同情した。

「この港が停止すれば、奇科学島も止まってしまいますから。一時間休んで再び事務所に。まず八丈島に船が着いたかどうかを確認。その後、午後の便が出るのかどうかも確認。もし出るなら、乗客の人数や荷物の大まかな量も知っておかないといけませんから。突然大量の貨物が届いたら、港は大騒ぎになってしまいます」

「なるほど」

「午後五時の便にはお客さんが多く乗っています。そして午前と同じように荷下ろしと荷積み、出港準備。そして書類整理が始まってこれが午後八時まで続きます。そして今のように午後九時には明かりを消して、事務所の戸締まりをしたら飲みに行くか、帰るかになる。水曜日は『あずみ』が定休日で帰る予定だった。けれど、慎二兄さんがまだ見つからないというので、私もその後しばらく兄の行きそうな場所を捜索していました」

「そのとき、どなたかと一緒でしたか？」

「いいえ。難しい場所に行くわけじゃないし、誰かと組んだりしたら、その分捜索範囲が減るわけだから。でも、誰かと一緒ならアリバイが立証できたんでしょうね」

「ええ、そのとおりです」

伏見主任は少し笑った。

彼女は嘆息した。

「アリバイは、ありません。そうとしか答えようがないのです」

「慎二さんの遺体が握っていたのは、あなたの名札で間違いないですか？」

伏見主任は、血のついた名札を見せた。そして眼は、彼女の表情を追っている。

ビニール袋に入れられた、生々しい証拠品だ。

「私のものです。でも、殺していません。誰が、こんなことを……」

「どこかでなくされた覚えは、ありますか？」

私は聞いた。

「何度もなくしています。島の人には名札なんか不要なんですが。ここは観光客の人も多いので、名札があったほうが親切だろうと導入されたんです。でも、船で荷積みや荷下ろしを手伝うと段ボール箱が名札に当たって、ポロポロ取れてなくしてしまうんです」

そう言うと、自分の引き出しからチョコレートの缶を出し、中に十個ほど入った名札をジャラジャラと見せた。

「だから観光シーズンにしか、つけなくなっていたんです」

そう言って、日焼け防止の黄色いパーカーを見せてくれた。そこにはバッチリと彼女の名札がくっついている。

つまり犯人は、内部のこの状況をよく知っている人間ということになる。

「その名札の入った缶が保管されている引き出しに、鍵はかけていましたか？」

「いいえ、これといって大事なものではないので」

「と、いうことは誰でも取り出せたわけですね？」

「知っている人なら」

「すいませんが、ビニール袋とセロハンテープをお借りできますか？」

「ええ、どうぞ」

彼女に用意してもらったビニール袋とテープで、引き出しを人の手が触れないように覆った。

「明日、指紋を採取します。このまま封印させてください」

ここまで計画的な犯人が、指紋を残すとは思えないけど。

「引き出しに名札が入っているのを知っていた人物は、誰です？」

「事務所に出入りできる人なら誰でも」

「つまり、たくさんいるということですね」

「はい」

彼女の証言には隙がない。自分が容疑者として扱われていることがわかっているのに、うろたえもせず、理路整然と答えてくる。

「お祖父さまのことについて、少し伺わせてください。六十年前にこの島で殺された白壁杜夫さんのことです」

来瞳さんと伏見主任が、同時に目を見開いた。

主任はまだ、過去の事件と来瞳さんとの関わりを知らないのだ。

「お祖父さんは一九五六年に、ある誤解が元で島の人に殺されたと伺っています。本当でしょうか？」

「はい」

「いったいどういうことがあったんでしょう？」

「詳しいことはわかりません」

また、「詳しいことはわからない」だ。

「祖父が村の人の病気を治そうとしたのに、急にリンチにかけられて、なぶり殺しにされたと聞いています」

「そのことを先々代の当主の海龍路六右衛門さんはひどく悔《く》いて、残された母娘《おやこ》の面倒は一生海龍路家が見ると宣言されて、地神島という島まで贈られたとか」

来瞳さんは顔を上げ、町の方に険《けわ》しい目を向けた。

その視線は遠くの矢場巡査を射貫《いぬ》いているような気がした。彼がこの情報を漏らしたことは、簡単に想像できるだろう。

かわいそうな矢場巡査。

「事実です。でも、島をもらおうと生活を保証されようと、亡くなった命は戻ってきませんし、受けた苦しみは癒《い》やされません」

そのとおりだ。癒えることない、イヤな思い出が奇科学島にあるはずだ。

でも、あなたはここにいる。

その理由が、来瞳さんの中に隠された真実のような気がした。

「でもあなたは、海龍路家に養女として引き取られていますよね。過去は清算されないと思いながらも、援助をお受けになった。なぜです？」

質問は、碧い瞳を揺さぶった。

ほんの一瞬、子供が泣き出すような表情を見せた。

でも、それが錯覚だったかのように、元の冷静さを取り戻す。

「失われたもののことを、十年、二十年と思い続ければ、望んだ未来が得られるなら、そうしていたでしょう。でも、あのとき私は困っていた。学費がなくて、せっかく合格した大学を諦めなきゃならないところだったんです。だから海龍路家に頼りました。なにより母がそうしてほしいと願ったからです」

「お母様が？」

来瞳さんは窓の外に目をやった。

待合室の明かりに虫が集まり、その向こうに暗い海が見えている。

「祖父が殺された後、海龍路六右衛門は祖母と母を家に招き入れ、なに不自由のない生活を送らせてくれました。家も食べ物も、着物も作ってくれたと。祖母の体調が悪くなれば、最高の大学病院にも入れてくれたし、温泉療養にも出してくれたそうです」

「罪を償いたかったんですね」

「でも、こんな生活を赤の他人にさせていたら、親戚《しんせき》や島の人間から当然不満が出てきます。『あいつらはずるい。自分たちはそんな恩恵にあずかっていない』と。最初は六右衛門さんも無視していたのですが、数が増えるとどうしようもない。結局祖母と母は、海龍路家を出ていくことになりました。一九八二年のことです」

島のリーダーだから、一部の人を優先して面倒を見るわけにいかなかったんだな。

「結局、祖母の露子はしばらくして他界し、母の繭子は伊豆で暮らしていました。そして八年後の一九九〇年に私が生まれます」

「お父様は?」

「母からは他界したと聞かされました。名前も聞かされていません」

「名前も?」

「はい。聞くと悲しそうな顔になるのがつらかったので、聞きませんでした。それに母と一緒でしたから、なんの不満もありませんでした。母は、私を育てるために懸命に働いてくれました」

「そして、大学に受かった頃に亡くなった?」

「癌《がん》でした。生活に余裕があれば、もっと早く見つかったんだろうと思っています」

「つまり、海龍路家があのとき追い出したりしなければ、お母さんは亡くならなかったとお考えなのですか?」

「母は言っていました。『私たちは、父さんの命の分を取ってしまった』のだと。白壁杜夫が殺されてその分を楽に生きてしまったと」

碧い眼に涙があふれた。

「そんな悲しい考え方をしなくてもいいと思いませんか? 母はなに一つ悪いことをしていないのに」

待合室の静かな空間に、彼女の嗚咽《おえつ》が響いた。

「私が大学に行けず、苦しんでいるところは絶対に見たくない。お願いだから海龍路家に行って、援助をしてもらってくれと。それが母の願いだからここに来たんです」

そこまで言うと涙を手の甲で拭《ぬぐ》い、小さく深呼吸した。

「海龍路重蔵さんを訪ねたとき、とても喜んでくれました。それこそ涙を流して。そして、進学費用を出してくれて、養女になることも勧めてくれたんです。でも、母への思いがあるので、名字だけはそのままにすることで、その話をお受けしたわけです」

奇科学島へのわだかまりよりも、来瞳さんの母親への思いが強かった。だから、島に来て、海龍路家の庇護《ひご》を受ける決心をしたというわけか。

「でも、不思議ですね。海龍路家にあまり恩を受けたくない気持ちなんですよね。なのに、海龍路家の管轄する港の管理の仕事をされてるんですか？」

少し意地悪な質問をぶつけた。彼女の海龍路家に対する印象は、捜査に大事だと思ったからだ。

「これは恩返しです」

来瞳さんから意外な言葉が返ってきた。

「恩返し？」

「そうです。受けた恩を返しているんです。そうすれば対等の立場にいられるじゃないですか」

なるほど。借りを作らないということか。

海龍路家の末っ子の正吾さんは「動機は遺産相続にある」と、言っていた。もし、そうであるなら、来瞳さんはその容疑から外れている気がする。

彼女の碧い瞳は、海龍路家の巨大な富を全く見ていない気がしたからだ。

「この港に、監視カメラはありますか？」

私は質問を変えた。

「三台あります。記録も保存しています。ですが接岸する船を監視するために設置されていて、人の流れを捉《とら》えるようにはなっていません。それをお含み置きくだされば、いつでも持っていってください」

「ご協力ありがとうございます」

事情聴取を終え席を立とうとして、聞きたかったことを一つ思い出した。

「このポスターにある『四神まつり』ってなんですか？」

「この島は東西南北に四つの祠があるんですよ」

来瞳さんは少し笑顔を取り戻して、答えてくれた。

「一つ目は島の南に位置するこの『風神町』です。昔の船は風を頼りに進んだので、港には風の神をお祀りする祠があります。二つ目は島の東側にある灯台の近くです」

「その灯台なら見ました。なんでも長女の秀美さんが管理しておられるとか」

「ええ。その近くに竈《かまど》の神様が祀られているんです。つまり火の神様ですね。火事を起こさないようお願いする神様。そして北には地神島がありあの火山が噴火しないよう地の神様が祀ってある。四つ目は西にある水神様」

「それも見ました。奇科学島の水源がある貯水池ですね」

「そう、そこに水神の祠がある。つまり、風火地水の神々がすべて祀られているんです。夏になるとその神様をまとめて喜角神社でおもてなししようというのが『四神まつり』と、いうわけです」

「なるほど。効率がいいですね」

「島で人気のお祭りで、観光客もたくさん来ます。良かったら皆さんも参加してください」

来瞳さんは嬉しそうに笑った。

「四神まつりか……」

　捜査本部に戻ると、伏見主任は妙にこの言葉を繰り返した。

「気になるんですか？」

「いや、中世のヨーロッパは科学が未発達で、錬金術などの奇妙な疑似科学がもてはやされたろ。当時は元素なんてものがあるとは知らず、四大元素や五大元素といいながら、『風火地水』が、すべての物質の根源だと考えられていたからな。それを思い出したんだ」

「聞いたことがあります。結局はうまくいくことがなく捨てられ、名前だけが残る考え方ですよね」

「まさに奇科学さ。この島の名前に合っていると思ったんだ」

　なるほど。この島全体が四大元素を表しているというわけだ。

「……まさか、白壁杜夫が研究していた薬の秘密が、そんな風火地水のようなものを元にしているなんてことはないですよね。そうなれば彼は科学者ではなく、かなり風変わりな人物だということになりますよ」

「そうなんだよ。そうすると島の人を救おうとしたという話も怪しくなる」

　確かにそのとおりだ。

そんな奇っ怪な考えを元に薬を作ったとなったら、話がひっくり返る。

喜角神社の尼ヶ坂犬次郎という神主さんに、当時の様子を確認する必要がある。

〈送信メール〉
Ｔｏ　深海警部
件名　胴体部分が見つかりました。

海龍路慎二氏の胴体部分が発見されました。

ただ、かなり不可解な状況で発見されたことを報告します。

発見現場は風神町の防波堤の隅にある廃船置き場で、その中の釣り船です。

長さ二十メートルほどあり、その中央に三畳ほどの小さな船室が設《しつら》えられていて、その中に閉じ込められていたのです。

船室には両サイドに窓が四つありますが、すべて開閉できないタイプでした。

最も特異だった点はドアの施錠のされ方です。

部屋の内側では、ドアノブと壁から突き出たフックが五センチほど離れて並んでいるのですが、そこに鎖をぐるぐると巻き付け、南京錠をかけ、ドアを開けられないようにしてあったのです。

これほど複雑なやり方は部屋の内側からしか実行することができません。なのにドアも窓も開かない状況だったのです。

密室です。

そうでなければ首のない遺体が立ち上がり、自分から鎖を巻いて南京錠をかけたとしか思えないのです。しかも、慎二氏の手の中には南京錠の鍵までが握られていたのです。

この島は「奇科学島」と呼ばれていました。その由来は、六十数年前に島に来た科学者が不老不死の研究をしていたという噂です。

この死体の状況は、彼の研究を暗示しているとも取れるのです。

ばかばかしいと思われるかもしれませんが、これを裏付けるような言葉を、島の有力者の海龍路重蔵氏が叫んでいるのです。

「これは、六十年前の呪いだ」と。

一九五六年に、不老不死の研究者である白壁杜夫氏は、島の人に殺されました。そして奇妙な縁で、白壁杜夫氏の孫に当たる烏森来瞳という女性が海龍路家の養女になっているのです。

そして、慎二氏のもう片方の手には来瞳さんが仕事場でつける名札が握られていました。

すべての状況が、彼女を犯人だと指しているのです。

果たしてそうなのでしょうか？

私には三つの状況が考えられます。

一、烏森来瞳が真犯人である。

二、この殺人は海龍路家の遺産争いが原因。慎二氏の遺体に来瞳さんの名札が握られていたのは、彼女に罪を着せて、一人でも海龍路家の兄弟を減らす意図があった。

三、じつは遺産争いが動機の犯罪ではない。それを隠すために来瞳さんの名札を握らせて、兄弟間の争いのように見せかけた。

こう考えると、二番目のケースが非常に危険だと考えられます。

殺人がこれからも続く可能性があるからです。

深海警部はこの状況を、どのように分析されるでしょうか？

七夕菊乃

5

七月十日。

「なぜだ？　こんな小さな島で事件が起きているのに、目撃者が全くいないなんて」

捜査本部は犯人逮捕に向けて本格的に動き出した。

でも、その前にこの不可解な難問が現れたのだ。

昨日より地元の消防団や住人の協力を得て、聞きとりをしている。けれど、誰一人、目撃者がいないのだ。

「島には三百人ほどしかいないわけだから、話を全員に聞くなんて難しくはない。でも、不審者の情報が一つもないなんて考えられるか？」

「想像しているより人口密度が低くて、目の届かない場所が多いってことなのかな」

「我々は東京都の街中の犯罪捜査に慣れすぎているのかもしれませんね。目撃者はいるはずだと思うし、防犯カメラはなにかを捉えてると考えてる。でも、ここでは通じない」

狭いコミュニティーで起きた異様な事件なのに、手がかりがない。

「犯人側に、圧倒的な地の利があるってことでしょうかね」

私は言った。

昨日の遺体発見は今朝のニュースで報じられ、世間ではセンセーショナルな話題となっているらしい。

「連絡によると大勢のマスコミ関係者が本土を発《た》ち、昼前には八丈島へ。そして夕方から明日の朝にかけて、大挙してこの奇科学島に押し寄せてくるそうです。注意してください」

まるで、台風予想だ。

「今後はマスコミ対策もしっかりやっていかないと」

「でも、三百人しか住人がいない場所で、情報管理ってどうやるんだ？」

「それこそ飲み屋で捜査員と記者がバッタリなんて、頻繁に起こるかもしれんぞ」

これから騒がしくなりそうである。

「本土の大学病院から、海龍路慎二氏の検死解剖結果が届いた。もちろん胴体のほうのだ」

伏見主任の報告が入った。

「死亡したのは二十八日夜から翌未明までと推定される」

つまり慎二さんが行方不明になった時間と一致する。地神島の調査から港に戻り、姿を消した直後に殺されていたというわけだ。

「つまり犯人は最初から殺す気で、慎二さんを連れ去っているということですね」

「そのとおり。報告によると、最初に頭を殴りつけ昏倒させてから、心臓を刺している。死因は出血性のショック死だ。頭部の状態を見ると、死後しばらくして首を切断していることがわかった」

「なんでわざわざ、そんな手間のかかることを。犯人にはそういう異常性が見られる、ということでしょうかね？」

「普通は身元をわからせないようにするために、首を隠すのに。こいつは首のほうを出してきたんだもんな。本当に得体が知れないよ」

伏見主任と私は再び海龍路家を訪れた。

やはり、海龍路重蔵に直接「呪い」の意味を聞きたかったのだ。

海龍路家に着くと家政婦の清水さんに、先日と同じ客間に通された。襖に島の歴史の描かれた、あの部屋である。

座卓に置かれた冷たい麦茶のグラスが、空気中の水分を捕まえている。

「すみません」

入ってきたのは、清水さんだ。

「重蔵様は神経痛がひどくて伏せっております。話は後日にしてもらえないかと」

「でしたら枕元《まくらもと》に伺ってでも、お話を聞きたいのですが」

私は押してみた。

「今、薬を飲んで楽になっているので無理をして痛みをぶり返したくないと……。加減が良くなれば、こちらからでも行くから、今日は勘弁してほしいとのことです」

伏見主任を見ると、首を振った。

そこまで言われて、無理強《むりじ》いできない。息子さんの遺体が出てきてしまったショックもあるのだろうし。

「わかりました。慎二さんのことは本当に残念でした。お悔やみをお伝えください」

「代わりと言ってはなんですが。正吾さんが、話をしても良いとおっしゃっているんですが」

正吾さんは、海龍路家の末っ子だ。そして鳥森来瞳と同様に海龍路家に引き取られた兄弟でもある。

「是非お願いします」

数分後に彼は、灰色のビジネススーツに紺のネクタイを締めて現れた。

「先日はどうも」

相変わらず血の気の薄い唇だが、妙ななまめかしさを放っている。先日よりも彼の本当の姿を見ている気がした。

「兄の遺体を発見してくださりありがとうございます。父に代わってお礼を申し上げます」

「いえ……」

伏見主任が、この若者の真意を探る眼になる。どうも胡散臭《うさんくさ》さを感じているようだ。

「ところで、殺害現場から姉の来瞳の名札が見つかったそうですね。警察はそのことをどのようにお考えなのでしょう？」

名札の話は、島中に伝わっているのだろう。マスコミに伝わるのは時間の問題だし「島森来瞳は最有力容疑者なのか？」と、いう質問も出てくるに違いない。

こうなると、警察側も明確なコメントを用意しなくてはならない。伏見主任は、どのような立場を取る気だろう？

「正直なところ、わざとらしい細工に見えました」

「そうなんですか？」

　正吾さんはメガネを上げて、意地悪そうな目を向けた。

「はい、殺人現場は得体の知れない演出に満ちています。首は切られ、船で流され、胴体部分は船に閉じ込められ、ご丁寧に内側から鍵までかけられていた。偽装の見本市です。こんな状況で名札が出てきたところで、おいそれと信じるわけにはいきません。犯人の術中に、はまるかもしれませんからね」

　なるほど、さすが伏見主任。説得力のあるコメントを用意している。

　正吾さんも苦笑いして首を振った。

「すると犯人は誰でしょう。この島の人間でしょうか？」

「わかりません。だから関係者の皆さんに当時のアリバイを伺っています。海龍路正吾さん。あなたは慎二さんが失踪《しっそう》された六月二十八日の火曜日、午後五時以降にどこにいましたか？」

「自宅です。この屋敷にいました」

「それを証明してくれる人は？」

「本土の会社の人間でしょうね。私はいつもネットの通信を使って仕事をし、指示も出していますから。その時間に通信していた記録が残っているはずです」

「残念ですがそれではアリバイにはならない。移動中でも通信できますし、いくらでも細工できますから」

「そう言われると、証明しようがありません」

正吾さんは不敵に肩をすくめる。

主任は私に、次の質問を目で催促した。

「あなたは海龍路重蔵さんの実子ではないと伺ったんですが」

主任は口をへの字にし、正吾さんはわずかに片眉を上げた。

「ええ。母の明美と浮気相手の男との間に生まれました。父親のほうは子供ができたとわかると逃げてしまったそうです。でも、重蔵はほかの兄弟と全く同じように扱ってくれました」

「素晴らしい方ですね」

「マネできません」

彼は引きつったような笑みを、血の気のない口元に浮かべた。

「それが海龍路重蔵なんですよ。島にやってくる、あらゆるものをのみ込んで、自分の胃袋の中で平和に暮らさせようとする。その胃袋は、外の世界より遥かに暮らしやすい。そして外から抱えてきた憎しみや悪意を、すべて溶かそうとする」

彼は、鳥森来瞳のことを暗示しているのだろうか？

「でも、そこから出ようとする人もいるんじゃないですか？」

「もちろん。出ていくものは好きに出ていく。突き破ろうとするものさえ、重蔵は容認するだろう。でも、考えてみてください。その彼が病《やまい》に伏して、動けなくなっているんだ。重蔵が死ねば、結ばれていたものが次々と崩壊する。彼のほかに、この愚かな世界につなぎ止められる者はいないんだ」

「あなた自身も、それを感じますか？　重蔵さんがいなくなれば、この世界が終わってしまうような」

「私はなにも信じてない。だが、ここに金があるのは間違いないからね」

いや、嘘だ。正吾さんはそこまで唯物論者には見えない。そこまで割り切っているなら、言葉で鎧《よろい》をまとったりしないはずだ。少し、揺さぶってみよう。

「お母さんの明美さんは、どう思っているでしょうね」

彼は意外なほどうろたえて、目を伏せた。

「知らん……」

そして黙り込んだ。本当の姿が現れた気がする。

「あなたは犯人に心当たりがあるんですか？」

る《じ》ことを」

「……重蔵は気づいたのかもしれない。自分ののみ込んできたものの中に、呪いがあることを」

「呪い？」

「自分がこの世を去り、奇科学島はどのように変わるのか。後を受け継ぐ者は、果たしてすべてを受け入れるのか。それとも手に余る者は、抹殺されるのだろうか？」

「どういうことです？」

「私が殺されたら、兄の貢を逮捕してくれ。奴が犯人だ」

海龍路家の黒い門から出て坂道を下り始めた。

不意に冷たい風が顔に当たる。

見上げると西の空に厚い雲が見えた。

「不思議ですね。正吾さんは、この事件は遺産争いが原因だと言っていたし、顧問弁護士に確かめてみろとも言っていました。なのに、重蔵さんが言っていたような『呪い』という言葉を口にした。彼が捉えている事件の像は、どんなものなんでしょう？」

伏見主任に聞いた。

「わからん。まずは顧問弁護士から話を聞いてみんと。海龍路貢が容疑者として浮かぶ理由が、なにかあるんだろう」

「待って！」

突然後ろから、甲高い声が聞こえた。

振り返ると、赤いスーツケースを引きずりながら追いかけてくる女性がいた。

海龍路秀美さんである。

「考えられない。奇科学島でこんなことが起きるなんて。海龍路家の恥よ！」

彼女は連絡船の待合室で息巻いた。紺色のスニーカーで、気ぜわしそうに足踏みをしている。

「とにかく犯人が捕まるまで島から離れているの！　慎二兄さんの遺体が島で見つかったってことは、犯人はここにいるってことだもん！」

そのとおりだ。

そして事件の動機が遺産争いなら、秀美さんが狙われる可能性は確かにある。

「安全を図りたい希望がおありなら、協力します」

秀美さんは、ホッとした顔になった。

「できれば誰にも行き先を告げないで、隠れていられるといいんですが……」

伏見主任が腕を組む。

そこに来瞳さんが冷たい麦茶を持ってきてくれた。

「秀美姉さん、島を出るの？　お父さん大丈夫？」

「ごめんね、来瞳ちゃん。でも皆がいるんだから大丈夫だよね」

礼も言わずに麦茶を受け取った。

「父さんは、どうかしているのよ。海龍路家の使命だかなんだか知らないけど、外からわけのわからない連中を家に招いて育てるなんて。ああ、ごめん。来瞳ちゃんは別だよ。あんたは遺産なんかいらない人間だってわかってるから。でも親戚とかにも狙ってる奴はいるだろうし……。とにかく私は逃げることにしたから」

「気をつけてね」

来瞳さんは肩をすくめる。

「とにかく私は、午後七時の船で島を出るの。ここにいたらきっと殺される。お巡りさん、お願いだから一緒にいて守って！」

「困ったな。私は午後には海龍路家の顧問弁護士に会う予定なんですが」

「オレも現場の指揮がある。仕方ない、東山刑事と矢場巡査を呼ぼう」

「早く呼んでちょうだい！」

秀美さんが顔を赤くして叫んだ。


午後一時。

風神町にある顧問弁護士の事務所を訪ねた。

海龍路正吾さんが、遺産のことを確かめてみろと言ったからだ。

ところが弁護士の口から聞いた話は、全く意外なものだった。

「海龍路家の遺産はすでに、少しずつですが生前贈与されていますから……。重蔵さんが亡くなっても全体からすれば、たいした額が動くわけではないですね」

四角い顔の六十代くらいの弁護士さんは説明してくれた。

「そ、そうなんですか？」

この殺人が遺産争いから起きているという推測が崩れる。

「具体的な数字でお答えしますと、一族全体の資産がだいたい四百億円くらいとお考えください。そのうち会社の持ち分が約三百億円で残りが個人の資産部分です。そのうち重蔵さんの資産が三十億円、明美さんが二十億円、長男の貢さんが二十億円、慎二さんが二十億円、秀美さん十億円、正吾さんが十億円です」

「あれ？　来瞳さんは、どうなってるんです？」

「彼女は受け取りを拒否しています。なんとか彼女名義の預金に滑《すべ》り込ませたお金があって、それが三千万円というところでしょう。もちろん彼女は知りません」

なるほど、秀美さんが来瞳さんを信頼するわけだ。確かに彼女は港で働いて、海龍路家に借りを作らない態度を見せている。

弁護士さんは説明を続けた。

「ここで重蔵さんが亡くなったとしても、明美さんが半分の十五億円を取って、残りを兄弟五人で分けた場合一人当たり三億円です」

「となると慎二さんが亡くなった場合、増える金額は一億円に満たない額になりますね」

自分の資産が十億円あって、一億円に満たない額のために殺人を犯すとなると、確かに割に合わない。

「ではこの殺人事件に、遺産は無関係なんですね」

「いや、慌てないで。そうとも言い切れませんよ」

「え？」

「今話したのは重蔵さんが亡くなったときに受け取る相続の話です。ここに慎二さんの遺産が加わると、大きく変わるでしょうね」

弁護士さんがメガネを引き上げた。

「慎二さんの遺産が加わると？」

「そうです、彼は生前贈与で二十億円をもらっていますから、その分配が始まるわけですよ。海龍路家の兄弟は一人も結婚をしていませんから、優先される配偶者や子供がいないわけです。となると法定相続分で考えるならそのすべてが相続権第二位の両親に加算されてゆく。そこで両親が亡くなったら……遺産額は増えるわけです」

なんだか、ややこしい話だ。

「単純に計算すると、重蔵さんの遺産が四十億円に増える。これが四人の兄弟に分けられると五億円。つまり二億円増えることになるわけです」

「二億円？」

一億円に満たない額から、急に膨らんだ。

「まぁ、相続人の中で一番額が増えるのは母親の明美さんでしょうな。そのために子供を殺すとは思えませんが……」

なるほど、お金の分け方にいろいろなパターンが考えられるわけだ。

「しかし私なら、こんなもののために殺人なんかしませんがね」

弁護士はまたも、意外なことを言い出す。

「自分が殺人まで犯すなら、贈与されるお金より、三百億円の資産を持つ組織のほうを取りに行きますよ」

「組織？」

「そう、海龍路家の会社です。ここをうまく統治すれば、数億の金なんかいくらでも生んでくれるわけですからね。まぁ、肝心なのは経営してゆける力があるかどうかですが」

「確かに」

「古今東西の歴史を通じて統治者の交代が起こるとき、次の候補者はなにをするかご存じですかな？」

「いえ、不勉強なもので」

「ライバルの粛清ですよ。自分と力が拮抗《きっこう》している相手を排除する。そうしておかないと、次の統治に失敗しますからね」

「ライバルの粛清！」

これだ！

正吾さんが顧問弁護士を訪ねて調べてみろと言ったのは、これを知ってほしかったのだ。

海龍路家の遺産は、お金ではなく組織だ。そちらの統治者になるほうが遥かに価値がある。

今回の殺人は海龍路家の世代が変わろうとするとき起きている粛清だと言いたかったのだ。そして海龍路重蔵さんはこの島にやってきた様々な矛盾をのみ込んでいる。この矛盾が取り除かれようとしているわけだ。

そしてこの矛盾こそが、正吾さんの言う呪いなのだ。

思い出してみると彼は「遺産の分配」が原因で殺人が起きているとは言っていなかった。「遺産の問題」と、言っていたのだ。

だとすれば、それは逆の見方もできる。たとえば正吾さんだって長男の貢さんを排除すれば、海龍路家の統治者になれる。

ただ、強い殺意を抱くような重い動機が存在することは、確認できた。

弁護士事務所を出ると、日差しが強くなっていた。

帽子を深くかぶると防波堤沿いに歩く。

事件の中心となるような動機は、見つけることはできた。

しかし、なんとなく引っかかる。それは、慎二さんの遺体の状況だ。強い怨念を感じさせるような、遺体の状況だった。それと、海龍路家内の権力争いが今ひとつ結びつかない。

なぜ、首は切り取られていたのか？

ひょっとしたらライバルに対する威嚇だろうか。自分に逆らう者は、こんなひどい目に遭うと見せつけたかったとか。それならありうるかもしれない。

道を進むと、椰子の木の向こうに高床式の古い建物が見えてきた。

看板には「奇科学島民俗博物館」と、書かれている。

はて？　聞いたことがあるような……。

そうだ、高瀬舟が盗まれた可能性のある博物館だ！　確か、電話で事情を聞こうとしたのだが、休館日で先延ばしになっていたところだ。

「これは、話を聞いておかないと！」

島の人が昔、住んでいたという高床式の建物がある敷地を通り抜け、建物に入った。

木製のガラス引き戸をガタガタと開けると、おじいさんが奥から出てきた。

「大人はね、三百円」

入場料を払い、質問した。

「ここに高瀬舟があったかどうか、伺いたいんですけど」

「ああ、先日刑事さんから留守番電話に問い合わせがあったやつね。はいはい」

どうやら、捜査員の連絡だけは聞いたようだ。

「こっちです」

管理のおじいさんは団扇《うちわ》をあおぎながら、長い廊下を歩いた。

古い小学校を改造して博物館にしたそうで、各教室が展示室になっている。

最初の部屋にはガラス製の浮き、投網《とあみ》、水中メガネなど、島の産業となった漁具があった。その奥には島に住む動物たちの剝製《はくせい》が並び、島をかたどった地図の上にはどんな虫や植物が分布しているかを紹介している。

かなり面白い。今度ゆっくり見学しよう。

「高瀬舟は、ここにありました」

おじいさんは、校舎の外の片隅を指さした。雑草が生い茂り、とても展示場所には見えない。

「ここじゃ、誰も見に来ないんじゃないですか？」

「そのとおり。場所を塞ぐからこっちに移したんだよ」

「だって、せっかく復元した高瀬舟ですよね。なぜ、外に放り出したんです？」

「だって、偽物だって言う奴がいたから」

「偽物？」

「まぁ、最初からわかってたんだけどね。江戸からの島流しに使われたのは大型の千石船で、高瀬舟なんか使わなかったって。でも、小説が有名だからさ」

「ああ、森鷗外の『高瀬舟』ですね。流刑地に向かう話の」

「そうそう。だから高瀬舟を置いておいたら、これは違うって文句が出ちゃって。それで、千石船の模型が寄贈されて、高瀬舟は外に出されちゃったんだよ」

「なるほど」

不憫《ふびん》な高瀬舟である。見ると、立派な千石船の模型が展示室にあった。

「船が消えたことに、いつ気がつきましたか？」

「警察からの留守番電話を聞いた後だよ。本当にびっくりした」

これでは手がかりを見つけられそうにない。船が捨て置かれた場所から五メートルも引きずれば海に落とせる。犯人はここに船があることを知っていて、利用したのだろう。

帰ろうとして、目の前の新聞記事に目が行った。

「これは！」

「ああ。奇科学島の名前の元になった科学者さんだよ」

「白壁杜夫さんですか？」

「そうそう、よく知ってるね。下に解説が書いてあるでしょう」

見ると、小さな説明書きがあった。「奇科学島の名の由来になった科学者」と、ただそれだけが書かれている。

どうやら新聞記事から切り抜いた家族写真である。

「横にいるきれいな人が奥さんの烏森露子さんで、彼女が抱いているのが赤ん坊の頃の繭子さんですよね」

「ああ、そこまではよく知らないけど……」

白黒というより、日に焼けて茶色と白の写真と化していた。ところどころにシミが浮き出ている。

白壁杜夫は少し縮れた髪の毛を七三に分けて、黒い丸メガネをかけている。スマートで背が高く、その上男前だ。これは、露子さんが思いを寄せたのもわかる気がする。背広を着込んで、かしこまった顔でこちらを見ている。

露子さんの面影《おもかげ》は来瞳さんに似ている。きっと彼女のように、きれいな碧い眼をした少女だったのだろう。着物を着て笑顔でこちらを見ている。

繭子さんはまだ、白い産着《うぶぎ》に包まれていた。

目を凝らして、気がついた。彼らの後ろにあるのは、島の歴史を描いた襖絵だ。つまり、この写真は、海龍路六右衛門さんが彼らのために屋敷で撮ってあげたものなのだ。

幸せだった瞬間が切り取られた写真である。

その次の写真は、警官が写っているようだ。祭り半纏を着た島の住人と話をしている。

ひょっとしてこれは、白壁杜夫が殺されたときの記事ではないだろうか。

「この新聞記事は写真部分だけですけど、記事のほうはどこにあるんです?」

「いや、知らないな。初めっからこれしかないし……」

なぜ?

写真は残って記事のほうは廃棄されているのだ。どんなことが書かれていたのだろう。

そう思いながら横に貼られた新聞記事に目が行った。

「風土病を打ち負かす!　新薬の勝利!」

一九五六年八月の記事である。なんでも、奇科学島には昔から風土病があり、ここに住むからには、誰もがかかる危険があった。戦後に偉い科学者が日本中を調べて回り、風土病根絶を図った。その中で、奇科学島を悩ませていたのはフィラリアだと判明し、それを治療する薬が米国からもたらされ、患者はみな完治したのだと。

ふと、来瞳さんの言葉を思い出した。白壁杜夫はなぜ殺されたのかを聞いたときの言葉だ。

「詳しいことはわかりません。祖父が村の人の病気を治そうとしたのに、急にリンチにかけられてなぶり殺しにされたと聞いています」と。

この二つの記事に関連があるとすると、白壁杜夫はフィラリアの治療が完了した直後に殺されたことになる。

民俗博物館を出て、どうしても話を聞かなければならない別の家へ向かった。

海沿いの道から、喜角山に沿って歩くとやがて石段が現れた。

やはり溶岩を利用した黒い石段である。でも、その石段も枯れ葉に埋もれてただの坂のように見える。

百メートルほど登ると鳥居が現れた。

「喜角神社」と書かれている。

そう。あの新聞記事を目にして、どうしても奇科学島で起きた六十年前の事件の真相を知りたくなったのだ。

この神社の尼ヶ坂犬次郎さんなら知っている。現在九十歳で、その当時の事件を自身の目で見ていたはずなのだ。

白壁杜夫はこの島でなにをしようとしていたのか。本当に不老不死の薬の研究をしていたのか。そして彼はなぜ殺されてしまったのか。

鳥居を抜けると正面に本殿がある。左手に手水《ちょうず》、右手に建物があった。おそらく社務所であろう。

手水で手を洗い参拝を済ませてから、社務所のベルを鳴らした。

「はい」

出てきたのは八十くらいに見えるお婆さんだった。

どうやら、犬次郎さんの奥さんらしい。

「神主の尼ヶ坂犬次郎さんはご在宅でしょうか？」

「いいえ、出かけちゃってるの。ごめんね。多分、三日か四日くらい、出かけてる。ヨット仲間と鎌倉《かまくら》に行ってるから」

「ヨット！」

「小さいやつだけどね。あの人好きなの」

矢場巡査が、神主さんは旅行好きと言っていたけど、ヨットに乗りに行くとは思わなかった。

「東京の警視庁から来た七夕といいます。帰られましたらこちらのほうにご連絡をお願いします」

「はいはい」

名刺を残してその場を後にした。


夕刻、石段の上から見る海は銀色に輝いていた。

夕日が海に沈もうとし、風神町はすでに闇に沈み、シルエットを描いている。

東側に目をやると、連絡船が海の彼方に白い波を立てていた。あの船に秀美さんが乗ったはずだ。

「無事船に乗れたかな？」

そのときふと、連絡船のタツさんに名刺をもらったのを思い出した。困ったことがあったら、ここに電話してくれと言っていた。

「この距離だと電波届くかな？」

私は急いで、彼に連絡を入れた。

「もしもし、お世話になった警視庁の七夕といいます」

「ああ、あの美人さん！　どうしたの？　今、船の上なんですけど」

「ええ、ここから見えています。じつはちょっと、伺いたいことがあって……その船に海龍路秀美さんが無事に乗ったか、確認したいんですけど」

「へ？　秀美ちゃんて、あの灯台の管理してる子？」

「そうです。今日の午後七時発の船に乗る予定だったので」

「本当に？　変だな。今日は奇科学島にやってくる東京のテレビ局の人とかがやたら多くて大変だったんですよ。でも、八丈島に行く人は五、六人しかいなくて。でも秀美さんはまるっきり見てないよ」

背筋が冷たくなった。

「すいません、もう一度船内を見てもらえますか？」

「見てます。今言われたんで、船の中を見て回って……。トイレにもいないな。いませんよ。どこにも」

なにがあったのだろう。

「ありがとうございました。また後で連絡するかもしれません」

「よくわかりませんが、お気をつけて」

東山刑事に確認しないと。

石段を駆け下りながら、Ｐフォンを取り出す。

「東山刑事ですか？　七夕です」

「ああ、七夕警部。なにかありましたか？」

その声は、どこかのんびりしている。後ろで、ほかの刑事が話しているのが聞こえるので、捜査本部に戻っているようだ。

「海龍路秀美さんは、なぜ連絡船に乗っていないんですか。なにか急用でもできたんでしょうか？」

「いえ、乗りましたよ」

心外だ、という声色だ。

不吉な予感に、駆け足になる。

「秀美さんが桟橋から船に向かう姿をちゃんと見ていました」

「いえ、乗っていません。連絡船にたった今確認しました。船内にはいません。管理事務所に行って、もう一度確認してください。あと、船着き場を徹底的に調べてください。彼女はそこで消えているんです！」

船着き場に着くと、刑事が集まっていた。

まずいことに、数名の勘のいい記者が何事かを察知し、取材を始めている。

「キック！」

伏見主任が管理事務所から手招きした。私は気づかれないよう、素早く飛び込んだ。

「彼女は、見つかりましたか？」

「いや。さっき連絡船の船長から連絡があって、再度確認したが船の中に秀美さんはいないとのことだ。海に落ちた様子もない。それに東山刑事と矢場巡査は、間違いなく彼女をゲートまで送っている。おまけに港の職員も彼女が栈橋を渡って船に向かっているのを目撃している。ただ、今日は大勢のマスコミ関係者で港がごった返して大変だったから、周りに気を配るような余裕がなかったらしい」

東山刑事はマスコミへの不満をぶちまけた。

「もう少し調べてから取材に来れば良いのに。外にいる報道関係者の大半が、宿の予約を取らずに来たんですよ」

「え？」

「離島は観光地だから、夏休み前なら宿泊施設は簡単に取れると踏んで見切り発車で来たらしいんです。おかげで案内所が大騒ぎになって。『金は出すから、泊まるところを紹介しろ！』ってパニック状態です。そんな中で秀美さんは船に向かっていったんです」

つまり桟橋から待合室が大混乱している中で、彼女は消えたわけか。

「桟橋を見てきます」

私は彼女が消えた場所に立ってみた。長さは二十メートルほどで、幅十メートルほど。コンクリート製で両脇は海になっている。どこにも行けない。

「あり得ない」

人が煙のように消えるなんて。でも、最初の被害者の慎二さんが消えたときも、同じような状況だった。人が行き交う港で忽然《こつぜん》と姿を消し、死体となって現れたのだ。

まさか、秀美さんも同じようなことに。

暗い気持ちになって反射的に携帯を手にしたとき、メールが届いているのに気がついた。

「アンコウだ！」

〈受信メール〉
Ｔｏ　七夕菊乃
件名　密室じゃねぇよ！

死者が蘇《よみがえ》るだの「呪い」だの、奇妙なワードが並んだメールだな。

事件解決のために、祈禱師《きとうし》でも呼んだほうが良いんじゃないか？

釣り船の中の首なし死体は、密室でもなんでもないだろう。

嘘だと思うなら、鎖と南京錠を持って事件現場の船で、同じ状況を作ってみな。こんなことかと思うくらい、簡単にできるはずだ。

いいか。その扉の鍵は鎖と南京錠で、できてるんだぞ。

それがヒントだ。

ただ、この事件が続きそうなことは同意する。

状況を聞くだに、一人が死んだくらいで片がつきそうにないからな。

この事件の特異な点は「派手」であるところだ。殺人なんて人目にさらしたくないことを表に出したがっている。

なにか理由がある。

まぁ、その謎をがんばって解いてくれ。

追伸
遺体発見にお前の推理が絡んでいたってことが、本庁に伝わっている。喜んでいる連中もいれば、お前を引きずり落とそうって奴らは、なにかを企《たくら》み始めている。
まぁ気をつけるこった。

三件の事件を担当させられている、深海より

三件も事件を担当しているってメチャクチャじゃない。上の連中はどういうつもりでそんなことを。

まさか古見参事官が、こちらにアドバイスを送らせないように、忙しくさせているのじゃないよね。

私は急いで、返事を打った。

〈送信メール〉
To　深海警部
件名　さらに事件です

海龍路秀美が消えました。

彼女は島に犯人がいると考え、逃げ出そうとしたのです。

連絡船の待合室では、東山刑事と矢場巡査が彼女を警護し、船が到着したときは桟橋の入り口まで見張っていたのです。

ところがその直後に連絡船に確認を取ったところ、彼女は乗船していないとの返事をもらいました。

つまり桟橋から船に乗るまでのその間に、消えてしまったのです。

こんなことがあるでしょうか?

桟橋から船までは距離が二十メートルほど。両脇は海に挟まれています。この時間帯に報道関係者が大勢下船していて、港は大混乱していました。

この状況で彼女は消えてしまったのです。

もう一つの新たな情報としては、遺産問題の正体が見えてきました。

海龍路家の財産について、妻と五人の兄弟はかなりの額をすでに生前贈与されていました。
でも、海龍路家の持つ会社を引き継ぐ者が、ライバルとなる者を消して、統治しやすいように変革している可能性があるとのことです。
やはりこの事件は、遺産が原因かもしれません。
捜査の糸口でもいただければ幸いです。

追伸
船室の密室の実験をやってみます。

さらに追伸
大声を上げてイスを廊下に投げつけると、信用のパラメーターは下がりますが、担当事件を一つ、減らしてもらえるかもしれません。

七夕菊乃

日が沈んですっかり暗くなり、秀美さんの捜索はいったん打ち切られた。

奇科学島は小さいのだが、それでも人の目の届かない場所はいくらでもあるのだ。おまけに周りを切り立った崖に囲まれているので、暗くなってからの行動は命に関わるのである。

捜査員は本部に戻り、報告書作りに取りかかっていた。

でも私は、急いで密室のトリックを確かめないと。あの謎の答えが、すぐそこにあるのだ。

南京錠をポケットに入れ、捜査本部の隅にあった鎖を右手に、マグライトを左手に持った。

「東山刑事。手伝っていただけますか？」

彼は眉間にしわを寄せ、私の姿を訝《いぶか》しそうに見た。

「逮捕術の練習相手ですか？　でも武器を持つのはずるくないですか？」

私は、手に持ったマグライトと鎖に目をやった。

「違います！」


午後十時過ぎ。

「うわあ。真っ暗で道が見えない」

東山刑事が懸命に懐中電灯で道を照らし、目を凝らす。街灯のない暗闇は、都会暮らしの人間には厳しい。

そこかしこに小さな明かりが見えた。秀美さんの行方が気になる島の人が細い路地や、草むらを懐中電灯で照らしているのだ。よく見ると、鳥森来瞳さんが混じっている。

風神港の事務所の明かりは消え、夕方の騒ぎが嘘のようだ。

「報道関係者の人たちは結局、どこに泊まったんだろう？」

「あぶれた人は、宿の布団部屋や物置に潜り込んだそうです。それでも寝床が見つからなかった人は、スーパーや工場の倉庫に布団を敷いているらしいですよ」

もう、メチャクチャだな。

桟橋近くはさすがにポツポツと明かりがついていたが、端にある廃船置き場までは届かない。暗い海辺に汚れた船が放置され、ギシギシと音を立てている。思い出したように光を投げかけてくれるのは、秀美さんが管理していた灯台の明かりが通過するときだけだ。

「海に落ちないように気をつけてください。船体が海藻に覆われているから這い上がれないかもしれませんよ」

「これは……、揺れる……」

廃船を飛び移り、事件現場の釣り船に辿り着いた。

船室の前に立ち、蹴破って壊したドアをもう一度戸口に立ててみる。

この中には首が切断された死体があり、内側から鍵がかけられていたのだ。

「なにを始めるんですか？」

「深海警部からメールが来たんです。この現場は密室じゃない。鎖と南京錠を使えば簡単に作れるって」

「本当に？　どうやって」

俄然《がぜん》、興味がわいてきたようだ。

「とにかく、やってみます。東山刑事は外で見ていてください」

マグライトを片手に、壊れたドアを傾けて一度中に入る。

屍臭と潮の香りが混じっている。ライトで照らされた床や壁に、不気味な黒いシミが残る。まるで殺された慎二さんの悲鳴が染みこんでいるようだ。

「殺人犯が死体をここに運び込んだとすると、ドアノブに鎖をかけて南京錠をかけ、その鍵を遺体に握らせた後に、その状態から外に出たことになる……」

発見時と同様にドアノブと、その隣の壁に頑丈にくっついているフックに二メートルほどの鎖を三重にかけた。そしてドアが開かないように引き絞り、南京錠をかける。

ドアを開けようとしてみた。

死体発見時と同様に冷たい金属音が響き、ドアは開かない。

数センチほどの隙間ができるだけだ。

どう考えてもこの状態で外には出られない。なのにアンコウは出られるという。

もう一度船内を照らし、ほかに出口がないかを探してみた。壁や床は古くても、しっかりとした造りだ。出られそうな場所はない。窓も開かない。

もう一度、考えてみよう。

アンコウは鎖と南京錠があれば簡単にできると言った。つまり密室の秘密は、鎖と南京錠にあるはずだ。

外にいる東山刑事が心細そうに呟いている。

「そもそも、南京錠の鍵は遺体が握っていたわけですからね。その鍵がないと、南京錠はかけられない。まず、鍵をかける方法を考えないと……」

え？

東山刑事の指摘で、私も勘違いしていることに気づいた。

「いや、違いますよ。南京錠は、かけるときに鍵は必要ありません」

「あ、そうか！」

そうなのだ。遺体が鍵を握っていたから、ロックするときに必要なものだと思い込まされていた。でも、南京錠はかけるとき鍵はいらないのだ。

「もう一度やってみましょう！」

南京錠を開け、鎖を解いた。そのときジャラジャラと音を立てて、鎖が滑り落ち失敗してしまった。

けどその瞬間、なにかが見えた気がした。

「今のは、ひょっとして……」

私はもう一度ドアノブとフックに鎖を、又の字を二回描くように二重にかけた。そして、鎖をかけたままでドアを開けてみる。二メートルの鎖で作られた輪は、スルスルと引き延ばされ、大きく広がる。

ドアからフックに渡り、さらにドアノブに引っかけ、またフックに戻る鎖はギリギリまで引き延ばして三十センチほどの隙間が作れた。

外で見ていた東山刑事が驚きの声を上げた。

「なるほど！　こうやって鎖の長さを利用すれば、ドアノブとフックに鎖をかけたまま、隙間が作れるわけだ」

私は鎖が滑り落ちてしまわないように手で押さえ、その隙間からゆっくりと外に出た。

「外に出られましたね！」

「はい」

そして手に持った鎖の両端を、静かに外から引き絞る。鎖はジャラジャラと音を立て、滑りながら二重の輪を狭めてゆく。隙間が十センチほどになったとき、手を入れてもう一重巻きつけた。さらに鎖を引き絞り、ドアを数センチほどの隙間まで狭めた。

鎖の両端はまだ、外にいる私が握っている。

「後はこうするだけ」

ガチャリ。

手元の鎖の一番上のほうに南京錠をかけ、数センチできている隙間から部屋の奥に押し込んだ。

密室は完成した。

いや、アンコウの言うとおり密室なんか、なかったというわけだ。

「死体が生き返って鍵をかけたわけじゃない。生きた犯人がここにいて、船室の鍵をかけたんだ。私たちにも逮捕できるんだ」

暗闇に再び灯台が光を投げかけてくれた。

事件解決への、わずかな暗示に思えた。

第三章　火神

1

七月十一日。

「本日の連絡船は、強風のため運航休止となりました。繰り返します。本日の連絡船は……」

朝七時、島の防災放送が連絡船の運航休止を伝えていた。

椰子の木が激しく揺れ、防波堤には激しく波がぶつかっている。

朝の捜査会議で、私は釣り船の客室のトリックを説明した。

「つまり、ドアの外から鎖を引き絞り、そこに南京錠をかけることで、わずか数センチの隙間があれば、あの密室状態が作れることがわかったのです」

「おお！」

「なるほど、確かに可能だ」

アンコウの情報は、捜査員に力を与えてくれた。

議題は、秀美さんの行方に移った。

「昨晩、八丈島警察署に協力を仰ぎ、連絡船に乗せられた荷物をすべて確認してもらいました。大型段ボールに入れられた荷物を開封したのですが、なにも見つけることはできませんでした」

「乗客は六名でした。親子連れ四名、山王マテリアルの社員が二名です。誰も海龍路秀美のことを覚えていませんでした。昨夜の連絡船は乗り場の混雑がひどくて、船に辿り着くのに精一杯だったと」

「今朝早くから島の住人の有志が海に潜ったり、周辺を見て回ったそうです。しかし、なにも見つからないとのことで……」

またしても、奇科学島から海龍路家の人間が消えた。

次に東山刑事が手を挙げ、パソコンを用意した。

「防犯カメラの映像を調べてみました」

「そうだ、港には防犯カメラがあったな。なにが映っていた？」

「自分と矢場巡査の記憶どおり、秀美さんは人をかき分けながら連絡船に向かっています」

動画を再生しながら説明する。

彼女は赤いスーツケースを引っ張りながら、桟橋を連絡船に向かい、そのままフレームの外に出てしまった。

画面の中は宿泊先の見つからない報道関係者でごった返していて、ある者は途方に暮れ、ある者は携帯電話をかけ続け、ある者は諍《いさか》いを起こしていた。

「ここを、見てください」

フレームの隅を指さした。人影に紛《まぎ》れて赤いものが、画面下に向かって移動している。

「これ、ひょっとして秀美さんのスーツケース？」

私は聞いた。

「おそらく。この人混《ひとご》みを避けて移動しているんです」

東山刑事がうなずく。

「彼女は桟橋を待合室のほうに引き返しているのか」

「て、ことは、彼女は島の中？」

捜査本部が沸き立った。

再度、消防団の人々が呼ばれ、島内を中心に捜索範囲の区割りが決められた。

私は、海龍路家を割り当てられた。

「矢場巡査も同行させるか？」

伏見主任は提案したが、それは断った。

「一人で、大丈夫です」

彼と来瞳さんのいきさつを考えると、出くわしたときに気まずくなって、捜査しづらい。


捜査会議の後、マスコミ関係者と伏見主任との間で緊急会議が開かれた。

捜査員や島の人々、海龍路家への強引なインタビューなどは控《ひか》えることと引き換えに、定期的に記者会見を行うことが取り決められたのだ。

捜査に出かける準備をしていると、テレビを見ていた先輩たちが声を上げた。

「なんだこれ？」

「こいつら、なにを取材したんだ？」

「どこの情報源だよ」

気になってテレビを見てみると、事件の解説をしていた。

「関係者の話によると、失踪した女性は警察に保護を求めていたそうですが、相手にしなかったそうですね」

「全く責任感がないといいますか。市民の安全を守る意識がありませんね」

「無視したのは、女性警察官僚らしいです」

はい？

「こういう人間を、現場に出すほうもどうかしてますね」

「男女平等に気を遣っての、パフォーマンスでしょう」

ちょっと待て、なんじゃこりゃ。私はキチンと、東山刑事と矢場巡査に警護を引き継いでもらったぞ！

部屋の皆が私を振り返った。

「気にすんなよキック」

「それにしても関係者って、誰だ？　少なくとも島にいる捜査員じゃないよな」

私は本土にいる古見参事官が頭に浮かび、暗い気持ちになった。

海龍路家の門を再びくぐる。

家政婦の清水さんが、いつものように客間に案内してくれた。

「じつは……重蔵様がお話があると……」

え？

棚から金塊のような申し出である。

「今日は、体のお加減はいいんですか？」

「いえ」

清水さんは悲しそうに首を振った。

廊下側の襖が開き、重蔵さんがゆったりと入ってきた。

介護士がそばにつき、座布団におしりをつけるまで介添えを受けた。

身長百八十センチほどの、かなり大柄な老人だ。今はやせ細ってはいるが、その昔は強靱《きょうじん》な筋肉で島を闊歩《かっぽ》していたのだろう。

紺の着物をキチンと着こなし、力を失っても背筋を伸ばしている。腕を組むその所作は、昔の威光を感じさせる。

白く垂れた眉毛の下にある灰色の目は、答えを探すように私を見ていた。

「ようこそ」

乾いた唇から、低くかすれた声が響いた。

「協力していただいて、感謝します」

「良くはならん病状だ。東京の大学病院に入っておったんだが見込みがなくてな。だから島に帰してもらった」

癌だろうか。

犯人は海龍路家の遺産問題で殺人を行った節がある。と、なれば重蔵さんの病状もまた、計算のうちなのだろう。

ひょっとしたら彼の余命が決まったとき、犯行を思いついたのかもしれない。

「お加減は、いつから悪いんですか？」

「ふふふ……」

重蔵さんが満足そうに笑った。

「なるほど。噂に聞いたとおり、頭の良い人だ。今回の事件は、わしの命が尽きることが決まったことで始まったと、ちゃんと理解しておる。だから、時期を聞いたんだな。犯人はいつから、この事件を計画したか知るために」

「いえ……」

見透かされている。さすがは海龍路家を築いてきた人物だ。

「半年前だ。一年は保《も》たんと言われてる。神経痛の痛みなんかじゃなく癌の痛みだ。

モルヒネで抑えている」

「お見舞い申し上げます。それで、どんなお話でしょうか？」

「知っておるか？　昨夜の船のこと」

「はい。島を出ようとした秀美さんが、連絡船に乗る前に消えてしまいました」

「それだけか？」

「ほかになにか」

「貢があの船で帰ってきているんだ。昨夜遅く家に戻ってきた」

「長男の貢さんが？」

そういえば、慎二さんの遺体に付き添って九日の船で、東京に行ったはずだ。もう帰ってきていたのだ。

「奴は東京に行って、少し面白いことをしていたようだ。さすがはそつのない男だよ」

「なんです？」

「母親の明美を捜して、見つけたらしい」

「明美さんを？」

彼女は外の男性と子供を作ってしまい、居場所がなくなってからは奇科学島を離れ、東京のホテルに泊まり遊び歩いている人だ。

音信不通で連絡が取れず、慎二さんの死もまだ知らないと言われていた。

「貢さんは、慎二さんの死を知らせるためにわざわざ、捜し回ったんですか。それにしてもよく見つけましたね」

「探偵を雇っておったようだ。明美のいる酒場を辿って見つけ出したらしい」

「いずれにせよ、無事でなによりです」

「明美が、じきに帰ってくるらしいよ」

「心配していた葬儀のほうにも間に合いそうで良かったです」

「言うことは、それだけかね？」

「？」

重蔵さんは嘆息して、首を振った。

「そんな下らんことを聞く前に、大事な質問があるんじゃないのか？　痛みが突然、わしの口を封じるかもしれんのだぞ」

彼の目を見た。

「あなたは今回の事件を『六十年前の呪い』だとおっしゃいました。なぜです？」

重蔵さんは、満足そうにうなずく。

「海龍路家は島の外から来た者を迎え、世話をしてきた。そうすることで島も家も栄えてきた。そこの襖に描かれているとおりだよ。島流しに処された者も、生きてゆけるように面倒を見てきたわけだ。それがどういうことか、わかるかね？」

「想像もつきません」

「矛盾を抱えるということだよ。いろいろな考え方の人間が現れ、様々な生き方をし、思いも寄らない要求をしてくることがある。そこには愛情も生まれるが、憎しみや妬《ねた》みも抱えることになる。人の命を預かるということは、我々にも災いが降りかかるかもしれないということだ。それは決して一族内のことにとどまらない」

「それが今回、慎二さんが殺された原因だということですか？　つまり、海龍路家は島に関わる多くの人を助けてきたけれども、その反面恨みも買い、その対象はかなりの数に上ると」

「そのとおり。やはりあんたは、頭がいい……」

彼は、身内の者だけでなく、外にいる関係者までが容疑者になり得ると言っているのだ。でも、その話はピンとこない。

「私には、部外者の犯行には見えません。少なくとも、島の外から来た人間の仕業には見えないのです」

「あんたはさっき、貢の帰島も知らなかったし、明美が帰ってくることも知らなかったんだぞ。自分が気づかないことが起きているとは考えんのかね？」

「あなたは『六十年前の呪い』と、ハッキリおっしゃっていました。どう考えても白壁杜夫が殺された事件と関わりがあると言っていたのです。そのことに関して、あなたはなにか隠している」

灰色の目がこちらを睨んだ。

「ひょっとして、白壁杜夫が殺された事件に、海龍路家の人間が関わっているのでしょうか？」

重蔵さんは天井を見上げ、浅く息を吐いた。

「下らん。わしの親父《おやじ》がそんなことをさせるものか。親父は白壁杜夫が診療所を建ててくれたことをとても喜んでいた。彼はこの島の恩人だと」

「では、烏森露子のことはどうでしょう。彼女は島の巫女であり、なにより美しかった。彼女が白壁杜夫と結婚して、不満を持つ島民は多かったのではないでしょうか？」

「親父も露子に懸想した一人だと思っているのか？　あり得んよ。親父は露子のことを恐れていた。本当に神の言葉を伝える巫女だと信じていたからな。彼女が気に入らんことなど、するはずがない」

そう言いながら重蔵さんは、なにかを思い出すように懐《なつ》かしそうな目をした。

「親父の関わらないところで、知らぬ間に白壁さんは殺されていたんだ。だから島を代表して、残された親子の生活を保証し、地神島も渡した。親父は心からこの事件のことを悔いていたよ」

「でも、その約束を違えて、娘の繭子さんは島を追い出されていますよね。なぜです？」

彼の動きが止まった。

目をつぶり、必死になにかを考えている。次第に顔色が悪くなり、唇が震えた。

そして、ようやく呟いた。

「わしは止めた……。でも、仕方がなかったんだ」

「なぜ？　面倒は必ず見ると固い約束を交わしたはずですよね。なのになぜ追い出したんですか？」

「人は……。つっ……」

なにか言いかけて、重蔵さんは腰を押さえ、苦悶《くもん》の表情を浮かべた。真っ青になり脂汗を噴き出している。

危険だ。

「誰か来てください！」

すぐに清水さんが駆け込んできた。そして重蔵さんの容態を見たとたん、なにかの注射を打った。

おそらくモルヒネだろう。

体を丸める重蔵さんの、苦しそうな息遣いがしばらく続いた。

数分経って、容態が落ち着く。

「このまま休ませます。警部さんはどうか、お引き取りを」

「だめです。肝心なことを聞いていない。あなたは犯人を知っているのでしょう。これ以上の悲劇を許しちゃいけないんです。答えをください！」

それでも重蔵さんは首を振った。

「死者もまた、生者と同様に守られねばならんのだ……」

清水さんは黙って、私を押しのけた。

重蔵さんは力をなくした灰色の目を向ける。

「……秀美を見つけてくれ。後生だ……」

エゴと矛盾に満ちた言葉を漏らす。

重蔵さんは、なにかを隠している。絶対に明かせない秘密を抱え、それが毒となり、じわじわと広がって被害者を生んでいるのだ。

彼は灼《や》かれるような苦しみを抱えている。


二人が去った後、客間を離れた。

そして、なすすべもなく玄関に向かう。挨拶しないで帰っていいものか迷っていると、聞き覚えのある声がした。

「七夕警部。どうしてここに？」

烏森来瞳さんが、碧い眼をこちらに向けていた。

「来瞳さん？　今日は港にいなくていいんですか？」

「連絡船が欠航したので、ちょっと戻ったんです。じつは……秀美姉さんがこの家に入るのを見た気がするので」

「え？」

「見間違いかもしれなくて。だから一人で捜すことにしたんですけど……」

「いえ、警察も島の中の捜索を開始しているんです。港に設置された防犯カメラに、秀美さんが桟橋を引き返す姿が映っていたもので」

「カメラに？　本当ですか！」

「と、言っても、ほんのわずかです。彼女のスーツケースが画面の隅にほんのわずかに映っていただけで……」

「それだけで十分です。やはりこの家の中を、もう少し捜してみます」

「手伝いましょう」

元々、海龍路家を訪れた理由は屋敷内を捜すことだ。渡りに船である。

今一度、玄関に戻り、並んでいる靴を見た。秀美さんが履いていた紺色のスニーカーは見当たらなかった。

玄関から廊下を進み、その突き当たりがさっきの客間となる。それを迂回《うかい》するように左に折れると、正面には離れに続く渡り廊下が見える。

来瞳さんはまず、そちらに入っていった。

まず、二十畳の奥座敷《おくざしき》が現れた。

「広いですね」

「島の人たちが集まる場所よ。年末年始の集まりや、他の様々な行事が行われるの」

そう言いながら、座敷を回り込むように廊下を進み、突き当たりの階段を上った。

ギシ、ギシ、ギシ、ギシ。

木製のかなり使い込まれた階段である。

二階部分は、少し天井が低い。

「まるで、天井裏みたいでしょ。でも、下の座敷での宴会で酔いつぶれた人は、この二階に泊まるのよ」

「なるほど。秀美さんが隠れているとすると、この二階の可能性が高いってことですね」

「布団もトイレもあるし」

廊下を進み、三つある客間を一つ一つ確かめていった。

正面に小さな窓のある四畳半ほどの部屋には、壁に衣紋《えもん》掛《か》けが一つ、中央に古い座卓が一つずつ置かれていた。

「……誰もいない」

私たちは再び母屋のほうに戻った。

「家には誰がいるんです？」

「重蔵さんと清水さん。それに正吾がいたはず」

「貢さんは？　確か帰ってきているんですよね」

「ええ、海に出てる。秀美姉さんが海に落ちたかもしれないからって」

現状、その可能性は低い。

「貢さんは泳ぎが得意だそうですね」

「私は見たことないけれど、島で一番だって皆は言ってる」

重蔵さんのいる寝室は避けて、ほかの部屋はすべて見て回った。

「なにか用？」

正吾さんが自室でパソコン画面を前に振り返った。明らかに不機嫌そうである。

「秀美姉さんを捜しているの」

「警察の仕事じゃないか」

血の気の薄い唇を歪める。

「邪魔して、ごめんなさい」

来瞳さんは反論もせず、扉を閉めた。

家族が心配ではないのだろうかと思ったが、考えてみれば正吾さんは自分は家族ではないと考えていそうだ。父親が違うと、ハッキリ線引きしているのだから。

来瞳さんの部屋も見せてもらった。

飾り気のない部屋で、白いシーツのベッドはきれいにメイクされている。

古くて小さな鏡台が目についた。

「母さんがくれたの」

タンスの上に写真立てがあり、彼女の母親の写真もあった。

「来瞳さんに似てる」

「うん」

彼女は、とても嬉しそうに笑った。

「この白黒写真も、お母さん？」

「ううん。そっちは、お祖母《ばあ》ちゃん」

烏森露子だ。

この島で巫女をしていて、白壁杜夫の妻となった女性である。こちらも来瞳さんにそっくりで、髪が長く目が大きく美しい顔立ちをしている。六十年前に起きた事件の中心にいた人だ。

表に回り、蔵の中も調べてみた。外側の防火用の分厚い扉を開け、内側の格子戸を開けた。

「秀美姉さん、いる？」

返事はない。

裏木戸近くに、鉄の格子でキッチリ蓋《ふた》のされた古井戸があった。のぞくと黒い水面が光っている。今も、水をたたえているらしい。

ふと、蔵の横を見ると、木々に隠れて小さな道が続いていた。

「これは？」

「喜角山に続く裏道。といっても、誰も使わないから草が生えて、どこにつながっているかわからないみたい。この喜角山の周辺は、そういう道が多いのよ。細くて見分けのつかない道が、まるで毛細血管のようにつながっているの。つまり『自分専用の秘密の道』ってとこかな」

矢場巡査も、同じようなことを言っていた。

「じゃあ、秀美さんも、ここを通って出ていったかもしれないの？」

「出ていく必要はないと思うけど、できない話じゃない」

なんともやっかいな話である。


彼女が消えて二十四時間が経った。

午後七時の連絡船も、強風のため欠航となっている。

捜査員は首をひねり続けた。

「おかしい。島の地理に慣れた人たちまで捜索に加わって、なぜここまで見つからないんだ。友人関係もすべて当たったのに」

「でも、意外な見落としがあるかもしれません。現に私たちは、秀美さんが乗ろうとしていた船に、貢さんが乗っていたことを見落としていたわけですし……」

目を見開いて捜したつもりでも、なにか大事なものが抜け落ちることがある。まるで、間違い探しの見つからない最後の一個のように。

「彼女が管理していた灯台のほうはどうなんだ？　島の東側に管理事務所があるんだろう。そこにはいなかったのか？」

伏見主任が聞いた。

「自分が話を聞きに行きました。事務所には六十代の男性職員が一名残っていて、彼が言うには秀美さんは来ていないそうです。もっとも毎日来るわけではなく、週に三日ほど顔を出すだけだそうで。灯台の点検を行うのは彼か、奥さんの役割なんだそうで」

確かに彼女は、どちらかというと、遊んでいるのが好きなように見えた。

「事務所にいなきゃ、灯台のほうはどうなんだ？　あそこにも隠れる場所はあるだろう」

「灯台には一日二回、午前十時と午後四時に見回りに行くんだそうです。そして手順に従って点検を行う。そして彼は、今さっき見回りに行ったばかりだということです。そして灯台の台座部分は十畳ほどしかない部屋で、ぐるりと一回りすればリス一匹入り込んでいないことがわかるんだそうで。その後鍵を締めて出てきた。だから誰も入り込んでいないはずだと」

「その鍵を秀美さんも持っていたら、入り込めますよね」

私は聞いた。管理者なら持っていてもおかしくない。

「それも聞いた。すると彼女は鍵を持っていないと言うんだ」

「責任者なのに？」

「なんでも彼女は、鍵を落としたら大変だ。だから鍵は事務所に預けておくと言って……」

「その鍵は事務所に厳重に保管してあったんですか？」

「保管というより、ドアの横に引っかけてあるだけだ。この島で、灯台に悪さする人間はいない。そんなことしたら海で事故に遭うのがオチだって」

確かに。海が生活を握っている島で、灯台にイタズラする人間はいなそうだ。

「だとしたら、いったいどこにいるんだ？　彼女の立ち寄りそうな場所は、ほぼすべて捜したぞ！」

捜査員の、苛立《いらだ》ちが募《つの》る。

「考えてみれば、海龍路慎二の捜索時も同じだな。大勢が捜索に加わって、結局人の寄りつかない廃船置き場にいたわけで……」

この言葉を聞いて、私は伏見主任を見た。主任も目を見開いてこちらを見ている。考えたことは同じらしい。

廃船置き場を、もう一度調べてみよう！


伏見主任と東山刑事、そして私の三人でマグライトを片手に港に向かった。そこからテレビ局が取材をしていたので、隠れるように移動する。見つかったらどんな騒ぎになるかわからない。

夕方からの風がさらに強くなり、桟橋に水しぶきが飛んでくる。

やがて廃船がうごめく、暗がりへと辿り着いた。

「ここは昨夜も、来ているんですけどね……」

東山刑事が途方に暮れた声を上げた。

でも、昨晩より波は高く、朽ちかけた船がお互いに体をぶつけ合い、ゴンゴンと激しい音を響かせている。

「この船を渡るのは危険ですよ！」

東山刑事が声を上げた。

「確かに。いったん波が収まるのを待つしかないか……」

二人が引き返そうとしたとき、なにか急に違和感を抱いた。

「なにか変です」

「え？」

伏見主任と東山刑事が同時に声を上げた。

「昨晩ここに来たときと、なにかが違う」

東山刑事があたりを見渡す。

「違うってなにが？」

わからない。私は足下のコンクリートにマグライトを当てて見つめた。暗闇の中をフナムシがもぞもぞと消えてゆく。確かに、昨日の様子と違っているのだ。胸騒ぎがする。不吉な兆《きざ》しが目の前にあるのに、見えない。

マグライトのスイッチを切ったとき、なにかがささやきかけてきた。

いや、いや、いや、いや……

この場所は、こんなに暗かったっけ？

「明かりが来ていない！」

私は灯台を振り返った。

「どうした、キック！」

「昨晩はこの廃船置き場まで、灯台の光が届いていたんですよ。でも、今日は差し込んできていないんです。だから暗いんです」

灯台の方を振り向いた。

目を凝らすと、窓のところに黒いものが見える。

「窓が塞がれている！」

言うが早いか、私たちは駆け出していた。灯台の風神町に向けた部分だけ、なにかに覆われているのだ。

「伏見主任、ほかの捜査員を応援に呼びましょう！」

「いや、犯人の陽動かもしれん。海龍路家と港の入り口に捜査員を配置して見張らせろ。マスコミ関係者には気づかせるな！」

私はPフォンで、捜査本部に連絡を入れた。

風神町を海沿いに抜け、東側の国道を走り、岬に辿り着く。

突端にある灯台までは三十メートルほどの岩場が続いている。その上に腰のあたりまである草が生え、分け入るように細い道が続いていた。高さ五メートルほどの崖になっていて、足を踏み外せば命を落とすかもしれない。

激しく草が揺れている。暗い海に続く岬の突端には高さ十メートルほどの白い灯台が、巨人のようにそびえ立ち、強力な光を暗闇に投げかけていた。

不気味な風景だ。

建物部に辿り着くと、正面には鉄の扉が口を閉ざしていた。ノブを回してもびくともしない。鍵がかかっている。

伏見主任が怒鳴った。

「東山、事務所にいた男の電話番号を聞き出せ。すぐに鍵を持ってこさせろ！」

私は鉄の扉を、思いっきり叩いた。

「誰かいますか！」

……返事はない。

建物を回り込んで、風神町に灯台の光が届かなかった原因を確かめた。

「あれだ！」

なんとガラス面に段ボールが貼り付いていた。それが窓を塞ぎ、照明を届かなくしていたのだ。

「事件と無関係でも、あいつをはがさんといかん。航行の安全に支障が出る！」

荒れた海で、この明かりを頼りに航行している船があるかもしれない。段ボールを排除しなければいけない。

でも、さっき感じた不吉な予感は、このイタズラに対してだったのだろうか。

「なにか聞こえませんか？」

東山刑事が携帯を耳から離し、耳をそばだてた。

「え？」

私も伏見主任も動きを止めて、耳を澄ました。

ザザァ……。風が草を揺らす音。波の音。それに混じって、低い音が聞こえる。

「なに？」

それは次第に大きくなり、人の声になってきた。

「人の声だ。灯台の中からだ！」

伏見主任が叫ぶ。

確かに鉄の扉の向こうから声が聞こえる。

そう思った刹那《せつな》、激しい金属音が響いた。灯台の扉が突然開き、紺碧《こんぺき》の闇にオレンジ色の光が広がった。

炎に覆われた人間だ！

「おおおおお！」

火炎を引きずる人影は大きく体を揺すると、そのまま走り去った。その熱を振り払おうと暴《あば》れ狂《くる》い、もがいている。

「危ない、止まって！」

叫ぶ以外、できることはなかった。

激しい風の中を、炎の人間が走る。

空にどす黒い雲が流れ、雑草は生き物のようにうねり、海は声を上げて荒れている。その中を熱と光に覆われた人間が、悲鳴とともに遠ざかってゆくのだ。

あまりにも恐ろしい光景だった。人の痛みが天地にまき散らされ、炎のうねりになって闇を払いのける。

やがてフッと光が消えた。そう思ったとたん、海面に白い水しぶきが見えた。

「落ちた！」

二人が駆け出そうとするのを、私は止めた。

「主任、灯台の中に犯人がいるかもしれません。たった今まで鍵が締まっていたのに、それが開いたんです。今飛び出した人に火を放ったり、鍵を開けた人間がいるはずです」

主任は目を見開いた。

「東山、悪いが一人でこの中を調べてくれ。誰かいたら手加減しなくていい。オレが責任を持つ」

「任せてください！」

警視庁イチの柔道の達人は親指を立てて応え、マグライトを構えて鉄の扉の中へ入っていった。

私と伏見主任は岬を走り、人命救助のほうに向かった。

見下ろすと、黒焦げになった人間が浮いていた。

「キック、救急車を呼べ！　あと、捜査員を呼んでこのあたりを封鎖する準備をさせろ。オレは降りられる場所を探す！」

私は携帯を取り出した。

「警視庁捜査一課の七夕です。島の東側にある灯台まで救急車を回してください。人がやけどを負って、海に落ちました。ひどく重傷なように見えますので、できたら医師の同伴を願います。大至急お願いします！」

念のため、船の出動も要請した。

そのときだった。

灯台の明かりが偶然こちらに向かってきて、岬の根元にあたる喜角山を照らしたのだ。そして木々の隙間に隠れていた人物を、突然浮かび上がらせた。

青いTシャツと白のパンツで黒く長い髪を波打たせている。そして驚いた表情でこちらを見ていた。

碧い瞳だ。

彼女は慌てた様子で、山の中に消えていった。

来瞳さん……？

「そっちはどうなりました？」

見ると東山刑事が向かってきている。

「灯台のほうは？」

「誰もいません。管理人が言ったとおりです。十畳ほどの部屋に十メートルの塔がついているだけなので、一回りすれば人がいるかどうかすぐにわかります」

誰もいない？

じゃあ、あの人に誰が火を放ち、あの扉は誰が開けたのだ？

「こっちから降りられそうだ！」

伏見主任が声を上げ、小道を指さした。よく見ると釣り用の重りやテグスの絡んだものが転がっている。

「釣り人が使ってる道ですね」

強風の中を慎重に下の岩礁まで辿り着いた。

「今、回収しないと流される。なんとしても引き上げるんだ」

伏見主任はジャケットとワイシャツを脱いでねじり上げ、それを結びつけてロープにしている。私もパーカーをねじり上げた。

「体重が一番あるので、自分が行きます！」

東山刑事が全員分の上着でできたロープを体に結わえ付けた。そして荒波に負けないように大きな動きで海の中に入っていく。

涼ちゃんに画像を送りつけたいような勇姿だ。

遺体は五メートルほど沖に浮いている。昼間で海が穏やかなら難なく回収できる距離だが、波が激しく邪魔をする。

「東山、気をつけろ！」

伏見主任も海につかりながら、ロープを握りしめる。私もその端を持って踏ん張っていた。

東山刑事のほんのすぐ前を、顔を海に伏せた人間が波に漂っている。

何度も手を伸ばして摑《つか》もうとするが、意地の悪い波が邪魔をする。

「くそっ!」

温厚な東山刑事が、焦《じ》れて声を上げた。

懸命にその人の足を摑もうとしている。その足の靴には見覚えがあった。

秀美さんの紺色のスニーカーだ。

そのとき、救急車のサイレンが聞こえ始めた。と、同時に岬の根元部分の国道に煌々《こうこう》とした明かりが次々と灯《とも》る。

「くそっ、テレビカメラだ。封鎖が間に合わなかったのか」

伏見主任が歯嚙みする。

「捕まえました!」

東山刑事は焼けただれた相手を、怯《ひる》むことなく抱きかかえていた。

波間に揺れる彼女の腕を摑み、引き寄せ、そして抱きかかえた。

「よくやった、放すなよ!」

そう言って、伏見主任と私は、東山刑事を引き寄せた。

2

岬は昼のようにライトで照らされた。

海上には消防の船が到着し、海面を照らして遺留品の捜査が始まっている。

捜査員が到着し、現場が封鎖されたおかげでメディア関係者は後ろに下げられたが、それでもライトの明かりが列をなすのが見えた。その中に矢場巡査が懸命に現場整理している姿があった。

灯台の現場検証はすでに始まり、引き上げられた遺体は担架にのせられている。

「なんで、こんなことを」

呟かずにいられなかった。

若くきれいだった秀美さんがこんな姿に。犯人の異常さが浮かび上がってくる。人間に火を放つなんて考えられない心理だ。たとえ恨みがあっても若い女性にここまでしなくてもいいはずだ。

いたたまれなくなり、シーツを掛けて隠そうとした。

と、そのとき。

「なんだこれ？」

東山刑事が声を上げた。

見ると秀美さんの心臓の部分に、焼け焦げたナイフが突き刺さっていたのだ。

みぞおちの下のほうから突き上げるように刺さっている。おそらく心臓に到達しているような刺さり方だ。柄が体に沿うような刺さり方だったので、見えなかったのだ。

「こんなことが……、あり得ますか？」

私は聞いた。

「なにが？」

近くにいた伏見主任が、アゴをなでながら応える。

「だってこの傷は致命傷ですよ。心臓にナイフを刺されたら数歩も歩けない。あっという間に意識を失うはずです。このナイフはいつ刺さったんでしょう？」

「ああ！」

伏見主任が、ことの異常さに気づいた。

「考えられるのは、崖から落ちる直前というわけか。でもそのときは火に包まれていたわけだから、刺した奴は近づけるはずがない。となれば、いつ刺されたんだ？」

「たとえば、槍《やり》のようなものを用意していたのかもしれませんよ。棒の先にナイフを結わえておいて突き刺し、そのまま逃亡したとか」

東山刑事が提案した。

「でも、見てのとおり、ナイフは下から突き上げられている」

「崖の下から、その槍で刺したんですよ。なら、可能だ」

それには伏見主任が首を振った。

「崖下に降りる一つしかない道を、オレたちは降りたんだ。なのに犯人に会っていない。崖下にいたなら見つけているはずだ」

「もっと問題なのは、ナイフの柄が見分けがつかないほど焼け焦げていることなんです」

「それに意味があるんですか？」

東山刑事が不思議そうな顔をした。

「崖に落ちる直前に刺されたとしたら、その後海に落ちて火が消えているんだから、柄がそこまで燃えるはずないんですよ」

「ああ……」

「なるほど！」

「少なくとも、灯台から飛び出して炎に包まれていたとき、秀美さんにはすでに、ナイフが突き刺さっていたんです」

「確かにあり得ない」

主任が眉間にしわを寄せて、腕組みをした。

東山刑事は、うわずった声を上げた。

「つまり、心臓を刺され死んだはずの人間が、炎に巻かれて走っていたってことですか？　また、死んだ人間が動き出したように見えますね……」

捜査員が顔を見合わせる。

状況を冷静に考えれば考えるほど、事態は異様なほうへと結論付けられてゆく。犯人は再び、死者が蘇ったかのような状況を用意してきたのだ。

不老不死という言葉が頭をよぎる。

白壁杜夫の存在が、少しずつこちらに近づいている気がした。


七月十二日。

朝のテレビは、昨晩の出来事を全国へと配信していた。

東山刑事が夜の海に飛び込み、被害者を引き上げる姿が映っている。もちろん遺体にはモザイク処理がかけられていた。

荒波に怯まず、被害者を抱きとめる東山刑事の勇姿だ。

「涼ちゃんに話さなくても、伝わったな……」

ところが午前八時に捜査本部に行ってみると、この報道とは裏腹に伏見主任が浮かぬ顔だった。

「どうしたんです。蛇でも出たんですか？」

「オレは蛇は平気だよ。そうじゃなくて本庁からの問い合わせが、やけにうるさくなってきたんだ。今日わざわざヘリを飛ばして、豊橋《とよはし》刑事部長と大曾根係長が視察に来るそうだ」

「ヘリで部長が？　やはり、二件目の殺人が起きたことで神経質になっているんでしょうか」

「いや、この報道のせいだろう。小さな島の殺人事件に俄然、注目が集まり出したからな……」

事態が大きく動き始めている。

伏見主任は捜査員に向き直った。

「昨夜の行動が世の中でどう評されようと、第二の殺人を許してしまったことに変わりはない。そして世の中は昨晩の報道を忘れ、やがては犯人逮捕への期待をするだろう。

捜査一課の力を示してやろうじゃないか！　地道な捜査は続くだろうが、その先には必ず、犯人逮捕が待っている。必ずだ！」

現場検証の再開、目撃者探し、遺体の検分。新たな犯罪を調べ上げることで今度こそ犯人逮捕につなげなければならない。


まずは、彼女の死因と死亡推定時刻が謎を解く鍵になる。

「おい、キック。病院で、検死結果を聞いてきてくれ」

伏見主任が言った。

「じつは主任。話しておかなきゃいけないことがあって。先にこちらをやっておかなくてはならないんです」

「なんだ？」

「昨日の殺人現場に、烏森来瞳が現れたのを見たんです。向こうも、こちらに気づきました」

「なぜ黙っていた？」

「状況から見て、彼女が犯人とは思えませんでした。秀美さんが炎に包まれて灯台から飛び出したとき、喜角山の麓《ふもと》にいたわけですから」

「なるほど」

「でも、現場にいた理由は確かめなきゃいけません。午前十一時の連絡船が出港する前に彼女に話を聞かないと。ひょっとしたら逃亡してしまうかもしれません」

「わかった。病院はその後に行ってくれ」


午前十時。

港に行くと、来瞳さんはいつものように荷下ろしを手伝っていた。

姉が殺された翌日でも、船が来れば休むわけにいかないようだ。

「来瞳さん、話を聞かせてもらってもいいですか」

彼女は碧い眼を向け、黙ってうなずき、防波堤のほうに行くよう指さした。

「信じてもらえないかもしれないけど、私はあの場所に呼ばれたの」

彼女は深くため息をついた。

「誰に呼ばれたんです?」

「……秀美姉さん」

「え？」

「事務所の机にメッセージカードがあったの」

彼女は、その紙を見せてくれた。「灯台に来て。助けてほしい。秀美」そう書かれていた。手書きではなく、ワープロの文字である。

限りなく怪しい。

「でも昨日は、秀美さんが隠れていそうな場所を二人で捜しましたよね。でも、どこにもいなかった。なのに彼女が手紙をプリンターで打ち出している。道具なんてどこにもないんですよ。変だとは思いませんでしたか？」

「そんなことまで気が回らなかったのよ……心配で……」

確かに彼女が消えた日、夜中まで必死で捜していたのを見ている。

「秀美姉さん、かわいそう……」

日に焼けた肩を震わせた。

「昨晩のことを、もう少し詳しく話してもらえますか？」

「午後二時頃まで、七夕警部と一緒に秀美姉さんを捜しましたよね。その後も、防波堤や廃船置き場を見に行ったんです」

彼女も私たちと同じように、廃船置き場が怪しいと思ったのだ。

「でも午後五時には用があって、港に戻ったの。桟橋と船の間に入る緩衝物《かんしょうぶつ》の防舷材《ぼうげんざい》のチェックがあって……それが七時まで。自分のデスクに戻ったのが七時三十分頃だと思う。そのとき、この手紙を見つけたのよ。だから灯台へ向かったの」

「喜角山の麓に立っていましたね。ということは国道を通らず、山を回ってきたことになるんだけど。その理由は？」

「いいえ、国道を回ってきたの。でも、岬のところに来たら灯台の下のほうに小さな光がいくつも見えたのよ」

「つまり、私たちの懐中電灯のことね？」

「そう、あなたたちがいたの。人影が三人見えたから。でも、あのときはわからないから、高いところから見てみようと思って、それで後ろの山に登ったのよ。そうしたら、急に明るい光が見えて……炎に包まれたなにかが現れて……」

彼女は目を伏せた。

言っていることは、筋が通っているように思える。

でも、なにかが引っかかる。慎二さんの遺体を廃船置き場で発見したとき、彼女はいつ沈むかもしれないという船を飛び移って、釣り船に辿り着いた。大変な行動力である。

そのときの彼女と、灯台の根下《ねもと》に光が見えて警戒している彼女の像が重ならない。来瞳さんなら、怪しい光を見れば一直線に向かってきそうな気がするのだ。

もう少し押して、話を聞くべきだ。

「来瞳さん、ナイフを持っている？」

「ええ。船を扱う仕事だから、いつでもロープが切れるように……」

そう言って腰に手をやり、ベルトに固定された黒革のホルダーを開けた。黒の柄の折りたたみナイフが出てきた。刃渡り十五センチはある。

「ほかにも持ってる？」

「ええ、引き出しの中に」

「ひょっとして、このナイフ？」

私はプリントアウトした写真を見せた。秀美さんの胸に刺さっていたものだ。彼女は目を見開き、次に唇をかみしめてうなずいた。

「私のです。これが凶器に使われたんですか？」

「はい」

「……わかりました」

肺のすべての息を使い果たすように、その一言を言った。

「逮捕するならしてください。今ここで手錠をかけてくださっても結構です」

そして涙とともに、押し隠していた思いを吐き出す。

「私は、母さんと暮らしてるだけで良かった……。母さんが生きていてくれたら、この島に来なかった……」

心を打つ言葉である。

わだかまりを封じて島に来たのは、お母さんの願いだったからだ。これ以上、彼女に重荷を背負わせる理由などない。

でも、最有力容疑者であることには、変わりがないだろう。

最初の被害者の慎二さんが来瞳さんの名札を握っていたこと。そして昨夜、事件現場に現れたこと。凶器が彼女の持ち物だったこと。この三点で、逮捕して事情聴取しても良いはずだ。

心の奥で「やるべきだ」と、「拙速だ」との二つの声が聞こえる。

二件の殺人の計画性に比べ、来瞳さんが犯人だとする証拠があまりにも稚拙すぎる。彼女を逮捕すれば、犯人の罠に嵌《は》められたような気さえする。

もし誤認逮捕すれば、彼女の人生を壊してしまうだろう。

しばらく悩んだあげく、伏見主任に連絡を入れた。

「まぁ、保留だな。今の時点で勾留しても証拠を固められるとは、とても思えんからな。なにより彼女は海龍路家の遺産には興味がなく、生前贈与も極端に少ないから動機面が弱い。海龍路秀美の殺され方も解明されていない現状で、ナイフ一本の物証では引っ張れない。彼女以外犯人が考えられないという証拠がないと……」

そのとおりだと思う。

第一の殺人では首を切り落として船で流し、第二の殺人では遺体に火を放っている。犯人は相当に強い恨みを持っている。そうなれば動機面の解明は、事件と犯人をつなぐ有力な証拠になるはずだ。

その動機が見つからない以上、立証が難しい。

「来瞳さんは、島を離れませんよね？」

「母に誓って」

その言葉を受け取って、私は港を後にした。

奇科学島の総合病院は風神町の、ほぼ中央に建っていた。

コンクリートでできた三階建ての立派な病院で、外科や内科、婦人科のほかに小児科、耳鼻咽喉科《じびいんこうか》もある。中の設備も充実していて、なにより医療スタッフが多い。

「こりゃ、都内のちょっとした病院には負けてない。やっぱり海龍路家の力なんだろうな」

受付に向かい、用向きを伝えた。

待合室で待っていると、皆が妙にじろじろと見てくる。中にはこちらを見てヒソヒソと話をしているお婆さんもいる。どうやら捜査員だということがバレているようだ。

名前が呼ばれ、地下の霊安室へ、先生と向かった。

「今朝早く、貢さんが来ましたよ」

先生が悲しそうに話した。

「私は『もう少し、きれいにしてから見たほうがいい』と、言ったんだが……。妹なら、早く確かめてやりたいと言ってね。立派な男だよ。秀美さんで間違いないと言っておった。本土ではDNA鑑定も行うそうだが、あの背格好から見てまず、間違いないだろう」

「死因と死亡推定時刻はわかりますか？」

「死因は、ナイフによる切創からの失血死だ。ただ、その前に睡眠薬で眠らされておった。眠ったまま刺されて、死亡したようだ。胃の内容物から見ておそらく昨日の午後五時から六時の間くらいと思われる」

彼女が灯台を飛び出したのが八時過ぎ。やはりあの時点で彼女は死んでいて、炎に覆われながら駆けていたことになる。

いったいどうやって？

「まぁ、詳しいのは本土のでっかい病院での報告を待つしかないよ。けれど秀美さんはどうやら、午後二時あたりに食事を取っているね」

「食事？　いったいなにを食べていたんです」

「パンのようだ。菓子パンかなにかだと」

とにかく菓子パンの販売店を当たってみよう。犯人を目撃しているかもしれない。それにしても午後二時には、まだ生きていたなんて。もう少し粘《ねば》って捜せば、救えたのだ。

「どうやらそのパンを食べたとき、薬を飲まされたらしい。ジュースかなにかに混ぜられたんだろう。ベンゾジアゼピン系の、長い時間効くタイプじゃないかと思うが、その辺は本土で特定してもらってくれ。とにかくその食事の消化具合で死亡推定時刻を判断したんだ。これは、検査結果の書類だから」

茶色の封筒を受け取った。

「ありがとうございます」

「遺体は、ヘリで運ぶそうだね」

「はい。本庁から視察の者が来て、帰りの便で送ることになっています」

「まぁ、あんたもいろいろあるだろうが、先輩に倣ってがんばるようにな」

「はぁ……」

先生は苦笑いしながら、去っていった。

なにかイヤな予感がする。


捜査本部に戻ると、病院で妙に注目された謎が解けた。

「午前十時のワイドショーからですよ。この映像が流れているのは」

見せてくれたのは、東山刑事が遺体を海から引き上げるシーンだ。これは今朝から何度も流れている。問題はその直後の映像だ。

私が岩場で足を踏ん張って、ロープを支えていたのだけれど、波に足を取られて一瞬よろめいた。

とある番組で、このシーンを何度も繰り返し取り上げていたようなのだ。

しかも、かなり悪意を持った解説付きで。

「殺人事件のような危険な現場で働く刑事として、この力のなさは、いかがなものか」

「もう少しましな人間がいれば、海に入った刑事も安心して仕事ができるはずだ」

「女性官僚がしゃしゃり出てくると、現場の人間は迷惑に違いない」

などなど。

「なんだこりゃ！」

私は声を上げげた。

「こりゃ、相当な悪意を持って編集されてますね」

東山刑事が腕組みした。

「少し異常じゃないか？　ここのところキックを意図的に攻撃する報道があるよな……」

天白刑事も眉をひそめる。

自分は陰に隠れてデマで人を攻撃する。それが平気でできる神経に、ゾッとするような卑劣さを感じた。そして、言いようのない無力さに襲われる。

「上のやっかいな連中が、糸を引いてるかもしれんな」

伏見主任が苦笑いで、話に加わった。

「報道に使える情報を流してやるから、あの女刑事を叩けとかなんとか。まぁ、乗るほうも乗るほうだが。無視するしかない。いずれにせよ有利なのはオレたちのほうなんだから」

「有利ですか？　連中は好き放題の嘘を流せるのに」

東山刑事は不満顔だ。

「有利だよ。連中は嘘しか味方にできない。現場に立つオレたちは、事実を味方にできるんだから。嘘つきはバレたら破滅か逃亡だ。それ以外の道はない」

「なるほど」

「確かにそうですね」

私も納得した。

「刑事にとって、事実とは犯人逮捕だ。つまり、刑事は捕まえたもん勝ちだよ！」

島のヘリポートに大型ヘリが到着した。

ローターの巻き起こす風の中を、背広をひるがえした男たちが次々と降りてくる。

「あれが応援の捜査員だったら、どんなに歓迎するか」

お迎え役を任された私は、呟いた。

「だったら、捜査が楽になりますねぇ」

東山刑事も、うっとりと答える。

大曾根係長と豊橋刑事部長、そしておつきの背広組がゾロゾロと降りてきた。

ありがたくも、もったいなくも、うざったくも、世間の注目を浴び始めた事件に関し、事態をキチンと把握し、激励するのが今回の目的だそうだ。

そして夕方の捜査本部会議は、刑事部長が見守る中で行われた。

「海龍路秀美殺人事件のあった灯台での、現場検証の結果を報告します」

一宮刑事が、やりにくそうに話を始める。

「まず、主立った痕跡《こんせき》として被害者のものと思われる血液が、配電装置の裏側から発見されました。彼女は、その場所に寝かされていたものと思われます。あの灯台を管理人が出たのが、事件当日の午後五時。彼女の死亡推定時刻が五時から六時ですので、その一時間に運び込まれたものと思われます」

「そこを目撃した者は、いないのかね？」

豊橋部長の質問が飛んだ。

皆が顔を見合わせる。

事件当日は島中が総出で彼女を捜していた。なのに誰も見ていないというのは、腑《ふ》に落ちないところだろう。

「七夕警部」

豊橋部長が冷たい目で私を呼んだ。おそらくあの報道のせいだろう。

「なぜ、目撃者がいないのか説明してくれんか？」

「島の中央にある喜角山はとても特殊な場所で、生活のためにつけた道があちらこちらに走っているそうなんです。島の人もすべてを把握していません。その道を使えば、人目につかず灯台に運べたかと」

「やっかいだな。それで、灯台に運び込んだとして、その後は？」

「医師の診断によると、午後五時から六時頃に眠っているところをナイフで刺し、失血死させたということです」

「なるほど。では、被害者は生きているうちにあの灯台に連れてこられたのか。彼女はなぜ、助けを求めたりしなかったのだろう？」

捜査員が目を見合わせて考え込んだ。

「顔見知りだったとか？」

「気絶させられていたのか？」

「七夕警部、答えてくれ」

豊橋部長は、明らかに私をテストしている。

「検死の結果、彼女は事件当日の午後二時に、パンを食べている形跡があるのです。そのとき長時間効く睡眠薬を飲まされたということでした。そのために声を出せなかったと考えられます」

「七夕警部。そのパンから様々なことが調べられると思うが。パンの種類は？」

「医師の話では『菓子パン』だろうと。なので、港に問い合わせて、ここ五日間の間に島に運ばれた菓子パンを調べ、仕入れ先をリストアップしました」

「当然各店を調べたんだろうね？　結果は」

「残念ですが、この線は無理でした。捜査員や報道関係者が押し寄せているせいで、どこも菓子パンやおにぎり、カップ麺《めん》が山積みなんです。これらの食料品が毎日飛ぶように売れているそうで、誰が買ったかなんて覚えていないと……」

会議室に、ため息が漏れた。

「では、使用された睡眠薬のほうから辿ることはできんのか？　医療用の特殊なものだそうだから、そこに近づける者は限られているだろう」

「豊橋部長、ほかの捜査員の報告もありますし……」

大曾根係長が割って入った。

「もちろん、そちらも後で聞く。今は七夕警部に答えてほしい」

捜査員全員が、頭を抱えた。

「医師に確認したところ、病院の薬は関係者以外近づけないとのことでした。ただ、海龍路家の事業の中に製薬事業が入っています。風神町にあるオフィスの金庫に薬のサンプルがあるそうで。なので、海龍路家の関係者なら手に入れることは難しくないだろうと」

「なるほど、いい情報だ」

部長は一応納得した。

一宮刑事はホッとして、再び話を引き取る。

「じつは鑑識の春日井さんが足跡を見つけました。被害者のものでも、管理事務所の人間のものでもないそうです。おそらく犯人のものかと」

「おお」

「それはありがたい」

捜査本部内に、声が上がった。

「ただ、島で人気のあるデッキシューズで、かなりたくさんの人が履いている銘柄らしいんです。なので、買った人間を特定するのは、ほぼ不可能だろうとのことです」

「大きさは？」

「二十六センチです」

捜査員は眉をひそめた。

「二十六……割と一般的なサイズだな……」

「いや、男性サイズなのは間違いないだろ。このサイズを信じるなら身長百六十五センチから百七十五センチくらいか」

「七夕警部。この事件には容疑者として烏森来瞳という女性が上がっているそうだね。彼女の靴のサイズは？」

皆の目がこちらを向き、固唾《かたず》をのんだ。このやり方は、あまりにも意地悪すぎるだろうと。

「当然調べているだろう？」

「はい、二十三センチです」

「わかった。ありがとう」

豊橋部長は、少し笑ってうなずいた。


午後八時。

豊橋部長と大曾根係長がヘリで帰っていった。

その機体には、秀美さんの遺体も乗せられた。

「伏見主任。さっき、大曾根係長となにか話していらっしゃいましたね」

「ああ。ちょいと注意を受けた」

「捜査の進展のことですか？　もっと早く犯人を逮捕しろとか」

「あの人がそんなこと言うもんか。古見参事官が、お前を捜査から外したがっているから、注意しろって言われたのさ」

「また、ですか……。ひょっとして、刑事部長が来たのも、そのせいですか？」

「まぁ、隙を見せたら息の根を止めるつもりだったかもな」

伏見主任は親指で、自分の首を切るマネをした。

「一握りの人間しか出世競争に生き残れないエリートさんたちの世界だ。弱ってる奴がいるなら、刈り取って楽にしてやろうと思うかもしれん。しかし、今日の様子じゃそれもないだろう」

「そうなんですか？」

「喉を狙いにいったら、逆に自分の首を持っていかれると思ったろうからな」

笑いながら、車に戻った。

七月十三日。

「デッキシューズの線から犯人を辿るのは、難しそうですね……」

朝の捜査会議で、一宮刑事が頭をかきながら報告した。

「今朝、島の靴屋さんと喫茶店でばったり会って、詳しく話を聞いてみたんです。そうしたら小学校の上履きの次に、二十六センチのデッキシューズが売れているようなんです。熱い砂地や岩場まで歩けるし、船の上でも重宝する。住人の三人に一人は持ってるんじゃないかって言ってましたよ」

伏見主任が渋《しぶ》い顔になった。

「すると、百足近くの同様のデッキシューズがあるわけか。足跡からの犯人の特定は、難しそうだな」

「逆に考えれば犯人は、島にたくさんその靴があるとわかっていて、犯行に使ったのかもしれませんね」

私が言うと、主任は頭を振った。

「たとえそうだとしても、これだけは言える。犯人は二十六センチのデッキシューズを使い、おそらく今も所持している」

なるほど。十分条件ではないが、必要条件ではあるということだ。

捜査会議終了後、定例の記者会見が行われた。

そこから戻ってきた伏見主任が、大きく肩を落とした。

「どうしたんですか？」

「この事件の奇怪さには、やはり目が行く。当然六十年前の事件のことも絡めてくる。なんせ、島の名前が奇科学島で、その由来が不老不死の薬にあるんだからな。となれば、白壁杜夫のことにも辿り着く」

「そうなれば、鳥森来瞳さんが孫であることも、調べ上げてくるでしょうね」

「彼女が容疑者に挙がっても不思議じゃない。そのことにいくつかの報道機関が気づき始めてるんだ。彼女についての質問をかなり受けるようになってきた。なぜ彼女を逮捕しないんだとね」

「まずいですね。疑わしい部分はあっても、証拠はないし。下手に騒がれるようなことがあれば、彼女はこの島で生活できなくなる」

「オレはちょっと、海龍路家に行ってくる。この件で彼女をどうするか話をつけてくるよ。キック、お前は午前の連絡船が来るのを待っていてくれ」

「また誰か、お偉いさんが来るんですか？」

「行けばわかるよ」

連絡船の待合室は、相変わらずごった返していた。

最近は報道各社がおのおの食料品を運び込んでいるようで、荷物の量が格段に増えたのだ。

そんな中で、鳥森来瞳さんは何事もなかったように、淡々と仕事をこなしている。

そこに二人の記者がやって来て、彼女に話を聞こうとした。伏見主任が心配していることが、確かに起きようとしている。彼女を保護するなり、他所に移して監視するなりして、対応策を取らないとまずいことが起きるかもしれない。

イザとなったら飛び出そうかと見ていると、大きな男性が現れて彼女を連れていってしまった。身長は百八十センチの若い男性。そう、矢場巡査だ。

大丈夫だろうか？

なんせ矢場巡査はいらんことを言って、来瞳さんからビンタをいただいている。悲劇的な結末を予想していたら、なんと二人は普通に話している。

なんだ、結局仲直りをしたのだ。心配して損したよ。

ところで、最近捜査員は、ますますラフな格好で島の中を歩き回るようになっていた。Tシャツに半ズボン、サンダル履きは普通である。

島の暑さが影響しているのだが、それとは別に捜査員とバレると、報道関係者に捕まってしまうからでもある。

中には漁業関係者に化けるために、ゴム手袋と長靴で町を歩いた捜査員もいる。

かくいう私も帽子を目深にかぶり、日焼け防止のパーカーにオレンジのハーフパンツという出《い》で立《た》ちだ。港に近づくときは軍手を嵌めて、肩からタオルを垂らし、荷下ろしをやっているふうを装っている。

でも、まさか、私の努力を粉砕する奴が現れるとは。

「よお！　キック。犯人を捕まえたか？」

聞き覚えのある声が届いた。

なぜ今、この声が聞こえるのだ？

ゆっくりと振り返ると、頭に浮かんだ答えと現実がピタリと一致した。

アンコウだ。

袖先から肩にかけてパープルからパステルグリーンにグラデーションのかかった薄手のジャケットに、赤のTシャツを着ている。白の七分丈のパンツに、ピンクのスニーカーを合わせられては人目を引きつけないわけがない。

たとえるなら釣りに使うルアーのような姿である。

この野郎にワイヤーを引っかけて海に垂らしたら、ダイオウイカが釣れるのじゃないか。

この魅力的な姿を記者が放っておくはずがない。音をたてて、こちらを見た。

「深海警部、話は向こうで！」

言うが早いか、アンコウの奇天烈《きてれつ》な服をひっつかんで、町に引っ張っていった。

3

「なんだよ、せっかく来てやったんだから、少しは歓待しろよ。強盗殺人事件を一件片付けて、ようやく船に飛び乗ったってのに。せめて、島寿司《しまずし》でも食わせろっての」

だから、主任は私を港にやったのか。このやっかい者のお守りをさせる気だよ。

確かにアンコウは捜査能力が抜群だ。来てくれたのは本当にありがたい。すべての真実を見抜くウアジェトの目で、この奇科学島で起きている謎をすべて解き明かしてほしい。

ただ、この状況で、この服はだめすぎる。背中にのぼりを立てて隠れん坊を強《し》いられているようだ。

「深海警部。いい加減、この島に溶け込むような服装をしてもらえませんか？　みんなも苦労をしているのに」

「オレは服装で捜査してるんじゃやねえ！」

「喫茶店のイスが便座のデザインだったらどう思いますか？　お箸がミミズの形状をしていたらどう思います？　朝の通勤電車でネクタイの代わりに荒縄巻かれていたらいやでしょ？　ものには、その場にあった形というものがあるんです」

私はアンコウをお土産屋に連れ込んで「流人」と書かれた、観光客用のＴシャツを着せた。これでご機嫌なツーリストだ。

「なんだよ、このカッコ。まあいいや、それよりお前の言っていた方法試したら、本当に担当していた事件が一個減ったよ」

「私、なにか言いましたっけ？」

「ほら、奇声を上げてイスを投げろってメールに書いてあったろ。警視総監の前で試したら、本当に一個減らしてくれたよ。ははは！」

こいつ、マジでやったのかよ。

「あと、言っておくが、オレがいられるのは明日までだから」

「え？」

「警視総監を説き伏せて時間を取ってきたんだ。なんせ、キックのことじゃ古見参事官が暴れ回っているからな。奴は官邸ともつながりが深い。事を構えたくない人間も多いからな」

そう言いながらTシャツの裾を引いて、いつものきれいな肩のラインを見せた。

「それに、事件を解決しないと伏見が戻ってこないから寿司をおごってくれる奴がいない。とにかく、やれるだけやってみよう」


まずは、秀美さんが殺された灯台に来た。

岬の入り口に張られた「立ち入り禁止」のテープを越え、道を進む。

「捜査本部で捜査報告書に目を通すんじゃなくて、事件現場を最初に見るんですか？」

「あんな下手くそな報告書を読むなんて時間の無駄だ。オレは島の風景を楽しませてもらう」

三十メートルほどの長さのある岬の突端に、真っ青な空を背景に白い灯台がたたずんでいる。

事件のあった夜と違い、今日は絵のように美しい。

相変わらず遮るもののない潮風は、激しく草を揺らした。

アンコウは岬の中間に来て後ろを振り返り、喜角山の山肌を眺めた。

「あそこに、烏森来瞳が現れたわけか」

「ちょうどあの木々の隙間にいたんです。ここから十五メートルほどの距離ですね。事件の夜は灯台の明かりの中で見たので距離を感じたんですが、こうしてみると意外と近い気がします」

「うん……」

アンコウは来た道を戻り、山を少し登って、来瞳さんがいた場所に立ってみた。そしてあちらこちらをキョロキョロと眺めている。

やがて彼の目がとまった。

「キック、これはなんだ？」

アンコウは木の陰にあった祠を指さした。

港で「四神まつり」のポスターを見つけたとき、来瞳さんが説明してくれた四つの祠のうちの一つだろう。

「火の神様の祠だと思います。竃の神様だと言ってました」

「なるほど」

アンコウは柏手《かしわで》を打って参拝をすると、スタスタと降りてきた。

「状況を説明してくれ」

そう言うと、大股《おおまた》で灯台に向かう。

「海龍路秀美さんが行方不明になったのは、七月十日の午後五時です。彼女はこの島に殺人犯がいることを怖がって、それで船で逃げ出そうとしていました」

「そこは聞いてる。キックや伏見は用があったんで、警備は東山と、この島に駐在している矢場巡査に交代した。五時に船が来たんで、彼女はその船に乗ろうとしたわけだな」

「はい。その連絡船乗り場で煙のように消えたんです。防犯カメラから、彼女が島を出ずに戻る様子を見せていたことは、わかっているんですが。なぜ、消えたのか謎なんです」

「そこまでわかっているなら、謎でもなんでもないだろう」

アンコウは、あっさり言ってのけた。

「謎でもなんでもないって……。深海警部は消えた理由がわかるんですか？」

この男は、いとも簡単にこちらの見えない真実を、理路整然と説明してみせる。

それ故にFBIから引き抜かれてきたわけでもあるのだが。それでも聞くたびに、啞然《あぜん》とするような種明かしをしてみせてくれる。だが、今回はどうなのだろう。

「わかるよ。それより、灯台の管理事務所から鍵を借りてきたんだろう。早く建物に入れてくれ。日陰に入らないと、干上がっちまう」

灯台の建物に辿り着き、私は鍵を開けた。

バン！

鉄のドアが風に押され、分厚いコンクリートの壁にぶつかる。中に入ると、思いのほかヒンヤリしていた。

「こりゃ、涼しい」

建物には明かり取りの小さな窓しかなく、鍵がかけられ、人が出入りすることはできない。

「それで、秀美さんが港から消えてしまった理由はなんですか？」

この野郎、忘れているんじゃないかと心配になり、催促した。

アンコウはかなり驚いたように、鷹の目をまん丸にしてこちらを見る。

「そんなに難しいか？　海龍路秀美は島の中に犯人がいて、自分が殺されるんじゃないかと思い、島を出ようとしていたわけだよな？」

「はい」

「その彼女が大勢のマスコミがごった返す中、悲鳴も上げず、桟橋から姿を消したわけだよ。そして実際、彼女は翌日まで生きていた。なんせ、昼の二時にはパンを食べているんだからな。どう考えても自発的に自分から連絡船に乗らず、島に戻ったって状況だよ」

「はい、でもあれほどおびえていた彼女をどうやって自発的に島に戻らせたんです？」

「だから、その不安を取り除けばいいんだよ」

「どうやって？」

「簡単だよ。犯人が、連絡船に乗ろうとしてる海龍路秀美に話しかけたのさ。『犯、犯人が、捕まった。い、い、い、い、い、い、もう、戻っても大丈夫だ』ってな」

「あ！」

言われてみれば、それが一番簡単だ！

「港は報道関係者であふれかえり、誰も彼女に注意を払わなかった。そのすきに彼女を、家に帰した。後はもう一度、彼女に吹き込めばいい。『犯人はわかったが、今は逃亡している。やっぱり隠れたほうがいい』ってな。そうすれば今度は自発的に姿を隠してくれる」

なるほど。

烏森来瞳さんの「家で秀美さんを見た気がする」と、いう証言とも一致する状況だ。それに玄関に彼女の紺色のスニーカーが見当たらなかった理由も説明がつく。彼女は見つからないように、靴も隠したのだ。

「そして翌日まで隠れて、午後にはパンも食べた。そしてそのとき睡眠薬も飲まされたわけだ」

アンコウの説明は集めた証言と、次々と一致してゆく。

「と、いうことは犯人と秀美さんは顔見知りということでしょうか。だから信用していたということですよね」

「まぁ、オレなら親しい人間を疑うよ」

秀美さんは信用していた犯人に騙され、殺されたわけだ。恐ろしいほどの憎悪と強い意志だ。なにかどす黒くて、触れたくないような人の怨念を感じる。

灯台の台座部分の部屋は十畳ほどの広さがあり、ロッカー二つ分くらいの機器が、二台据えられている。

よくはわからないが、ここから電力の調整をしたり、停電になった場合に発電したりするのだろう。

アンコウは機械の裏に回り込んで、彼女が殺されたと思われる場所に立った。

赤黒い血痕《けっこん》が広がっている。

「鑑識の春日井さんの話だと、正体不明の足跡が一つ見つかったそうです。ここに出入りする管理者のものでも、秀美さんのものでもありませんでした。島で一番売れているデッキシューズだそうで、大きさは二十六センチです」

「島で一番売れているっていうのが、ポイントだな」

アンコウは、おかしそうに笑った。

「私もそう思います。明らかに偽装している気がします。自分の正体がバレないように、島で一番多い靴を選んではいているような」

「偽装か……。確かにこの殺人は偽装に満ちているのかもしれない。用心深くて頭のいい犯人が、この狭い島の中で正体を明かすことなく人を葬り続けている」

私は、彼女の血の痕を見て、生きていたときの息遣いを思い出した。

「ここに連れてきて、すぐに刺し殺したということですね」

「そうだ。この時点で、すべての準備ができたってことだ」

「準備？」

「炎に彩られたショーを見せるのに、夜を選んだのはなんとなく察しがつく。問題はなぜ、海龍路秀美が消えた十日の夜ではなく、翌日の十一日を選んでいるのか。なにか理由があるんだよ。この日に準備が整っているんだ」

「それはなんです？」

アンコウが髪をかき上げて笑った。

「それより上を見てみようぜ」

目の前には美しい螺旋《らせん》階段があった。見上げると曲線が光に吸い込まれるように続いている。

ホコリっぽい階段を、肩をすぼめ窮屈に上ってゆく。

最上階の照明のあるところは、外からの光に満ちていた。

「すごい！」

三百六十度のパノラマが広がり、青い海が存分に見渡せるのだ。

考えてみれば海に光を投げかけるのが灯台の役目なのだから、当たり前と言えば当たり前だが。

そして照明部分とそれを回転させる機械が、ここの主のように据えられている。夜になれば、この明かりが海を照らすのだ。そして、この照明を守るように丈夫なガラスで囲まれている。開閉できるところはなく、ここからは出入りできない。

「灯台の電灯ってこうなってるんですね。このデコボコしたレンズは変わってますね。お皿を何枚も重ねたような形で」

「フレネルレンズだ」

「フレネルレンズ。名前があるんですね」

「作った人間がフレネルなのさ。デコボコしていて複雑に見えるが、基本の原理は普通のレンズと変わらない。つまりレンズを薄くするために、押しつぶしたような形になってるのさ」

「へぇ」

なんだかピンとこないが、要するにこの奇妙なレンズが、光を遠くに飛ばすことができるらしい。そして、その光が風神町にある廃船置き場まで届かなくて、この事件を知ることができたわけだ。

「ああ、そういうことか！」

私は突然気がついた。

「正解だよ、キック。鯨より大きくてメダカより小さい魚は、イルカだ」

アンコウがふざけて笑った。

「なぞなぞの答えじゃ、ありません。そもそもイルカは魚じゃないし。それより、この窓のところに段ボールが貼られた理由がわかったんですよ。犯人は風神町側の窓に段ボールを貼り付けて、灯台の点滅をおかしく見せた。それは誰かを灯台に呼び寄せたかったからだ！」

「そりゃ、そうだろう」

あれ？

「深海警部は気づいてたんですか？」

「当然だろ。あの炎に包まれた死体を考えてみろよ。誰も目撃者がいなかったら、ただ焼け焦げた死体が海に浮かんでるだけになる。犯人の意図が伝わらないじゃないか。だから必ず観客を呼ぶ必要があるわけだよ。そのためには風神町に集まる捜査員に気づかせなきゃならない。だから段ボールを貼り付けて、光を塞いだわけだ」

なるほど、犯人の意図から逆算すれば合理的な答えはそこに行き着く。本当にこいつは頭がいい。

「犯人が失踪当日じゃなく、翌日に殺人を実行した理由もこれでわかるだろう。奴に必要だったのは観客と、それに舞台さ。薄暗くなって炎が目立つ時間帯を狙って実行する必要があった。だから、その機会を待って翌日に持ち越したわけだ」

犯人は意図的にあの殺人を演出しているのか。考えてみれば、生首事件のときもそうだった。なぜ、そんなことを。

「待ってください。と、いうことは犯人は、秀美さんが炎に包まれていたとき、ここにいたことになりますよ。でなければ人が来たのもわからないし、火を放つタイミングもつかめない」

「いいね、キック！　そうとも、犯人はここにいた。しかも最高の席から見ていたはずだ。犯人用の観客席はどこに置く？　奴がポップコーンを用意して座り込む最高の指定席はどこだ？」

「え？」

私はあたりを見回した。

犯人がこの事件を演出する、最高の場所はどこか？

アンコウはなんと、段ボールが貼り付けてあった場所を指さした。

「ここなんて最高の場所と思わないか？　キックが歓声を上げるほど四方が見渡せるんだぜ。さらに真後ろには照明が控えていて暗闇を照らし出してくれるんだ。警察官が近づいてくればすぐにわかるな。おまけに段ボールで塞いであるから向こう側からは見えないし」

「！」

確かにそうだ。ここ以外にあり得ない。

犯人はこの段ボールで明かりを遮り、人を呼び込むことのほかに、自分が隠れるための目隠しにもしていたのだ。

こうなると、次の疑問もわいてくる。

「あの夜、炎に包まれた秀美さんを見て追いかけようとしたとき、東山刑事は灯台に引き返して、中を確認しています。でも、誰もいませんでした。この灯台に隠れていたとなると、犯人はどこに消えたんです？」

「鋭いね。オレも今、それを考えていたんだ」

あ……。

「そうなんですか」

なんだ。ここが推理の行き止まりだったんだ。そりゃそうだ。

今、すべての謎が解けているのならアンコウは灯台まで来たりせず、まっすぐ犯人のほうに向かい、手錠をかけているはずなのだ。

灯台を出て、もう一度岬の道を歩く。

「犯人はどうして、秀美さんに火をつけるような残酷なことをしたんでしょう」

「罰じゃねえの？」

「罰？」

あまりに意外な答えに、問い返した。

「彼女がなにか、悪いことをしたんですか？」

「いや、そういうことじゃない」

アンコウは首を振る。

「最初に見つかった海龍路慎二は首を切られていた。次に海龍路秀美は火に包まれていた。『打ち首』と『火あぶり』の刑に思えただけだよ」

「刑罰！」

すごい。二つの事件を、そんなふうに関連付けて考えたことはなかった。

「どうして、そう思ったんです？」

「わざわざ江戸時代の高瀬舟に乗せていたのが、流刑をイメージさせた。その延長で推理しただけさ」

そういえばアンコウは、八丈島にいたとき、高瀬舟が使われたことを「犯人の見立てだ」と推理していた。死体の状況にはメッセージが込められていると。彼はそのメッセージを、今回も読み解こうとしていたのだ。

「すると犯人は、なにかを罰しているというイメージを与えようとしているんですね」

「だろうな」

アンコウは足下の石を蹴って、崖下に一個落とした。

「だが、それだけにしちゃ犯行が派手すぎる。あんまり派手なんで砂糖の山にアリが群がるように報道関係者が集まるほどだ。犯人は自分が捕まらないように細心の注意をしながら、なおかつ世間の耳目を集めるように演出している。いったいなぜだ？」

「つまり、処罰を表現している以外に、この殺人方法には意図があるということですか？」

「ああ、ある。今のところ二つ理由を思いつく」

「二つも！　いったいなんです？」

「一つ目は完全犯罪」

「は？」

完全犯罪とは、人を殺しても絶対に捕まらない方法の名前である。殺人犯が求めてやまない、おとぎ話だ。

「いくらなんでも完全犯罪はないでしょう。そんな方法、あるわけない」

「あるよ。お前がなにを信じるか、そして犯人がなにを信じているかによるがね」

確かにどんな犯罪者でも、自分の犯行がバレないように細工を施してくる。つまり加害者本人は常に「完全犯罪」を予定して策を弄《ろう》しているわけである。

そういう不届きな犯行をぶっ壊すのが、捜査一課の役目なのだが。

「それじゃ、完全犯罪以外の、もう一つの理由はなんですか？」

「港の待合室で見なかったか？『四神まつり』のポスターを」

「あれ、楽しそうですよね。もし、事件が解決していたらお祭りを見に、もう一度来たいですね」

「ああ、オレは出店で金魚すくいをやりたい……じゃ、ねえよ。あの『四神まつり』のポスターで、なにか思いつかないか？　最初に事件が起きたのはどこだ？」

「風神町の廃船置き場です」

「二つ目はこの灯台だな。この岬の根元にあったものはなんだ？」

「竈の神様の祠」

「最初が『風の神』、次は『火の神』だよな？」

「あれ？」

「やっと、気づいたか。オレが来て正解だったな……」

アンコウが肩を落とした。

「この島にある神様になぞらえて、犯行を演出してるんだよ。風の神様の場所で殺したから帆掛け船を使い、火の神様が祀られているから火を放った……」

言われてみれば確かにそのとおりだ。

「マスコミが聞いたら飛びつきそうなほど、派手でわかりやすいメッセージが隠されているんだよ。その上で犯人は、この三百人しかいない島の中に、今でも姿を隠しているんだ。相当、頭が切れる奴だね。覚悟したほうがいい」

「覚悟？　なにを覚悟するんです？　どんな奴でも必ず逮捕してみせますよ」

「素晴らしいね、キックちゃん。だが、オレが言ったのはその覚悟じゃない。問題はこの島には『四神』が祀られているってことさ。これまでに二件の殺人が起きている。だが……」

「あと、二件の殺人が起きる？」

「だから言ったんだよ、覚悟をしておけって」

まさか、そんなことが。

しかし、事件から感じる凶暴な怨念は、それがあり得ると訴えている。

やはりアンコウはすごい。犯人の意図するものを正確に読み取って、事件全体の構造を常に推理しているのだ。まるで木々の姿を観察し、川の流れを見て、森全体の形を予測するように。

「四神の祠近くで、新たな殺人が起きる可能性があるんですよね。残っているのは『地神』と『水神』の祠」

「目端の利いた奴なら気づくかもしれない。それが報道関係者ならやっかいだがな。その祠近くに、へばりつくかもしれない」

確かにまずい。この情報は隠しておかないと。

「こちらの動きを悟られないようにして、その二ヵ所を重点的に張り込みます！」

捜査本部に戻ると、深刻な顔をした五人がいた。

伏見主任のほかに、海龍路家の長男の貢さん、烏森来瞳さん。そして、東山刑事と矢場巡査だ。

来瞳さんが険しい表情で、男性陣に食い下がっていた。

「私は平気です。それに私がこの島を離れたら、犯人に負けたような気がします」

伏見主任が天井を見つめて、途方に暮れている。

「なにがあったんです？」

私とアンコウが加わった。

「今朝の話の続きだよ。今回の事件は彼女が犯人だと指し示す証拠がゴロゴロと転がっている。オレが公式コメントで否定しても、マスコミは止まらない。容疑者らしき人間がいるとなれば、飛びついて騒ぐに決まってる。だから一度、どこかへ身柄を移せないかと話しているんだ」

なるほど、その提案を来瞳さんが拒否しているというわけだ。強気の彼女がのむような話ではない。

しかし貢さんは賛成している。

「私もそうしたほうがいいと思う。犯人がどういう意図を持っているかはわからないが、来瞳を罠にかけようとしているのはハッキリしている。警察の保護が得られるなら島を離れたほうがいいと思う」

「もちろん大丈夫です！」

東山刑事が請け合った。

「自分たちが命懸けで保護をします。ですから、島を離れてください」

矢場巡査も力を込めて説得する。ところが彼女は首を縦に振らない。

「私がいなくなったら、港の管理はどうなるんです。ただでさえ人が増えて荷物が増えているし、それにもうすぐ夏休みなのよ。大勢の観光客が来るようになったらそれこそパンクする。とても出ていくわけにいかない」

碧い眼で皆を睨む。

貢さんは怯まない。

「でも、ほかのスタッフもいるわけだし。安全な方法を取ったほうがいい。これ以上来瞳がいると、捜査を邪魔することになるわけだし」

「でも……！」

「それに今、来瞳は『もうすぐ夏休みになる』と、言ったな。そうだ、日本中が長期の休みに入るし、お盆にもなる。島の観光産業のかき入れどきだ。それまでに事件を解決してほしいと思わないか？」

「でも、もうすぐ慎二兄さんと秀美姉さんの遺体が帰ってくる。そうなればすぐに葬儀になるし。島を離れたらお線香を上げることもできないのよ」

「いや。あの二人だって、これ以上の被害を出したいとは考えていないはずだ。それ以上に私は、これ以上兄弟が死ぬのを見たくないんだ！」

温厚な貢さんが声を荒らげた。メガネの奥の目に涙が見えた気がした。

さすがに来瞳さんが一瞬怯んだ。しかし、彼女も負けていない。

「いやよ。本土に行くのは絶対にいや！」

こうなったら意地でも動かないだろう。

私は妥協案を出した。

「貢さん。彼女が管理している港の連絡船は、八丈島側からも出港しているわけですよね。だったらしばらくの間、八丈島側の港で働いてもらうというのはどうでしょう？」

「は？」

二人がキョトンとした。

「つまり一定期間、来瞳さんを八丈島側の港の管理に回すんです。そうすれば、彼女のやりたい島の玄関を守る仕事が、幾ばくかはできるわけです。そして島からは離すことができるし、葬儀には簡単に戻ってこれる」

「ああ……」

「なるほど！」

「その間、八丈島側にいる所轄の警官も警護に当たることができますし」

「うむ、そこに東山刑事と矢場巡査をつければいいわけか」

伏見主任も納得してくれた。

来瞳さんは腕組みをしながら天井を見ていたが、大きく息を吐いた。

「わかった。向こうで働く。そのかわり、事件が解決したらすぐに帰ってくるから」

「わかってる」

貢さんは心からホッとしたようだ。

これで、犯人が罪をなすりつけようとしている来瞳さんを、奇科学島から離すことができる。

「さすがキックちゃん、口がうまいなぁ」

アンコウがふざけた口調で、茶化《ちゃか》した。

「まぁ、片がついたところで、皆で島寿司を……」

すべてを言い終わる前に、私はアンコウの口を塞ぎ、会議室から叩き出した。

午後七時。連絡船は出発する。

風が凪《な》いで、船は静かに揺れていた。

スーツケースに荷物を詰めた来瞳さんが、東山刑事と矢場巡査に守られて船にたたずんでいる。

桟橋には伏見主任と貢さん、アンコウ、私のほかに港の職員たちが見守っている。

「やっぱり、葬儀が終わってからのほうが……」

来瞳さんは迷っている。

「いいえ、これはあなたのためなんです。それに明日から風が強くなる予報が出ている。今日出発しないと出られなくなります」

東山刑事が言った。

「来瞳さん、港のほうは我々職員ががんばりますから大丈夫です！」

「心配しないでください。連絡も毎日しますから！」

職員の人たちが声をかけ、来瞳さんは少し涙ぐんだ。

「来瞳さん、荷物を持ちましょう」

矢場巡査が声をかける。

「ありがとう」

東山刑事は矢場巡査をねぎらうように肩を叩いた。

連絡船は夕日がわずかに残る空の下を、憂鬱《ゆううつ》に出港していった。

この島を覆う雲の端が、海の彼方に顔を出している。

4

七月十四日。

心配していたとおり海が荒れてきた。

連絡船は奇科学島に到着できたが、戻ることはできなくなった。

「あと二件の殺人が起きる？」

伏見主任の声が会議室に響いた。アンコウの不吉な推理に、メモをとっていた捜査員の手も止まる。

「本当ですか、深海警部！」

「これ以上の事件なんて冗談じゃない！　東山刑事も矢場巡査も抜けて人手が足りないのに」

今日の天候のように、捜査本部内も荒れる。

皆の疑問に、私が答えた。

「犯人が殺人の中で暗示しているものが『風神』と『火神』なら、残りの『地神』と『水神』を暗示した殺人が起きてもおかしくない状況です」

「確かに帆掛け船に生首を乗せて風を表し、死体を燃やして火を表しているようには見える。けど、本当に次にもそんなことが……」

「しかしな……」

「張り込むにしても、人員が明らかに足りないし……」

連日の捜査に疲れ、犯人の異様な犯行、マスコミの対応に追われている捜査員には、この突飛な提案は受け入れにくかった。

「目撃者捜しに、重点を置いたほうが」

「それより、海龍路家関係者への事情聴取を徹底したほうが」

議論が紛糾する中、伏見主任が両膝を叩き立ち上がった。

「犯人は異様な殺人を演出している。次の犯行場所を予定しているというのも、不自然とは思えない。これ以上のチャンスはないはずだ。この小さな島で目撃者捜しが全く進展せず、我々は深い霧の中にいる。だったらこの張り込みを、突破口として考えてもいいはずだ」

「なるほど」

「確かに」

伏見主任の言葉は、疲れた捜査員を活気づけた。

「本庁に要請して応援を用意させる。二人ずつが三交代で地神と水神の祠を監視するんだ。ほかの者は目撃者探しに集中する。大事なのはこの動きを絶対に報道関係者に知られないようにすることだ。バレたらその場所にカメラが殺到する。とにかく慎重に行動するんだ！」

「はい！」

一ヵ所に二人では人数が足りない気がするが、今の態勢を考えれば仕方がない。それに大きな応援を要請すれば、それだけでこちらの動きがバレてしまう。

まず、私とアンコウが水神の祠に向かった。

「オレは午後に来るヘリで帰らなきゃならんから、それまで手伝ってやるよ」

彼が、手伝いを申し出たからだ。

とりあえず彼に麦わら帽子をかぶせ、双眼鏡を首からかけさせた。

「これは、なにを想定しての変装だ？」

「島にいると噂される幻の鳥を追い回してる、変わった科学者ってところでどうでしょう？」

「そんなややこしい設定、わかりづれえよ！」

文句を言いながらも、この格好で町を歩いた。

「島の人たち、疲れている様子ですね」

「そりゃそうだろう。ここのとこ、人捜しばかりやっていたんだろう？　おまけに二人も人が亡くなれば精神的に参っちまうだろうし」

この男にしては、ずいぶんまともなことを口にする。

港の脇を通りかかったとき、男性職員があたりを見回し、そっと近づいてきた。

「七夕警部、ちょっと……」

建物の脇に追いやられる。

「すいません、向こうにテレビの人たちがいて、話せなくて……」

「なにかあったんですか？」

「明美さんが、午前の連絡船で帰ってきたんです」

「明美さんが？」

海龍路重蔵の妻で、来瞳以外の兄弟四人の母親に当たる女性だ。東京のホテルを泊まり歩いている彼女を長男の貢さんが見つけ、事情を話して帰るように説得していたのだ。

後でキチンと話を聞かないと。

「ありがとうございます」

「いえ、がんばってください」

そう言うとペットボトルの冷たい麦茶を一本ずつくれた。

皆、早く事件を解決してほしいのだ。

島で一番の水源に近いとあって、小さな川がいくつも流れ、生い茂るシダを濡《ぬ》らしていた。

「ここまで来ると結構涼しいな」

アンコウが、はしゃいでいる。ハイキングかなにかと勘違いしているのじゃないだろうか。

「もうすぐ、水神池です」

いくつかの砂防ダムを越え、小さな石の道標を辿ってゆくと、前に来た水神池に着いた。

「ほぉ、真っ青な池だな。地下からの硫黄が、レイリー散乱を起こしている影響だな……」

さすがはアンコウ。私が自慢げに説明してやろうと思ったことを、先に言った。つまらない奴である。

　とりあえず池が見下ろせる、大きな石の上に登った。風に揺れる木立の間から海が見え、その向こうに大きな入道雲が見える。

　あの真下は嵐《あらし》なのだろう。

「深海警部、犯人の狙いは、なんでしょうね？」

「狙い？」

「ここまで手の込んだ殺人を、演出する理由ですよ。首を切り落としたり、船で流したり、火を放ったり。深海警部は殺人の中にメッセージを隠しているとおっしゃいましたが、なぜそんなことをするのでしょう。誰かに解いてほしいのでしょうか？」

　アンコウは鷹のような眼をこちらに向け、しばらく見つめていた。

「……昨日、灯台で言ったよな。犯人は頭のいい奴だって」

「はい」

「じゃあ、可能な限り頭のいい殺人犯を想像してみろ。そいつがトリックを使ってきたとしたら、なんのためだと思う？」

「そりゃ、昨日深海警部が言っていたとおり、警察に捕まらないためですよ。完全犯罪です。でも、目立つ犯罪と、完全犯罪は相反したものだと思えるんですが」

「本当にそう思うか？」

「はい」

「じゃあ、逆に考えてみよう。この世の中で起きる犯罪で、絶対に真犯人が捕まらない事件とはどういうものだ？」

「絶対に？」

そんな犯罪があるだろうか。もしあれば、あらゆる犯罪者がマネをしそうである。

「偽のアリバイを作ったり、死体を隠したりして裁判で有罪を受けないようにしますかね」

「オレなら、別の犯人を仕立てるかな」

「別の犯人？」

「そうさ。この方法なら、裁判で無罪を主張する必要もない。無関係な人間を犯人だと、警察に信じ込ませることが一番さ。そうすれば真犯人につながる捜査を一切やめてしまう。冤罪事件こそが、究極の完全犯罪だよ」

恐ろしいことを言い出す奴だ。警察関係者としては、あまり考えたくない。でも、考えれば考えるほど実現可能な完全犯罪である。

「確かに間違った人物を犯人と特定してしまうと、真犯人に逃げられる可能性は高いですね……」

「まぁ、ほぼ確実に逃げられるだろうな。間違った相手を何年も延々と追いかけ、時間が無駄に使われ、真犯人に続く証拠はどんどん消えてしまう。世の中は、逮捕された人間を裁くことを望むし、組織は面子《メンツ》を大事にするからな。そちらに走り出してしまったら方向転換はできない……」

ゾッとする話だ。

「でも私たちは、そうならないように慎重に捜査をしているわけで……」

「確かに時間が与えられ、慎重に捜査できる環境ならいいさ。オレたちは間違いを犯さないようにがんばる。だが、そうはならない状況もあるぜ」

「たとえば？」

この質問に対するアンコウの答えは、さらに恐ろしいものだった。これまでの異常な犯行の謎がすべて解けるような。

背筋が凍るような回答だ。

「残虐で人々の怒りの感情を燃えさせる事件なんてのはどうだ？　大勢の人間が正義感を爆発させるようなやつがいい。そうすれば市民から『早く犯人を逮捕しろ』って文句が次々とやってくる。上層部は焦って、現場に早く結果を出すように迫ってくる。こちらがいくら慎重に見極めようとしてもな」

アンコウは鷹のような目を、興味で輝かせている。

シャレになっていない。

しかし、これが答えだ。

あまりにも凶暴な犯行の演出と、目撃者を残さない冷静な殺人計画。絶対に結びつかない相反する事実を結びつける意図は、これしかない。

しかも、鳥森来瞳という生《い》け贄《にえ》の羊は用意され、マスコミは彼女を追い回し始めている。

「皆の道徳心をくすぐるほど、冤罪事件は増える。怒りを鎮めてもう一度考えてみようって気がなくなるからね。残酷で刺激的なほど人々は犯人を求める。もはや、誰が捕まろうと犯人と報道されればいいとさえ思えてくる。たとえ有罪に証拠が届かなくてもどうでもいい」

「いや、それは……」

アンコウが人の悪そうな目を向ける。

否定できない。今まで、どれほど見てきた光景だろう。

「世論の正義感を満たしてくれる生け贄が用意されれば、後は自動的に完全犯罪が成立してくれるってわけさ」

アンコウは事実にしか興味がない男だ。だから、多くの人が求める「かりそめの真実」と、何度となく戦ってきたのだろう。

頭の中に一つの光景が浮かんだ。

喜角山の火口付近。白いガスが漂い視界を遮っている。

島の人々に追い回されている白壁杜夫。島の人々は恨みの声を上げて追い詰めている。

やがて彼は殺された。

島の人の病気を治そうとしただけなのに。誤解され、リンチを受けて首を切り落とされた。

皆が犯人を求めたのだ。

「それじゃ、犯人が残酷な殺し方を繰り返しているのは、みんなの欲望を刺激するためですか。そして、あたかも烏森来瞳が実行者であるような証拠が残されているのは、皆が求める生け贄を用意するためだと？」

「漠然とだが、そういう印象を受けるな。まぁ、結論を出すのは早いと思うがね」

恐ろしい話である。

しかし報道関係者は島に次々と集まって、刺激的な情報を配信し続けている。いつかこれが膨れあがり、爆発するようなことになれば……。

アンコウはさっきもらった冷たい麦茶を、一口飲んだ。

「まぁオレなら、殺人なんて割に合わないやり方、選ばねえけどな……」

「どうするんです？」

「青い海で、釣り糸を垂れるかな」

確かにそれは、いい方法だ。


警視庁のヘリが到着したという知らせが入り、アンコウが呼び戻された。

予報どおりに嵐が近づいているので、慌てているようだ。

そしてヘリからは、二つの棺《ひつぎ》が運び出された。海龍路慎二さんと秀美さんの遺体が、ようやく故郷の奇科学島に戻ったのだ。

さらに伏見主任が要請した、応援部隊五名が到着した。

午後六時。

伏見主任が捜査員に言った。

「手の空いた者は、被害者二名の通夜に出るように！」

提灯《ちょうちん》の明かりが、海龍路家まで続いていた。

本土では聞こえない蛙《かえる》の声が響き渡る夜道を、大勢の人が黒い服で歩いている。私もそれに混じって進んでいった。途中で現れる強烈な光は、テレビカメラが撮影をしているところだった。

海龍路家の門を抜けると、大勢の弔問客が列をなしていた。

奥の客間から泣き声が聞こえる。親戚や友人たち、それに山王マテリアルの社員の人たちも来ているのだろう。

遺族の席が見える位置に来た。

海龍路重蔵さんが喪主の位置に座っている。その隣が貢さんで、次が正吾さんだ。その隣に見たことのない女性が喪服で座っている。

きっと、明美さんだ。

六十歳くらいであろうか。身長は百五十センチに届かないくらいの小柄な美しい女性だ。髪の毛はきれいに黒く染められ隙のない印象を与えている。細く切れ上がった目が、泣いて目をこすりすぎたのか、やや腫《は》れている。

重蔵さんはご病気にもかかわらず、弔問客に対して深々と礼をし、隣の貢さんも合わせて頭を下げている。

でも、正吾さんと明美さんはそれとは対照的に、ほとんど頭を下げない。むしろ弔問客のほうが深々と頭を下げている。

「明美さんと正吾さんは似ている」

思わず、呟いてしまった。


七月十五日。

深夜に始まった強風が、まだ続いている。

朝の報告で、思いがけない情報が出てきた。

灯台で照明を隠すために使われていた段ボールの正体がわかったのだ。

「スーパーの仕入れ用に使った段ボールだと？　間違いないのか」

「はい。事件前日の七月十日早朝の連絡船で、風神町のスーパーが期間限定のマンゴージュースを仕入れたそうなんです。その段ボールで間違いないそうです」

「スーパーで廃棄された段ボールは、いつもどこに置いてあるんですか？」

私は聞いた。

「スーパーの駐車場のすぐ脇に積んである。島では荷物のやりとりが、かなり多いだろう？　だから段ボールは住民に需要が多くて、積んでおくと、すぐになくなるそうなんだ。ゴミとして廃棄しなくて済んで助かるんだと」

確かに連絡船の荷物は、ほとんど段ボール入りである。

伏見主任の眉間に、深い亀裂《きれつ》が入る。

「つまり、住民の誰もが怪しまれずに、段ボールを持ち去ることができたわけか。ここからも犯人像を絞るのは難しいわけだな」

「灯台に残されたデッキシューズといい、段ボールといい、島で大量に使われているものにかなり詳しい人物ですね」

会議が終わり、伏見主任が皆に声をかけた。

「海龍路家の葬儀は、出られる者はキチンと出るようにな」

「はい！」

「あ、キックは通夜に出たから、本葬には出なくていいか」

天白刑事が聞いてきた。

「いえ、会場整理のお手伝いはするつもりですけど」

「いや……。お前今朝のテレビを見たか？」

不吉な予感がした。

「また、どんなデマが流されていたんですか？」

彼はスマホで動画を見せてくれた。

画像には、一昨日に私とアンコウが灯台を捜査しているところが映っていた。誰かが隠し撮りしていたらしい。

アナウンサーと芸能人が、やりとりをしている。

「あれほど残酷な殺人事件が起きたにもかかわらず、あの女刑事は男とデートを楽しんでいるんですよ」

「やっぱ、女はこういう仕事に向いてへんのちゃう。緊張感がないんやて」

「いや、そういう性差で差別するのは……」

「差別ちゃうがな。医学的にそういう差があるいう話や。わし、いろんな奴見てきたけど、皆そやったで！」

私は、あんたに会ったことがないよ！

「とにかく目立つところには、立たんほうがいいだろう」

「わかりました。なるべく奥に引っ込んでいます」

海龍路家の塀に、黒い弔旗がはためいた。

部屋に入りきれない弔問客のために、読経がスピーカーで外のほうまで流されている。皆は数珠を手に、慎二さんと秀美さんのために手を合わせていた。

私は屋敷から少し離れた小道に隠れて合掌する。

時折強い風が吹き付けて、テントや供花を倒しそうになり、皆が声を上げてそれを押さえた。

火葬場で遺体が荼毘《だび》に付されると、関係者は会場二階の食堂へ通された。

精進落としである。

私は海龍路家の親族が集まるテーブルについて手伝い役をしながら、聞き耳を立てていた。

「しかし誰が、あんなひどいことをしたんだろうな？」

「まだ若い二人を、こんな目に遭わせるなんて」

「警察はちゃんと、犯人を捕まえてくれるんだろうか？」

「なんか、無理みたいだよ。テレビで言っていたけど、変な女刑事が混ざっていて、捜査の足を引っ張ってるとか言ってたもん」

おい。

「まぁ、ほかの警察官が捕まえてくれるでしょう」

明美さんが会話に割って入った。頬が赤く、お酒が回っているようだ。

「それより来瞳ちゃんはどこに。葬儀に顔を出さないってどういうこと？　やっぱり自分は海龍路家に関係ないってこと？」

言葉に苛立ちがこもっている。

親族一同は黙り込んだが、長男の貢さんはそれに応えた。

「私が八丈島に避難させました。どうも犯人に標的にされていた節があったので。本人は葬儀には帰ると言っていたのですが。この強風で連絡船が欠航してしまって。とても悔《くや》しがっていました」

「ふん！」

明美さんの不満が膨らんでいるのがハッキリわかる。大道芸人が風船を膨らましすぎたときのように、見物人たちは身を引いた。

「すまん、痛みが出てきた。ここで帰るが、後はよろしく頼む」

重蔵さんが席を立とうとした。葬儀の間、我慢していたらしく、つらそうだ。

「逃げるんですか？」

明美さんが不機嫌そうに声をかける。

「逃げてない。いや……逃げているんだな。見逃してくれ」

「自分は好き放題生きて、私の居場所をなくして。それで今度は自分から逃げるんですか。どこまであなたは自分勝手なの」

「ああ、でもすべてを受け入れてきたつもりだよ」

「そのせいで、子供たちが死んだんじゃないですか！」

食事の場が静まりかえった。

そのせいで子供が死んだ？

どういうことだ。明美さんは今回の事件の真相を知っているのだろうか？

「母さん、行こう……」

そう言って、明美さんを外に連れ出したのは、末っ子の正吾さんだった。

「ごめんね、正吾。あなたにばかり苦労かけて」

「苦労なんてしてないよ。なに一つね」

彼は血の気の薄い唇を、皮肉そうに歪ませて笑った。

いったいなんなのだろう？

重蔵さんが好きに生きたせいで、あの二人が殺された……聞き捨てならない台詞である。

明美さんの腹の立て方は普通ではない。言ってはなんだが自分は遊び歩き、浮気をしてできた子供は重蔵さんに預けている。好きに生きているのは彼女のほうではないか。なのに恐ろしく強気に出ている。

重蔵さんになにか、負い目があるのだろうか？

お骨を骨壺《こつつぼ》に納める儀式を終えて、葬儀は無事に済んだ。

帰途につくと、突然Pフォンが鳴った。

「東山です。まずいことになりました」

八丈島にいる東山刑事である。相当にうろたえている。いやな予感しかしない。

「どうしたんです？」

「鳥森来瞳が……その……消えました……」

「はい？」

目の前が真っ暗になる。自分の心臓の音が聞こえ始めた。

そんな……次に狙われたのは来瞳さん。まさか犯人が、島の外にまで出ていくなんて……。

「今日、事務所に出勤するところまでは、確認したんですが。現在、八丈島署の応援を得て捜しています。この強風ですから海に出たとは思えませんので、島内には、いるはずです」

確かにそのとおりだ。

昨日の午前の便が到着して以来、天候が荒れて連絡船は一度も出航していない。それに犯人が、来瞳さんを追って八丈島に渡ることも不可能なはずだ。

「そっちの飛行機や連絡船は、どうなってます？　本土に行った可能性はありませんか？」

「それはありません。今日は飛行機も船も島から出る便は欠航していますので、本土に渡ることもできません」

来瞳さんは間違いなく、八丈島にいる。

しかしアンコウの指摘では、犯人は奇科学島に祀られた、四つの神々になぞらえて殺人を行っているはずだ。なぜ八丈島で来瞳さんが失踪するのだろう。

向こうで殺害して、天候が穏やかになったとき、こちらに渡るつもりだろうか？　それとも、アンコウの考えが間違っていて、四神とは無関係に犯行を繰り返しているのだろうか。

「とにかくそちらで、全力で捜してください。私たちは、海を渡ることができません」

「了解です。このことを伏見主任に伝えてください。連絡したんですが通じなくて」

「おそらく葬儀に出席していたんで、通信機を持たなかったんだと思います。必ず伝えておきますから……」

「お願いします。とにかく、矢場巡査がパニックになってしまって……」

「矢場巡査が？」

「そうなんです。『命に代えても守るって約束したのに』とか、なんとか叫んで、暴風の中を駆け回っているんです。もうどうしていいか……」

彼は来瞳さんに好意を寄せている。出会った頃に彼女を怒らせてしまい、でもようやく許しを得られ、今回は命を守る役に任命されていた。

その彼女が消えたとなったら。

日に焼けた青年警官は、碧い瞳の美しい女性のために、荒れ狂った嵐の海にでも飛び込むだろう。

「なんとか来瞳さんを見つけてください！」

「わかりました！」

彼女が襲われたとしたら八丈島に向かった連絡船には、犯人が同乗していたことになる。死地に送ってしまったのかもしれないのだ。

でも、海龍路の関係者はすべて、葬儀に出席していたはず。彼らは事件に無関係なのだろうか。

混乱し、地球に蹴りを一発入れると、捜査本部に駆け戻った。

最初の一滴が右頬に当たったかと思うと、今は来てほしくない土砂降りが始まった。

灰色の大理石を敷き詰めたようなまだらな曇り空に、いつのまにか雨雲が満ちた。

捜査本部に戻ると、葬儀に出た刑事が伏見主任と顔をつきあわせていた。どうやら先に戻っていたようだ。

「海龍路家の人間の、靴のサイズを測ってきてくれたか？」

伏見主任は、日比野刑事に聞いた。

「はい、重蔵が二十五センチ、貢と正吾がともに二十六センチでした。兄弟の二人は事件現場のサイズと一致していますね」

「わかった、ありがとう」

私は、東山刑事からの連絡を手短に伝えた。

「くそっ、あいつらはなにをやっているんだ！」

主任は会議用の長テーブルを、すさまじい音を立てて叩いた。でも、すぐに落ち着いてPフォンを取り出し、東山刑事に連絡を取る。

怒声気味に指示を伝えた後、通信を切り、外の強風に負けない溜息をついた。

「烏森来瞳の捜索は東山たちに任せよう。向こうにだって、大勢の警官はいる。おそらく土地のことに詳しいはずだ」

「でも……」

心配で仕方がない。彼女は行きたくないと言っていたのだ。でも、私たちがそのほうが安全だと判断してしまったのである。

「連絡船の待合室で、待機していて良いでしょうか？」

彼女の職場である島の玄関口で、待っていたかった。

「好きにしろ！」

伏見主任は追い払うような仕草を見せた。

犯人は明確な意図を持ち、烏森来瞳が疑わしいと思わせる仕掛けを組み入れている。アンコウの言っていた、「完全犯罪」を狙ったカラクリだ。

無実の者を犯人として成立させてしまえば警察はそれに取り憑《つ》かれて、真犯人はまず捕まらない。

でも、彼女を疑わせて、島から追い出させるのも予定のうちだったらどうなる？

犯行を自供する遺書とともに、自殺の状況で見つかれば犯人は烏森来瞳ということで解決する。そうなれば計画は完璧《かんぺき》なのではないだろうか。

私たちはまんまと、罠にはまってしまったのかもしれない。

夜になり、辺りは闇に沈んだ。

ガラスを叩く雨音がさらに激しくなる。

職員は全員帰宅し、残っているのは私だけだ。この部屋の明かり以外、四方は暗闇が広がる。海はまるで、黒い床が激しく上下しているように見える。

この向こうに来瞳さんがいる。

もし私にアンコウのような力があれば、こんなことは防げたかもしれないのに。

そのときだった。

ザーザーと部屋中に響く雨音の中に、別の低音が混ざっているのに気がついた。

「なに？」

部屋中を見回した。

エアコンだろうか？　でもそれは、営業時間終了と同時に切られている。どこから聞こえるのだろう？

「外だ……。海からだ！」

桟橋に飛び出した。

激しい雨が目を開けさせてくれない。でも、音は聞こえる。

ゴオオオオ。

船のエンジン音だ。

猛《たけ》り狂う海から、小刻みな爆音が聞こえてくる。

「どこ？」

黒くうねる波の向こうに、船を出している人間がいて、こちらに向かってきているのだ。

「あり得ない！」

嵐の海で、接岸しようとしている。桟橋に叩き付けられたら、船もろともに木っ端《こぱ》微塵《みじん》である。ひょっとしたら、遭難した漁船だろうか。とにかく応援を呼ばないと。

その刹那、明かりが見えた。防波堤の突端にある、廃船置き場だ。

私は駆け出した。すさまじい風を遮るものはなにもなく、はたき落とされそうになるのを必死でこらえながら、コンクリートの岸を突っ走った。

灯台の明かりが波間をわずかに照らし出し、船影を見せてくれた。

「モーターボート！」

次の瞬間、すさまじい衝突音が響き、火球が闇に上昇した。

「ぶつかった！」

モーターボートが廃船に突っ込み、エンジンが爆発したのだ。

私は猛然とダッシュして、朽ちた船を飛び越えた。黒い水の上に炎が広がり、飛び散った船体が浮かんでいる。

「誰か！　この船に乗っていた人は！」

私は声を張り上げた。暴風と豪雨が邪魔をする。

「誰か！」

足下の廃船が大きく揺れ、振り落とされそうになる。炎と破片の向こうに、それは見えた。

人だ。

波に逆らいながら、廃船に這い上がろうともがいている。私はあたりを見回し、浮きの結びつけられたロープを見つけた。日に焼けて灰色になったロープにソフトボールくらいのオレンジ色の浮きが一メートルおきに結びつけられている。昔は漁に使った道具なのだろう。思いっきり引っ張って、強度を確かめた。大丈夫だ。

私はできるだけ、その人影に近づいてロープを投げた。

「これにつかまって！」

何度も声をかけると、その人影はオレンジ色の浮きに気づき、ひっつかんだ。

「離さないで！」

声をかけながら、ロープを引っ張った。

ひょっとして、犯人だろうか？

この場所は二つの殺人をつなぐ点となった場所だ。こんな暴風の中を船で突っ込んでくるなんてよほどのことだ。

海面をゆっくりと、灯台の明かりが走ってきた。そして、その人影の正体を教えてくれた。

「来瞳さん！」

彼女はビクリとし、碧い瞳でこちらを仰ぎ見た。

「七夕警部？」

私に気づいた。

「良かった！　あなたのところに行こうとしていたの！」

こちらを見て船を飛び渡ってきた。

「良かった！　死ぬかと思った」

そう叫びながら、抱きついてきた。

「こんなに天気が変わると思わなかった。あなたに会うために戻ってきたの！　私を見つけてくれるなんて。やっぱり運命は私の味方をしてくれたんだ」

屈強な彼女が、十代の女の子のように泣いている。

「いったいどうしたの？　八丈島に行ったはずなのに。なんでこんな無茶なことを？」

「お願い、七夕警部……」

嵐の海を越えて命がけで私に会いに来てくれた来瞳さんの願いは、意外なものだった。

「私を逮捕してください！」

第四章　地神

1

七月十六日。

午前零時過ぎ。

私たちは奇科学島駐在所の中にいた。

来瞳さんが、ここに来ることを望んだのだ。

「自分が犯人として疑われるのは我慢がなりません！」

濡れた髪をタオルで拭き、駐在所のシャワーを勝手に拝借して熱いお湯で雨露を流すと、スーツケースに入れてきた服に着替えた。

「自分の潔白を証明するために、ここに戻ってきたんです。確か、ここには留置場があったでしょう。そこに入れてください。そして、私がここに戻ってきたことを誰にも話さないでください」

　え？

「どういうこと？　あなたを留置するなんてできない」

「そのほうが私のためなんです。島の誰もが、私がここにいることを知らない。犯人もです。世の中では、私が姿を消したとだけ思っているんですよ。犯人にとっては、私に罪を着せる絶好のチャンスになるはずなんです」

「ああ！」

　なるほど。考えていることが見えてきた。

「つまりこういうことね。あなたは犯人と疑われているから八丈島に送られた。でも、あなたは暴風の中を秘密裏に奇科学島に戻ってきた」

「知っているのは、七夕警部だけです」

「しばらくすれば、島には来瞳さんの失踪の噂が広まる。これは犯人にとって、来瞳さんに罪を着せながら殺人を行う絶好の機会になる。この期を逃さず、動き出すはずだ。けれどあなたは駐在所の留置場に入り、その間のアリバイを完全に証明する」

「そうです、そのために命を懸けて嵐の海を渡ってきたんです。一週間……いえ、五日間でいいです。ここに内緒で閉じ込めておいてください」

なんという豪胆な人なんだ。

一つ間違えば、死んでしまうようなやり方である。でも、彼女はそれ以上に罪を着せられることを恥じたのだ。

なんて誇り高い人なんだろう。

でも、確かにいい方法だ。彼女が消えたとなれば、犯人は動き出すに違いない。

しかし、それでは犯罪を誘発していることにならないか。警察の捜査に、そのやり方が許されるであろうか？

どうしよう？

「少し考えさせてください」

私は決定を保留し、今晩だけは来瞳さんが望むように留置場に泊まらせ、鍵をかけた。

朝七時半。

昨晩の暴風は過ぎ去り、青い海が戻っていた。

どうやら連絡船は出航できそうだ。

私は留置場を開け、来瞳さんと二人でパンと紅茶の簡単な朝食をとった。

矢場巡査が置いていった食料を勝手にいただいた。後で返せばいいのだ。

「悪いけれど、私一人ではこの作戦実行を決定できない。上司に相談させてもらっていい？」

「もちろん。でも、たくさんの人に知らせたら意味がない」

「わかってる。それに、伏見主任もそのことはわかってくれる」

「信じてる」

「あと、もう一つわかってほしいことがあるんだけど」

「なに？」

「もし、あなたを閉じ込めた状態で、犯行が起きなかったら、どういう心証を与えるかわかってほしいんだけど」

彼女が行方不明となり、ほかに犯人がいればすぐさま次の殺人を実行する絶好のチャンスだ。そこでなにも起こらなければ、かなり悪い印象を与える。

「つまり私への嫌疑が深まるってことですね」

「そう」

「かまいません。私には次の犯行が起こる確信がある。私は絶対に犯人じゃないからです」

昔、この小さな島の人々は、いつ終わるともしれない嵐の不安におびえただろう。そのとき人々は巫女の語る予測に頼ったはずだ。

「きっとうまくいきます」

来瞳さんは古《いにしえ》より引き継いだ碧い瞳で、静かに未来を語った。

「わかった」

私はうなずいた。


伏見主任に内密で話を伝えると、血相を変えて駐在所に飛び込んできた。

「く、来瞳さん！　あんた本当にあの嵐の海をこの島まで……。なんて無茶なことを！」

興奮のあまり、頭から湯気が上がっている。

私たちは今回の作戦のことを説明した。

「連絡船が動き出し、人が行き来すれば、来瞳さんの姿が消えたことはこの島に一気に広まるでしょう。犯人はチャンスと捉えて、次の犯行があるかもしれない。今実行すればまた、彼女に罪をかぶせることができるんですから」

「た、確かに理屈はそうだが……」

頭脳派で名をはせるリーダーも、さすがにこのやり方には怯んだ。

「こんな方法で犯人逮捕できたとして、裁判でどう説明する？　違法捜査の疑いを突っ込まれるのがオチだぞ。どういう理由で彼女を留置して、なおかつ秘密にしたのはなぜだ。答えられるか？」

来瞳さんは、私の顔を心配そうに見た。確かに合理的説明ができなければ、違法捜査を疑われる。

「裁判で通用するストーリーですよね……」

「そうだ。オレを裁判官だと思って、説明してくれ」

私は人差し指で唇を叩いた。

「こんなのはどうです。来瞳さんは八丈島に行って、怪しい人影に追われた気がしたんです。だから怖くなって、島を逃げ出しここに戻ってきた。そして私に保護を求めたんです」

「保護？」

来瞳さんは私の作り話にキョトンとしたが、伏見主任はニヤリと笑った。

「いいだろう。来瞳さんが突然消えた理由と、お前が保護した理由はわかった。だが、留置した理由は？」

「留置の事実はありません。彼女は任意でここにとどまり、私たちは彼女の身の安全を考えて、この事実を伏せていました」

私は確認を取るように来瞳さんを見ると、彼女はうなずいた。

「わかりました。保護を求めてここに自由意志で来ました。これでいいんですね。そして、アリバイを証明していただくために留置場に入りますが、このことは口外しません」

「なるほど、いいだろう。しかし、犯人が次の犯行に及ぶとして、そこを取り押さえることはできるか？」

「我々は、犯行が行われる場所は見当がついているんです。地神島の近くか、それとも水神池の近くか。けれど犯行を重ねようとしている犯人を捕まえるには、少しくらい強引な方法を取ったほうがいいと思います」

伏見主任の眉間のしわがさらに深まる。

やがて、息を大きく吐き出した。

「確かに、この方法しかないか」

こうして、作戦は実行された。

2

黒い火山岩で造られた石段を登り、鳥居をくぐった。

喜角神社の尼ヶ坂犬次郎さんが帰ってきたと聞いて、話を伺う約束をしていたのだ。

六十年前、本当はなにがあったのか。白壁杜夫という人は、なにを研究していたのか。そして、海龍路家に隠された秘密を聞きたかった。

「ああ、七夕警部」

見ると、社務所の縁側から、お婆ちゃんが手を振っていた。

私も手を振り返す。

「あの石段は大変じゃないですか？　お婆ちゃんや犬次郎さんは、この石段を毎日上り下りするんですか？」

「平気だよ。島に住んでて坂がいやなら、浜に住むしかない」

確かにそのとおりだ。

「誰か来たのか」

中から袴《はかま》姿の老人が現れた。

目はニコニコとしていて、鼻が大きく、いかにも人が良さそうだ。耳の上に残った白髪を後ろになでつけ、着物を形良く着こなしている。

花咲かじいさんや桃太郎に出てくるおじいさんは、この人をモデルに描かれているのではないだろうか。

「お邪魔します。今日はお話を伺えるということで参りました。お時間をいただいて感謝します」

頭を下げると、尼ヶ坂さんも深々と頭を下げた。

「なんの。あんたのおかげで慎二君や秀美さんが見つかったと聞いていますよ。こちらこそ感謝します」

「あれ？　今日は、いつものジャージ姿じゃないんだ」

「なにを言うか。わしはいつもこのカッコだろ！」

子供のように言い返す姿は、ちょっとかわいい。

お婆さんが小声で言った。

「島の友達から『えらい美人の刑事さんが来てる、見ておかんと一生後悔するぞ』って、メールをもらって、飛んで帰ってきたのよ」

「嘘だ、でまかせだ！」

本当に、フットワークの軽い神主さんである。

玄関から廊下を右手に抜け、十畳ほどの広い客間に通された。山の斜面から少しせり出すように造られていて、島の東側の景色が一望できる。灯台の岬がよく見えた。

「素晴らしい景色のお部屋ですね」

「なんの、本土のタワーマンションの足下にも及びません」

面白い人である。

「あんたも知っておろうが、この奇科学島は真ん中に喜角山というでっかい火山を抱えておってな。そいつが老人の記憶のように、たまに思い出してはかんしゃくを起こして爆発しておった。それを鎮めるために作られたのが、この神社だ。おそらくこの島に人が住み始めた頃からあるんじゃないかな」

なるほど。島の北側にある地神島の祠のように、噴火をする場所にはそれを鎮めるため、神様が祀られているというわけだ。

お婆ちゃんが、座卓にお茶と甘納豆を並べた。

部屋には何枚もの写真が飾られている。

「あれは海龍路六右衛門さんですか？」

とても古い白黒の写真で、その中に恰幅《かっぷく》のいい男性が船にもたれかかった姿を見つけたのだ。顔が重蔵さんに似ている。

「ああ、まだ三十代の頃かな。戦後すぐの写真だよ」

犬次郎さんが答えてくれた。

「あれは、海龍路重蔵さんですね」

現在の重蔵さんが、そのまま若くなったような人が写っている。どこかの浜辺に座っているようだ。でも、島にこんな景色はなかった。

「奴が伊豆に通っていた頃の写真だよ。確か一九八九年のことだな。会社の仕事で滞在していたんだ。こんな浜辺が奇科学島にあればと言って、撮ってきたんだよ」

「やはり、海龍路家の存在は、奇科学島には大きなものなんですね」

それとなく話題を振ってみた。

「あんた、海龍路家の話が聞きたいんだろう」

「はい、今回の事件にはこの島の様々なことが深く関わっているようなのです。海龍路家のこと、白壁杜夫さんのこと、島の歴史のこと。それにお詳しい尼ヶ坂さんに伺えればと思いまして」

「海龍路家はこの島の庄屋だよ。江戸時代は幕府との間に立って政治に与《あず》かり、島民を守ってきた。前の当主が病床に伏せっている海龍路重蔵で六十八歳だったかな。妻の明美は今年六十一歳。現当主で長男の貢が三十四歳、亡くなった慎二と秀美がそれぞれ三十歳と二十七歳。その下に烏森来瞳がきて、あの子は二十六歳。末っ子の正吾は二十五歳だ」

さすが、矢場巡査が生き字引と言っていただけはある。

「その海龍路家は庄屋として、外から来た人間たちの面倒を見てきたそうですね」

「そうだ。伊豆諸島には流刑地となった島があって、この奇科学島もその一つだ。流罪となった人々に家を与え、面倒を見てきた。今も子孫が大勢住んでいる」

「優しいんですね」

「いやいや、それだけじゃない。実利的な面もちゃんとある。外からやってくる人間は、島にはとても大事な存在なんだ。文明や文化を届けてくれる」

「文明や文化ですか」

「あんた、ここに来る前に八丈島に寄ってきたろう。あそこの焼酎も建築も教育も、かなりの部分は島に流されてきた人間によってもたらされたものなんだ。つまり島にとって、外から来る博識な人間はとてもありがたい存在なんだよ。小さな共同体で、排他的なところは停滞する。外とうまくやるシステムを作れば成長する。そういうもんだ」

　恐ろしく理路整然とした人だ。

「つまり、そのシステムを支えたのが海龍路家というわけですか」

「うん。あんたは頭がいいな」

「そこに、白壁杜夫という医師がやってきたんですね。六十年ほど前に」

「ああ、よく覚えておるよ。ようやく奇科学島にも病院ができるってね。ところが、診療をしてくれるには、してくれたんだが、本職は薬を作る科学者だというんだ。それで皆は当てが外れて、がっかりしたのを覚えている。いや、それでも腹痛や風邪、傷口を消毒したり縫ったりはしてくれたんだ。そりゃ次第に信用されるようになってくる。ところが思わぬことが起きてしまう」

「烏森露子さんの存在ですね」

「そのとおり。島一番の美人で巫女でもあった烏森露子と、白壁杜夫がくっついてしもうたんだ。こいつはもめる」

「でも、村の人を救ってくれたお医者さんが、島で所帯を持ってくれるんだから、むしろありがたかったんじゃないんですか？」

「そういう人間のほうが多かったよ。海龍路家の当主だった六右衛門はこの縁談をひどく喜んで、仲人を買って出たほどだったんだ。ところが、数はわずかでも許せなかった人間もいてな。そいつらが至る所で悪口を言いふらす。しかもこういう連中に限って嘘が平気で、声がでかいんだよ」

いつの時代も、あまり変わらないのだな……。

「それでも、六右衛門さんは当然かばったわけですよね」

「もちろん。だが、新聞と一緒に伝わってきた話は止められんかった」

「新聞？」

「そもそも大学を出て、薬が作れるような偉いお医者さんが、なぜこの島に来たのか。皆は、それを不思議がっていた。いつの頃からか、本土のほうで人を殺して、大学におられんようになって島に来たとの噂が流れた」

「まさか」

「ところがこれが本当だったんだ。当時の新聞に記事になって残っていたんだよ。彼の作った鎮痛剤の治験中に、数名の死者が出たと」

「治験中に……。と、いうことは薬の実験が失敗して、患者さんが死んでしまったということですか？」

「そうだ。新聞には若手の研究者が功名を焦り、無謀な実験をしたのではないかと書かれておった。白壁杜夫は大学を追われるように、この島にやってきたというわけさ」

「犬次郎さんは、その記事を見たんですか」

「うん。白壁杜夫を快《こころよ》く思わんかった奴が、掲示板に貼り出したからな」

そこまでしなくても。

「島には、噂が流れたよ。白壁杜夫は島の人間を実験台にする気だ。殺されるぞってな。六右衛門さんは、懸命に抑えようとしたが無駄だったね」

なるほど、そうだったのか。

「犬次郎さんは、白壁杜夫のことをどう考えていたんです？」

「いい人だったよ。医者としての腕も良かったし。オレは大きいのだと、骨折二回と腕をパックリ切っちまったときに世話になったかな。きれいに治してくれたよ。なにより、お産で亡くなる人が格段に減ってな。だから六右衛門さんは必死でかばったんだよ」

「そこまで島に尽くしてくれた人に、いやがらせを？」

「もう、そういう連中は話を聞かないんだよ。説得しても止まらないんだ」

「それで、六十年前に殺されたと……」

「ああ、ひどい事件だった」

犬次郎さんは、遠い目になった。

「昔は『風土病』と呼ばれるものがあった。その土地に行くとなぜか具合が悪くなり、病気になるというものだ。きっと、その場所の空気や土に悪いものがあるのだろうと考えられていた。今では、その土地に住む動物や虫が抱えとる細菌や寄生虫によって起こされることがわかってる。そして戦後に日本の風土病をなくそうという計画が起こった」

「戦後に」

「そうだ。占領軍だった米国ＧＨＱの指揮の下に日本の衛生管理を向上させて、風土病をなくす計画が始まったんだよ。そして日本の大学の偉い先生が全国を飛び回って、風土病の原因を調べたんだ。マラリアにフィラリア、ツツガムシ、日本住血吸虫と様々な病原体が発見された。まず初めに、日本中の蚊やダニが薬で徹底的に駆除された。ほら、日本の記録映像で殺虫剤を家にまかれたりしとるだろ。あれはそのときのものだ」

そういえば、戦後の白黒映像で、子供たちがＤＤＴの粉をかけられているのが流れたりする。

「そして、この伊豆諸島にもやっかいな風土病があった。当時この辺では『バク』と呼ばれていた。特に八丈小島に行くとかかると言われていた謎の病気で、発熱を繰り返した後、足が象のように腫れ上がったり睾丸《こうがん》が巨大化したりして、その痛みに苦しんだ。今ではそれが、蚊の媒介するフィラリアだとわかっている」

「フィラリアって、今では犬に予防接種してるあの病気ですよね」

「そう。当時は人間もかかったんだ。でも、殺虫剤で蚊が駆除されて、東京の偉い先生がアメリカで開発された薬を持ってきてくれた。これが効果てきめんで、フィラリアで苦しんでいた人たちが次々と治っていったんだ。薬というものは偉いものだ」

「本当に良かったですね」

「ところが、この治療が白壁杜夫には災いとなる」

「なぜです？」

「もたらされたフィラリアの薬を投与する仕事は、白壁先生に任されたわけだ。当然そうなる。東京の偉い先生は日本中を調べて回っているわけだから、地元の住人への投薬は、地元の医者に任せなきゃならん」

「はい、確かに」

「ただ、さっきも言ったとおり、彼を信用していない人間も大勢いたわけだ。彼は島の人間を人体実験に使うつもりだってな。そんな中で新薬の投与が始まったわけさ」

恐ろしいデマが広がっている中での新薬を使った治療は、確かに不安しかない。

「白壁さんも、状況を考えて断れば良かったのに」

「あの人の性格じゃ無理だよ。放置すれば死者が出るんだから、やるしかない。そして、投与が終わったわけさ」

「でも、薬は効いたわけですよね。皆が治ったわけですから」

犬次郎さんは首を振った。

「治る前に発熱が続く時期があってな。……薬を飲んだ直後に患者が苦しみ出したんだ」

「え！」

「ホラ見たことかと、島民は手にクワや鎌《かま》を取った。その後は……」

犬次郎さんは大きく嘆息した。

白壁杜夫はリンチに遭い、そして首を切られたのだ。

「私もその光景を見ていた。若い連中が口汚い言葉を吐きながら診療所に向かったんだ。制止する老人もいたが、殴り倒されていたよ。そしてこの喜角山の火口近くで殺されたと聞いてる。無念だと思うよ。島の人間を助けようとしただけなのに、奥さんと娘を残してな」

　ひどい話だ。

「海龍路六右衛門はこの話を後から聞いて、ひどくうろたえた。しかも、この事件の直後に、薬を投与された患者が次々と治っていったのだ。島も大騒ぎだ。なにせ神のような力を持った大恩人を、島のご神体である山で、首を切り落として殺したのだからな。『絶対に呪われる』とか『たたられる』と、言い合ったものだ」

　ここで、呪いの伝説が生まれるわけか。

「その呪いのようなものを信じている人は、島に多いのでしょうか？」

「島の年寄りの中には、覚えとるものが多いよ。ただ、あまりといえば、あまりの出来事だったから、率先して話すようなものはおらん」

　確かに、自ら犯した罪を家族や他人に話したいと考えるものは少ないだろう。

「しかし、わしは思うよ。この『奇科学島』という名前が、彼の呪いそのものかもしれんと……」

「名前が？」

「そうさ。白壁さんが来る前は、喜角島という名前があったんだ。でも、彼が来た後に誰が言うともなく『奇科学島』と、言い出して、それがあっという間に近隣の島にまで伝わったんだから。まあ、面白い名前だから口にしやすかったんだろう。おまけにとおりがいいものだから、島民も自分の島を『奇科学島』と、呼んだ。そして、その名前の由来となった科学者の白壁さんは殺されてしまったんだ。彼の事件を忘れようとしても、島の名前がある限り、白壁杜夫のことに触れなければならなくなる。事実としてあったことを、懸命に忘れようとするが、その記憶が亡霊のように常に現れるんだ。まさに呪いだと思わないか」

「確かに……」

奇科学島という名前がある限り、永遠に忘れることが許されない罪なのだ。

私は、民俗博物館に貼られた白壁夫婦の新聞記事を思い出した。

写真は残していても、下にある記事は切り取られ、捨てられていたことを。

「白壁杜夫の遺品は集められて、今もここで預かっているよ」

「え？　ここに遺品があるんですか」

「ああ、見たければ後で見せてあげるよ。預かったものの目録もキチンとつけているんだ」

「お願いします」

「六右衛門さんは後始末で大変だったよ。残された母娘には地面に頭をこすりつけるように謝り続け、海龍路家が子孫にわたって必ず面倒を見ると宣言した。そしてお詫びの印に、島の北側にあった地神島まで、母娘に与えたりもしたよ」

「今は海に沈んでいる、あの島のことですよね」

「そう。一九八四年に大地震が来るまで、二十坪くらいの大きさの島があってな。それを白壁親子に譲ったんだ」

六右衛門さんが示せる精一杯の謝罪だったのだろう。もっとも露子さんにすれば夫を返せと言いたいところだろうが。

「そういえば、白壁杜夫は殺される前に『薬の秘密は、この島にあるんだ』と、言い残したそうですね。これは本当でしょうか？」

「本当だ。手にかけた者の何人かが、同じことを口にしたから間違いない。ただ、今もってその真意はわからん」

「彼は、不老不死の薬の研究をしていたと聞きましたが……」

犬次郎さんはヒゲをなでた。

「そりゃただの噂だよ。当時からそんなことを言っていた連中はいたが、全部嘘だ。なにをやっているかわからんから、適当なことを言っていただけさ」

「じゃあ、本当はなにを？」

「新聞にあったとおりさ。鎮痛剤だよ。彼は自分が薬で失敗した原因をずっと探していたのさ」

ということは、その鎮痛剤の秘密がこの島にあったことになる。風火地水なんて四大元素は関係なさそうだ。奇科学ではなく、本当に科学的な発見をしたのではないだろうか。

彼は、なにを発見したのだろう？

しかしここまで聞いても、重蔵さんがひた隠しにしているものが見えない。

「六右衛門さんは白壁親子の面倒を見ると誓いを立てたわけですよね。でも、途中でそれを破って繭子さんを追い出している。そのせいで、彼女は生活に苦労して不幸な亡くなり方をしています。いったいなぜ、追い出したんです？」

「その辺のことはよくわからんのだ。断っておくが、六右衛門は不義理な男ではない。むしろ、二人の面倒を見ることに誇りを感じていたようにさえ見えた。ところが一九八二年に白壁露子は姓を昔の烏森に戻し、娘の繭子と共に島を出ていったんだ」

一九八二年。ということは今から三十四年前だ。

「そのときなにか特別なことはあったんですか？」

「いや、ただ……」

「なんです？」

「翌年の一九八三年に、重蔵さんは明美さんと結婚してるんだよ」

「重蔵さんと明美さんが？」

ひょっとして、この結婚が決まった時点で、鳥森家の母娘を邪魔に思った人物がいて、追い出したのではないだろうか？

「露子さんと繭子さんが出ていったとなると、海龍路家から追い出したがっていた人がいるはずですけど。誰です？」

「そうだな……。強いて言えば六右衛門かな」

「六右衛門さんが？　誓いを立てた本人ですよ」

「しかし実際のところ、繭子さんは誰にも挨拶をせず、黙って出ていったんだ。だから本当に真相はわからんのだよ」

いったいなにがあったのか。しかし、これに答えられる人間がどこにもいない気がする。

「そして繭子さんは伊豆に移り、娘が生まれるわけですね。それが来瞳さん」

「そうじゃ。島を出ていって八年後の一九九〇年に来瞳が生まれたことになる」

「父親は、どんな方かご存じですか？」

「いや、残念ながら聞いたことがない」

犬次郎さんは大きくかぶりを振った。

「なんせ、島の外で起きたことだからな……」

しばらく待ってみたが、犬次郎さんは話をやめてしまった。どうやら繭子さんのことでこれ以上語れることがないようだ。

私は話題を変えた。

「それじゃ、明美さんのことを伺います」

「あの子は本土にある大きな食品会社のお嬢さんだよ。小さな島にいるのをいやがって、しょっちゅう実家に帰っていた」

「そんな仲なのに、重蔵さんと結婚を？」

「六右衛門が強く勧めたんだ」

なるほど、夫婦仲にトラブルを抱えるのは、この頃に決まっていたような気がする。

「明美さんは外の男性との間に、正吾さんをもうけましたよね」

「ああ、明美さんは気が強い人だからな。感心するほど物怖《ものお》じせん」

「父親は誰か、ご存じですか？」

「そっちも聞いたことがないな。とにかく重蔵という男は海龍路家の家訓に従って、外の人間をあっさりと身内として引き受ける。それに関しては一切秘密を口外しない。わしにも話してくれんのだ。間違いなく墓まで秘密を持っていくだろうね」

「確かに……」

先日話をしたときも、その気迫を感じた。

と、なると、ここの情報も、行き止まりか。

「どうだね。わしの話で事件が解決するかね？」

「最後に一つだけ。海龍路重蔵さんが今回の事件は『六十年前の呪い』だと、考えている節があるんです。尼ヶ坂さんは心当たりがあるでしょうか？」

海龍路家を見守ってきた前当主が、事件の核心をここだと考えた所だ。

「重蔵の奴がそんなことを……。やはり弱っておるのかな。海龍路家が外からの人間を受け入れすぎたんだろう。六十年前の事件も、言ってみればそれが発端となっているわけだし。今の海龍路家にも養子として二人の人間がいる。巨大な遺産が絡めば肉親同士だって血を見ることもあるわけで。そりゃ、もめ事も増えるさ。ただ……」

尼ヶ坂さんは首を振りながら、言葉を継ぐ。

「外の人間から、見えんことがあるかもしれん。わしと重蔵は古いつきあいだ。それでも、言えん秘密を抱えておるかもしれん……」

3

午後二時。

風神町を歩くと、来瞳さんが消えたという噂は広まっていた。

「ひょっとして、彼女も殺されたのか？」

「でも犯人は、この島にいたはずだろう。どうやって八丈島に渡ったんだ？」

「いや、彼女が犯人なんだよ。東京に逃げたんだ」

「次はきっと、末っ子の正吾さんが殺される」

「いや、次は長男の貢だろう」

報道関係者は連絡船乗り場に列をなして、八丈島への切符を買い求めていた。今日の午後七時の便で海を渡り、来瞳さんの失踪を伝えるつもりなのだ。

当然のことながら、警察の不手際を大々的に報道している番組もある。

「行方不明になった、烏森来瞳さんは殺人の続く海龍路家の兄弟に当たります。諸事情により名字は違うのですが、安否が心配されます」

「彼女は警察の指示に従って、八丈島に渡ったようなんですね。いったいなんのためにそのような方法を取ったのか、疑問視されます」

「関係者の情報によりますと、この件にも女性刑事が関わっているようで、内部からは早く事件から手を引かせるようにとの声も上がっているようです」

誰だよ、関係者って……。

依然として来瞳さんが駐在所にいることは、東山刑事と矢場巡査には伏せられている。

本当に申し訳ない。

敵を騙すには、まず味方を騙さざるを得ないのだ。

駐在所に戻り、来瞳さんに一息ついてもらうために留置場から出した。

「東山刑事と矢場巡査は八丈島で今頃、必死になって来瞳さんを捜してるんだろうな……」

罪悪感から、私は思わず呟いた。

「仕方ありません。犯人を捕まえるためです」

来瞳さんは、あっさり言い切った。

確かにあの嵐の中をモーターボートを操り、命がけで海を渡ってきた彼女には、そう言う権利があるかもしれない。

彼女は留置場から出ると、居間で静かに本を読んでいた。テレビを見ると音が外に漏れるかもしれないから読書しているのだ。

黒いカラーボックスが本棚になっていた。その中には野球漫画と格闘漫画が並び、数冊の児童向けの文学全集があった。彼女はその中から一冊を選んだようだ。背表紙に「ドン・キホーテ」と、書かれている。

確か、騎士道を求めて自分の仕えるべきお姫様を探し、巨人と間違えて風車に突っ込んでゆく男の話だ。

矢場巡査は、こういう本を読んでいるらしい。彼が姫と仰ぐ相手はさしずめ、碧眼《へきがん》の乙女である烏森来瞳であろう。

「矢場巡査は、真面目でいい青年ですよね……」

興味本位に彼女がどう思っているか、探りを入れてみた。

「いい子だと思います」

まぁ、六つ年下だと子供に見えるのだろう。もう少し突っ込んでみよう。

「私がここに来たとき来瞳さんは、矢場巡査に素《そ》っ気《け》なくしてましたよね」

彼女はこの会話を、このまま無言で終わらせるか逡巡《しゅんじゅん》しているように見えた。

「何年経っても、頭にくることがあるんですよね。許せないっていうか……」

「それって、矢場巡査の失言のことですか？　『もっと早く島に来れば良かった』っていうやつ。来瞳さんのお母さんの苦労がわかっていなかったっていうか……」

「あの子は、そんなこと言ってないですよ」

「そうなんですか？　彼は、ものすごく気にしていたんだけど……」

「正確にはこう言ったんです。『来瞳さんが苦労したのは、お母さんが我慢しなかったからだ。辛抱して海龍路家にずっといれば、お金には困らなかったんだ』って」

むう……。そう言ったとしたら、かばいようがないな。

「怒って当然ですね」

「ありがとう」

来瞳さんは本当に嬉しそうに笑った。

「でも、いくら怒っていてもなにも解決しないし。島で生きてゆくんだから整理しなきゃいけないこともあると思って……」

「大人ですね」

「母が、そう望んでる気がするの」

午後四時。

来瞳さんを再び勾留して、私は地神島の張り込みに向かった。

日比野刑事とペアである。釣り客を装い、釣り船を出してもらっての張り込みだ。

地神島は奇科学島の北にある小さな岩礁で、三十年ほど前にあった地震で沈んでしまい、今は小さな岩礁だけが海上に見えている。現在は山王マテリアルが金の採掘を行っている場所であり、六十年前の事件のお詫びに海龍路六右衛門が鳥森親子に譲った島でもある。

「皮肉なもんだね。地震で沈んじまった後に金が見つかるなんて。もし、沈む前に見つかっていたら、鳥森親子は大金を得たわけで。そこまで苦労しなかったわけなんだから」

「そうですね」

確かに島が地震で沈まなければ、そこから生まれる富は鳥森親子に行ったかもしれないのだ。

「そういえば、行方不明になった鳥森来瞳に関しての噂を知ってるか？」

ドキリとした。

仲間に情報を隠している負い目のせいで、変にナーバスになってしまう。

「ど、どんな噂です？」

「島の住人の間に流れているんだ。彼女がこの奇科学島にいるって」

「この島に！」

あまりのことに、大声を出してしまった。

「なんだよ。魚が逃げるだろうが！」

「す、すいません。いやもう、あまりに荒唐無稽《こうとうむけい》で、驚天動地で四捨五入な話なもんで。馬が空を飛んだのかと思いました」

うまく誤魔化せたかな？

日比野刑事の目が怪しそうにこちらを見ている。やばいかな？

彼が首を振った。

「まぁ、あり得ないよな。彼女が消えて以来、しばらく嵐が続いたんだから。こちらに来れるわけないんだよ」

「そうそう、さすがは日比野刑事！」

「それほどでもないよ。でも、烏森来瞳を島で見た奴がいるっていうんだよ」

「見た奴？」

来瞳さんはずっと駐在所にこもっている。人に見られる心配はないはずだが……。

「暴風の中で、それらしい人影が港から町に走っているのを見たって」

「暴風の中……」

夜に嵐が来たのは、来瞳さんが島に到着した日だ。ひょっとして、駐在所まで連れていくところを誰かに見られたのだろうか。あり得ない話ではない。たまたま窓の外をのぞいていた人間がいるのかも。

「島の中で、そんなメールが飛び交っているらしいんだ」

「でも、暴風の視界の悪い中で目撃したっていうんだから、信憑性《しんぴょうせい》が薄いですよね」

「ああ。でも、とりあえず主任には報告しようとは思ってるんだ」

うん。聞かされたときの伏見主任の顔は見てみたい気がする。

午後五時。

地神島の見張りを終えて、釣り船は風神町に戻った。あと少しで接岸するというときPフォンが鳴る。

「はい、七夕です」

「もしもし、東山です」

「ああ、東山刑事。今どこにいるんです？」

「真後ろです」

「いい加減にしてくださいよ。なんの怪談ですか？」

ここは海の上なのにと、思いながら反射的に後ろを振り返った。

「いた！」

真後ろに連絡船が着岸しようとしていて、その甲板に東山刑事と矢場巡査が並んでいたのだ。

私は震える手で二人を指さした。

「な、な、なにをしてるんです？　八丈島で捜索をしているはずじゃ！」

「そのはずだったんですけど……」

情報の広がりとは恐ろしいものだ。

来瞳さんを奇科学島で見たという話は、八丈島に伝わり矢場巡査の耳にも入った。知るが早いか、彼は駆け出し出港しかかっていた連絡船に飛び乗ったのである。追いかけた東山刑事も道連れとなってしまったのだ。

桟橋に着くと、矢場巡査が船縁を飛び越えて、走ってきた。

「来瞳さんが島に戻ってきたっていうのは本当ですか？　彼女は無事ですか？」

興奮して、まくし立てる。

「教えてください、どこにいるんです！」

彼の来瞳さんへの想いはわかる。でも、これは彼女が命を賭けた計画なのだ。話すわけにはいかない。

「私はそんな話は聞いてない。ネットのニセ情報じゃないの？」

矢場巡査の顔が青くなり、その場にへたり込んですすり泣き始めた。

「来瞳さん……どこにいるんですか……」

悲痛な声を絞り出し、大粒の涙をコンクリートにポタポタと落とした。


七月十七日。

朝の捜査会議は伏見主任の怒声で始まった。

「自分たちの持ち場を離れるとは、どういうつもりだ！　警察官としての責任感はないのか。我々は一般市民を守るために……」

東山刑事と矢場巡査は、伏見主任に散々に怒鳴りつけられた。

罰として矢場巡査はこのセミナーハウスに泊まり込むように命じられた。さらに二人には、水神池の見張りを日没までやることが命じられた。なんとしても矢場巡査を駐在所に近づけるわけにいかないのだ。

「あ、あの。自分はいつも本を読まないと眠れないんで、取ってきていいですか？」

矢場巡査が駐在所に帰ろうとするのを、ひっつかんで止めた。

「私が取ってきてあげる。なんていう本？」

「『ドン・キホーテ』っていうんですけど」

「ああ！」

「知ってるんですか？」

「いや、知らない。探して持ってきてあげる」

「お願いします」

危なかった……。

私は、駐在所に駆け込むと来瞳さんを留置場から出して食事を取ってもらう。そして再び留置場に入ってもらい鍵をかけた。

「大丈夫ですか？　午後は一緒にいられますから、それまで辛抱してください」

「うん、平気」

本棚から「ドン・キホーテ」を探し出すと、捜査本部に放り込む。

島民から「来瞳さんは、この島にいるのじゃないか？」と、いう疑問を何度かぶつけられた。

かなりこの噂は広まっている。

事件は起きてほしくないけれど、早く起きてくれないと隠し通せないかもしれない。

しかしこの日の夕方に、事件は起きた。

午後四時二十分頃に伏見主任から第一報が入った。

「キック、地神島の見える島の北側に来てくれ。人が殺されたようだ」

駐在所の居間でくつろいでいた私は、来瞳さんを見やった。

「行ってきてください。私は留置場に入っていますから」

彼女の語った未来は的中したようだ。

来瞳さんの作り出した罠に、犯人がかかったのだ。

私は彼女を留置場に入れると鉄格子の扉を閉め、鍵をかけた。

「なにかあったら、すぐに携帯に連絡してください。飛んで帰ります。あと、呼子《よぶこ》の笛と警棒を渡しておきます。しばらく我慢してください」

こんなところに閉じ込めて、もし犯人が襲ってきたらたまらない。かといって、犯行を確認するまではほかの捜査員に頼むわけにもいかないのだ。

「きっと犯人を捕まえてくださいね」

「はい！」

表通りに誰もいないことを確認すると、素早く鍵をかけ、走った。

島の国道を、小型ショベルカーを積んだトラックが走り去っていった。

いやなエンジン音を立てて、私を追い越していったのだ。

「なんだろう？」

しばらく走ると地神島の岩礁が見えてきた。

でも、岩礁に変化はない。

「あれ？　事件は地神島で起きたって言っていたはずだけど……」

そう思いながら先に行くと、山王マテリアルが作った仮設の港が大騒ぎになっていた。

船が集まり、大勢の人間が山肌を見つめている。

「やっぱり、鳥森来瞳がやったんじゃないのか。あの子は八丈島から姿を消してるっていうじゃないか。きっと犯人なんだよ」

「あの来瞳さんがそんなことをするわけないだろ。人を見てものを言えよ」

「だって、彼女がいなくなって、すぐにこんなことに……」

「いや、あの下にいるのが彼女かもしれんぞ」

「それじゃ、殺されたのは来瞳さんか？」

野次馬が憶測を口にしている。

「バカなことを言わないでください！」

大声で割り込んでくる背の高い青年がいた。警察官の夏服を着て、顔を真っ赤にして立っていた。目に涙をためた矢場巡査である。

どうやら水神池の見張りをほっぽり出して飛んできたようだ。また、持ち場を離れたのだ。伏見主任の雷がもう一発落ちるのは、間違いない。

「来瞳さんは、無事に決まっている！」

そう叫ぶと山に入っていった。

「七夕警部、ご苦労様です」

東山刑事もいた。一蓮托生《いちれんたくしょう》である。

「主任は、どこに？」

「山の斜面のところに岩石が積もっているでしょう。ほら、あの右のところ」

見ると、百メートルほど先で主任が斜面に積もった岩石の山を心配そうに見つめている。

私はPフォンで連絡を入れた。

「伏見主任、七夕です。すぐ下の仮設の港にいます。見えますか？」

手を振ると、伏見主任も応えて手を振る。

「隣に東山刑事がいるのも、見えますか？」

百メートル離れていても、主任の太い眉がつり上がるのが確認できた。そりゃ、こうなる。

「彼女は現在、駐在所の留置場内に閉じ込められています。もし犯人が彼女の所在を知ったら危険です。すぐに警護の者を送ってもらえませんか？」

「わかった。そこの矢場巡査を走らせろ！」

来瞳さんと矢場巡査の関係を考えると、二人にするのは気まずくなるような。

「東山刑事にも行ってもらいましょう」

「お前に任せる！」

私たちのやりとりを、二人はポカンと聞いていた。

「ちょっと、こっちに」

彼らを脇に寄せると、小声ですべてのことを話した。

「来瞳さんがあ！」

大声を上げる矢場巡査の口を、強めに塞いだ。眼は笑んで、歓喜に満ちた表情を見せている。今なら麻酔なしで、手術が受けられるのではないだろうか。

「本当にあの嵐の海を渡って、奇科学島に戻っていたんですか？」

東山刑事が目を丸くした。

「詳細は後で話しますから駐在所に行って、来瞳さんを警護してください。留置場に閉じ込められているところを犯人に襲われたら大変ですから」

言うが早いか、矢場巡査は国道を突っ走っていた。その後を、走るのが苦手な東山刑事が追いかけてゆく。

「どいてくれ！」

次々と大声が上がり、さっきトラックで運ばれてきた小型ショベルカーが斜面を登り始めた。

その先には高さ一メートルほどの岩石の小山ができている。私は伏見主任のところに駆け寄った。

「これはどうしたんです？」

「上を見てみろ」

仰ぎ見ると、鉄の箱がロープに吊《つ》られ、開いた口をこちらに向けていた。

「鉱山会社の高架索道ですね……」

山王マテリアルは地神島真下の、海の中にある火口から鉱石を採取し、仮設の港に運び、そこから高架索道を使って国道に引き上げていたのだ。

でも、その箱の一つが開き、中身をぶちまけ、そのせいで岩石の山を作っていたのだ。

主任はその山を指さした。

「この下に人がいるらしいんだ」

「え……？　事故ですか？」

「わからん。今、調べているところだ。報道に嗅《か》ぎつけられる前に、なんとしても掘り出すんだ」

八丈島のほうに記者が大挙して向かったおかげでその大半は島から出ていってしまったが、それでも十人以上は残っている。騒ぎが広まれば間違いなくやってくるだろう。

「誰が埋まっているんです？」

「それも、わからん。地神島で、捜査員が釣り客に扮《ふん》して見張っていたんだ。そして午後四時頃にクレーン船が仮設の港に鉱石を運び込んだ。その直後に叫び声が聞こえ、上にある鉄の箱から石が落ちるのを見たというんだ。そして降り注ぐ石の隙間に人影を見たと……」

「伏見主任、現場責任者を連れてきました」

茶色のフレームの分厚いメガネをかけた四十代の男性が、作業服に汗をにじませてやってきた。

どうやら海龍路慎二氏が亡くなったため、後任として送られてきた人物らしい。

伏見主任は宙づりになった鉄の箱を指さした。

「いったいなぜ、石が落ちたんです。こんなに簡単に開くものなんですか？」

「いえ、自然に開くということはありません」

このロープウェイには「甲型ボクスヘッド」と呼ばれる搬器《はんき》がついていて、それが揺りカゴのように動いて、積み荷の鉱石を下に落とす仕掛けになっている。もちろんロックがついていて、そう簡単には積み荷を落とせない。

「でも、それは完全なものではありません。つまり安全に注意を払う専門家がいることを前提として作られているということです」

「と、言うと？」

「つまり悪意があれば、長い棒を使ってロックを外すことができます」

責任者は、搬器とロープをつなぐ鉄の棒から突き出したレバーを指さした。

「あのレバーを意図的に動かす者がいれば、石を落とすことができます」

重要な指摘だ。事故ではなく何者かが故意に石を落とした可能性が高い。

そしてその作業は、木に登れば誰にでもできるだろう。

日はどんどん山の陰に隠れ、仮設の港に据えられたライトを灯してもらった。それでも少しずつ、光は消えてゆく。

「だめだ、手元が見えなくなってきた。事務所に行って発電機と投光器を持ってきたほうがいいんじゃないか？」

「いや、待ってください」

叫び声に振り向くと、岩石の下に人の足が現れた。

「そこを中心に掘り返せ。慎重にな！」

伏見主任は声を上げて、自分も作業に加わった。あっという間に石が取り除かれ、人が現れた。

「これは……」

「まさか！」

息の詰まるような叫び声が現場に響いた。

海龍路重蔵氏だった。

病に伏せっていた彼が、なぜこんなところに。

「担架を！」

彼を引き出した地面には、大量の血液が流れていた。

伏見主任は素早く頸動脈に指を当てたが、への字に結んだ口元が、彼の絶命を物語っていた。

あれほど警戒していたにもかかわらず、殺人を許してしまったのだ。

三番目に殺されたのは海龍路重蔵氏だった。


「皆さん、申し訳ありませんがこの場所を離れてください！　捜査を始めます」

「鑑識を呼ぶんだ。封鎖のテープを張れ！」

先ほどまで手伝ってくれていた島の人は、現場から遠ざけられ、一人一人の靴の裏側が写真撮影された。

無線連絡が飛び交い、鑑識の捜査員は慌ただしく現場写真を撮り始める。

「伏見主任、見てください」

若い捜査員が示したのは白い布であった。広げてみるとそれは、医者が着るような白衣だった。薄くてヨレヨレでずいぶん古いものに見えた。

「これは、どこに？」

「あそこの木の枝に引っかかっていました」

彼は杉の木の高さ三メートルあたりを指さした。

事件を起こした高架索道のロープのすぐ近くだ。つまり、白衣のあったあたりの枝に登り、一メートルほどの棒を使えば、鉄の箱のロックを外し、鉱石を下にぶちまけられるというわけだ。

「犯人のいたところでしょうか？」

「だろうな」

主任はアゴの傷をなでた。

私は白衣を受け取り、マグライトを当てて細かく調べた。胸のあたりに布が縫い付けられている。

「名札ですね。薄く文字が読める」

何度も丁寧に洗濯されたのか、かすれた灰色の線がわずかに見える。

「日……じゃないな、この文字は『白』ですね。下の字は細かくて……」

　そのとき、遠くからのぞき込んでいた住人が、声を上げた。

「白壁だ！　これは白壁杜夫の白衣だよ」

「え？」

　見ていた島民たちが顔を青くして騒ぎ出した。

「やっぱり不老不死の薬は完成していたんだよ。白壁杜夫は生きているんだよ」

「きっと、海龍路家に復讐《ふくしゅう》に来たんだ」

「重蔵さんが殺されたってことは、きっと次はオレたちだよ」

　白壁杜夫の白衣は、集まった人を恐怖に陥れた。

「白壁親子の面倒は見ると約束したのに、反故《ほご》にしたから化けて出たんだ」

「二人にあげた地神島も沈んでしまったし。呪いだ。オレたちは殺される」

　彼らの話を聞いて驚いた。なるほど、そういう解釈もあるわけだ。

　私は消防団の人たちに頼んで、島民を後ろに下げてもらった。

　この白衣を見て、皆が死んだ人間が生き返ったと解釈した。まさに今まであった二件の殺人と同じなのだ。

　そのとき、あることがひらめいた。

「これ……」

「キック、なにか知っているのか？」

「喜角神社ですよ。あそこに白壁杜夫の遺品が保管されていると、神主さんが言っていました。この白衣はその遺品の中のものかもしれません」

「つまり犯人は、神社から白衣を盗み出したってことか。てことは、そこに盗みに入れる人物に犯人が絞られるな」

そんな話をしていると、テレビカメラを持った男たちが数名、現場の近くで住人たちと話をし始めている。

「まずい。集まり始めた」

そう呟く伏見主任の下に、捜査員が駆け寄ってきた。

「伏見主任、遺体の搬送準備が整いました」

「わかった。白衣の詮索《せんさく》は後だ。キック、病院に行くぞ」

「はい」

島の総合病院には、ここ一週間ほどで三体も他殺体が持ち込まれたことになる。

当然、建物の前では大騒ぎとなっていて、動揺と噂が広がっていた。

「やっぱり来瞳さんが犯人だよ」

「八丈島からいなくなったとたんに、この事件だろ？　彼女しか考えられないね」

「きっと、この島のどこかに隠れているんだ。怖いねぇ」

「私は昔っから、どっか怪しいと思っていたんだよ」

いずれ、来瞳さんが勾留されていたことを説明して、島の人の誤解を解かなくてはならない。でないと、彼女が島で生きてゆけなくなってしまう。下手をしたら祖父の白壁杜夫の二の舞だ。

二十一世紀にもなって魔女狩りでは、冗談にもならない。

私と伏見主任は先生の案内に従って地下に向かう。奥の部屋に入ると検死台に、海龍路重蔵氏が横たえられていた。

泥と血にまみれた着物ははだけ、生前に威光を放っていた彼の面影はなかった。顔や手の至るところに痣《あざ》ができ、全身が赤く膨れあがっている。

この島に来たばかりのとき、彼は事件の原因を「呪い」だと言っていた。でも、その謎を解き明かすことなく死んでしまった。いや、死んでも明かすことのない秘密を抱えてこの世を去ってしまった気がする。

もう、苦しみから解放されただろうか。

「まずは、これを見てください」

担当医がアルミの皿にのせて、幾重にも折りたたまれた紙片を見せた。

「遺体の手に握られていたものです」

五センチ四方くらいの大きさで、おまけに血が染みこんでいる。迂闊《うかつ》に開くと破損してしまいそうだ。

「キック、開け。オレの眼じゃ細かい作業ができん」

主任の言葉にうなずいて、医師からピンセットを借りた。アルミ皿ごと紙片を受け取ると、明るい場所を探し丁寧に開いた。

「紙はどうやら、よく市販されているコピー用紙のようですね」

次第に新聞の見出しくらいある大き目の文字が現れてきた。Ａ４サイズの紙が完全に開いて、血に汚れた表面に、プリントアウトされた文章が現れた。


次はお前の母が死ぬ。止めたければ今日の午後四時に地神島の見える岬に来い

「次はお前の母が死ぬ……。どういうことだ？　海龍路重蔵の母親はとっくに他界してるだろう」

伏見主任は首をかしげた。

「でも、この手紙を握って地神島の見えるあの現場にいたってことは、重蔵さんには母親の死を阻止したい意図があったことになりますね……」

私は答えながら、ノートをめくった。

「ありました。重蔵さんのお母さんの初恵《はつえ》さんは一九九九年に亡くなっています。ということは、この文面は、重蔵さんに宛《あ》てたものではないということでしょうか？」

主任はしばらく天井を見つめ、そして首を振った。

「この手紙のことは後で考えよう。重蔵氏の検死が先だ。先生、所見はどんなところです。死亡推定時刻は？」

先生は遺体の服を脱がせ、肩を持ち上げて鬱血《うっけつ》の状態を確かめたり、傷口をのぞき込んだりしている。

「亡くなって、一時間も経ってないな……。おそらく報告にあったとおり、石が落ちてきて全身を強く打ってのショック死というところだろう」

これで、来瞳さんの無実が証明された。

そして犯人の意図の一つは明確になった。すべての罪を、来瞳さんになすりつけようとしていたのだ。

そのとき、遺体に奇妙な部分を見つけた。

「先生、これはなんでしょう？」

「ん？」

私は、重蔵さんのアゴの突端や喉仏を指さした。

「ただの打ち身だろう。石がぶつかったんだな」

どうやら、私の疑問が伝わっていない。仕方ないので手袋を嵌めて、重蔵氏のアゴを大きく持ち上げた。

「これは本当に、石が当たった傷でしょうか？」

「そう見えるね。それがなにか？」

「上から落ちてきた石がアゴの先や喉に当たるものでしょうか？」

「ああ！」

先生は、ようやく気づいてくれた。

「そうなると仏さんは、石が落ちてきたとき、上を向いていたことになるな」

「やっぱり！」

「そうか、キック。そういうことか！」

伏見主任は、この痣の重要性をわかってくれた。

「重蔵氏は石が落ちてくる直前まで、上を向いていたことになる。つまり、木の上にいた犯人と顔を合わせているってわけか!」

「はい。そして石が落ちてきても、上を見続けている。自分の死をいとわず、犯人の顔を見つめていたわけです」

「つまり重蔵さんと犯人は、顔見知りで、覚悟して亡くなったということか」

病院を出ようとしたとき、車が一台走り込んできた。急患のようで、かなり慌てているようだ。

すぐにドアが開き、体中の力の抜けた女性が担ぎ出されてきた。

「明美さん?」

私は声を上げた。

伏見主任も振り向く。

車に乗せられていたのは重蔵さんの奥さんの海龍路明美さんだったのだ。

彼女を担ぎ出しているのは、長男の貢さん、末っ子の正吾さん、そして家政婦の清水さんだった。

「なにがあったんです?」

私の問いに清水さんが答えた。

「旦那《だんな》様が殺されたという知らせを聞いて、急に倒れられたんです」

「ストレッチャーを持ってきてください。母は肝臓に持病があるんです」

貢さんの言葉に、私は病院内へ駆け戻った。

意外な出来事だった。

明美さんは重蔵さんのことを憎んでいるように見えたのに、彼が殺されたと聞くと、ショックで倒れてしまった。そこまで想いがあったなんて。

それともなにか、ほかに理由があるのだろうか。


夜のニュースに、事件は報道された。

「あれほど警官が配置されていたにもかかわらず、効果がなかったということです」

「関係者の話によりますと、例の女性刑事がまた足を引っ張ったとの噂が、流れているとか、いないとか」

「この話が本当だとすると、大失態と言えますよ！」

相変わらず一部の局が、なぜだか私をバッシングしてくる。

捜査本部の電話は鳴り続け、その応対に忙殺された。

それと同時進行でヘリポートには本土からのヘリが到着し、海龍路重蔵氏の遺体が乗せられていった。

本庁からの叱責《しっせき》も激しくなった。

人口三百人の島で、ここまで警戒しているにもかかわらず、次の殺人を許すとは何事だというわけだ。当然説明が求められる。

伏見主任の責任を問う声も当然上がってきている。でも、さすがに警視庁内では「伏見警部を外して、ほかに誰がいるのか言ってみろ!」との声が、上がったようだ。さすが実力と人徳で主任になった人は違う。

記者会見が開かれ、それにも伏見主任が応対した。

この会見の中で、烏森来瞳が事情聴取中であったことが明かされた。

不審な行動を取っていたので、念のため任意同行で取り調べをしていた、その最中に殺人事件が起きたことが説明された。

「本件において、彼女が無関係なことがハッキリと証明されました。ご本人にお詫びを申し上げます。ご迷惑をおかけして誠に申し訳ありませんでした」

誰かが泥をかぶらなければ収拾できない場面で、主任はそれを厭《いと》わない。

これで、来瞳さんへの嫌疑は一掃された。逆に彼女は被害者として同情され、批判の矛先は警視庁に向かった。

碧い眼をした巫女の未来を見通した言葉は、見事に的中したわけである。この島に満ちる不思議な力が、彼女に味方しているような気がした。

その日遅く、地神島を見張っていた捜査員から報告が行われた。

張り込み中に突然、高架索道から大きな音がしたという。

「見た瞬間には鉱石が落ちているところでした。そして、その中に人影を見たんです。私は船頭さんに頼んで仮設の港に上げてもらいました。そうしたら鉱石の山ができあがっていて、手も足も出ない状態だったんです」

「高架索道を動かす作業員はどこにいたんだ？　あのロープウェイを操作する人間がいたはずだろう。なにか見ていないのか？」

「はい。でも高架索道の出口側、つまり上の国道側にいたんです。そちらのほうが見通しが良くて作業しやすいからだそうで。だからその下に広がる林の中でなにがあったかは全く見えなかったと。突然、搬器がひっくり返って鉱石を落としたようにしか見えなかったそうなんです」

「作業船の社員たちで事件を見た者はいないのか？」

「残念ながら」

「しかし重蔵さんは、あの高架索道の真下まで歩いてきたんだろう？　その途中に誰かに会っていないのか？」

「そちらもだめです。例の喜角山にたくさんある秘密の通路を使ったようで」

「重蔵さんが握り込んでいた手紙のほうはなにかわかったのか？」

これには鑑識の春日井さんが答えた。

「詳しい分析は本土のほうに任せるしかないが、一応この島の文房具店にあるコピー用紙を買ってきて比較してみたよ」

「それで？」

「この島で一番売れている用紙と一致した。インクも特殊なものは使っていないだろう。そもそも、島で特別な品物を欲しがると、品切れしたときに大変だからな」

確かに品数が多くなるほど、品切れのリスクも上がる。島の皆がこれを使っているのは、普通のことなのかもしれない。

「どこもかしこも、お手上げだな」

伏見主任が肩を落とした。

来瞳さんが命をかけて仕掛けた作戦はアリバイを証明する分には見事に成功した。

でも、張り巡らした網の目から犯人を逃がしてしまったのだ。

〈送信メール〉
Ｔｏ　深海警部
件名　三件目の殺人事件発生

報道で伝えられているとおり、三件目の殺人が起きてしまいました。

殺されたのは海龍路重蔵氏です。

推察されていたとおり、島で風火地水の神々を祀った祠のうち、地神島の見える岬で殺害されました。

この殺人事件で、次の四つの疑問が生まれました。

お知恵を、お貸し願えますでしょうか。

その一　殺人方法
なぜ、大量の石を落とす方法で殺害したのか？
地神島の海底から採取した鉱石が、高架索道から被害者に落とされたのです。
殺害方法は昔の刑罰になぞらえていたはずです。頭に石を落とす刑が江戸時代にあったのでしょうか？

その二　被害者

なぜ、重蔵氏が殺されたのでしょう？

海龍路家の兄弟は五人。一連の殺人事件が暗示している風火地水の殺害方法は四つです。

つまり兄弟の中の四人を殺し、犯人一人がその遺産をスムーズに受け継ぐ計画かと考えていました。

そもそも彼は病を抱えていて、強いて殺害する必要もなかったように思われます。予想もしなかった事態です。

その三　謎の手紙

重蔵氏は、手紙で殺人現場に呼び出されていました。

「次はお前の母が死ぬ。止めたければ今日の午後四時に地神島の見える岬に来い」という、文面です。

彼の母親は一九九九年に亡くなっています。この母とはいったい誰なのでしょうか？

その四　犯人

死体検分でアゴの下側や喉に、石が当たった痣が残っていました。

どうやら、殺される直前に犯人を見て、しかも逃げずに上を見つめたまま石が落とされているようです。

犯人とは顔見知りであることが、推察されます。

この事件を引き起こしているのはいったい誰なのでしょう？

あと、報告せねばならないことが一つあります。

烏森来瞳のことです。

彼女が犯人であることを暗示する証拠が多数残されていたために、避難の意味で、いったん八丈島に送られました。

しかし翌々日、モーターボートで嵐の海を越えて奇科学島に戻り、私に保護を求めてきたのです。そして、駐在所に行き留置場に閉じ込めるように申し入れてきました。

世間では、行方不明だと思われるだろう。もし自分のほかに犯人がいるとすれば、このチャンスに犯行を企ててくる。警察はこの期に犯人を捕まえれば良い。そして自分はアリバイが証明され、無実を立証できると。

私たちは、この作戦に乗りました。

結局、彼女はアリバイを証明することができ、私たちのほうは犯人を取り逃がしてしまったということです。

風火地水に見立てた殺人も、残りはあと一つ。水神池を残すのみです。この殺人が行われるのをなんとしても防ぎたい。どうかお力をお貸しください。

七夕菊乃

〈受信メール〉
Ｔｏ　キック
件名　釣り行きたい

休ませてくれ〜。

青い海を見ながら昼寝をしてえ。釣りに行きたい。ビール飲みながらバーベキューやりたい。お互い、いろいろと行き詰まっているようだから、ちょいとずつ片付けてゆこう。

それが仕事ってもんだ。

一への答え
石を落として殺害する方法が「昔の刑罰を模《も》しているのか？」という質問だが、これは「模している」が答えだ。

江戸時代に「石子詰《いしこづ》め」という処刑方法が存在した。

有名なところだと、奈良《なら》の鹿《しか》を死なせるとこの刑に処されたといわれている。死んだ鹿と犯人が生きたまま縄で一緒に縛られて穴に入れられ、上から石が投げ入れられる。

島流しとなった罪人が逃げる「島抜け」をしたときも、この刑に処された。

二への答え

なぜ、重蔵氏は殺されたのか。

この答えは、キック自身が書いてるじゃないか。

被害者のアゴには石が当たった痕跡があり、犯人と顔を合わせている可能性があると自分で書いてる。そこまで辿り着いて、なぜ答えがわからない。

重蔵氏が殺された理由は、犯人の顔を見たからだよ。

三への答え

海龍路重蔵氏が握っていた手紙の『母』は誰を指しているか？

これは、関係者の中で存命中の母親に当たる人間を考えればすぐにわかるはずだぞ。

海龍路重蔵の妻の明美しか、いないはずだ。

そこから導き出される答えは一つ。この手紙は明美の子供である貢か正吾に送られたということになる。

つまり犯人は貢か正吾のどちらかを殺そうとして、地神島の見える岬におびき出そうとした。

ところがなぜかこの手紙を、父親である重蔵が見つけ、彼が現場に来てしまった。

そして、犯人は顔を見られた。

仕方なく機械を操作して、彼を殺害したというわけさ。

四への答え
犯人がわかるなら、オレが手錠を持って捕まえに行ってるよ！

あと事件に関して、海底鉱脈の権利で疑問がある。

一九五六年に、地神島は海龍路六右衛門から白壁露子に譲られ、その島は一九八四年の地震で沈降して海に沈んでいる。現在、海の底の火口から金が採掘されている。

法律上、海底は国の管轄になり排他的所有権を個人が持つことはない。国の許可が下りれば、一定期限内に独占的に地下資源を採掘することができる。

だが、一度地上にあった部分が海底に沈んでも、その海底には所有権が残ることがある。山王マテリアルが掘り返している場所は、本当に許可が取れているのか？　じつは、露子のただ一人の子孫となる烏森来瞳の所有になっているのではないか？

調べたほうがいいかもよ。

深海安公

4

七月十八日。

早朝のアンコウからのメールで目が覚めた。

海底の金鉱の所有権が来瞳さんにあるかもしれない？

となると、犯人が彼女に罪を着せようとした理由が見えてくる。

烏森来瞳は生前贈与で、たいした資産をもらっていない。だが莫大な富を生むかもしれない、金鉱の所有権を持っている可能性がある。

朝の捜査本部会議は、このメールに関して話し合われた。

「来瞳さんが莫大な資産を持っているかもしれんだと？」

伏見主任は興味深そうに顔を突き出した。

「本人は知っているんでしょうかね？」

東山刑事は考え込んだ。

「それより重蔵氏がターゲットではなかったという指摘が、興味深いな」

「犯人は、海龍路貢か正吾のどちらかに手紙を送りつけた。しかし重蔵さんがそれを見つけ、身代わりになったというわけですね。それなら、手紙の文面にも納得がいきます」

矢場巡査が悲しそうに首を振った。

伏見主任が肩をすくめる。

「自分の命も短いと考えていたようだし、犯人と刺し違えるつもりだったのか……。ひょっとしたら説得するつもりだったのかもしれん。これ以上の殺人をやめるようにと」

「その説得があったとして、犯人は聞き入れたんでしょうか？」

私は聞いた。

「無駄だっただろうな。聞き入れたなら、重蔵氏は殺されていない」

確かにそのとおりだ。

「犯人はまだ、犯行を続ける気ですね」

主任は島の地図の西側にある小さな池を示した。

「残る場所は一ヵ所。水神の祀られる貯水池だ」

海龍路家はひどい混乱の中にあった。

電話は話し中でつながらず、そして、大勢の会社関係者が屋敷に続々と集まっていた。

当主は代替わりして、貢さんが引き継いでいたが、家の中心はやはり重蔵さんだったのだ。

家の黒い門の前には、数台のテレビカメラが並んでいた。

私と伏見主任は、矢場巡査から教えられた裏口から屋敷内に入ることができた。例の隠し通路である。

「重蔵さんも、この道を使ったんじゃないですかね？」

「かもしれん。後で鑑識に足跡を調べさせよう」

その道はちょうど、海龍路家の蔵の脇に通じ、正面に井戸が見えた。確かここは秀美さんを捜索していたとき、来瞳さんと一緒に来た場所である。

「いらっしゃい、どうぞ奥に」

不意に声をかけられ、二人でギョッとした。

なんと長男の貢氏が縁側に座り、私たちが来るのを待っていたのだ。

再び客間に通された。金張りの襖に、島の歴史が描かれている部屋だ。この部屋には、さすがに外の喧噪《けんそう》は入ってこなかった。

「お父様には突然のことで。お悔やみ申し上げます」

「いえ、父は覚悟をしていたような気がします」

意外な返答が返ってきた。

「ご覚悟とは？」

「自分の死です。死期が近いと感じていたと思います」

「病気と殺人では、意味が違うのではないでしょうか？」

貢氏は黙り込む。

「じつはお父様はこれを握って、亡くなっていたんですが……」

重蔵氏が呼び出されたと思われる手紙の写真を見せた。

「次はお前の母が死ぬ。止めたければ今日の午後四時に地神島の見える岬に来い」

貢さんは、その短い文面を、目で三度ほどなぞった。

「……あり得ない」

冷静な、そして断定的な言葉をため息と共に漏らした。

それはそうだ。重蔵さんのお母さんはずいぶん昔に亡くなっている。こんな手紙に呼び出されるはずがないのだ。

「父は……苦悩を抱えていたのだと思います。この島に『まれびと』を迎える長《おさ》としての役目を果たし、そこから生まれる矛盾にひたすら耐え、問題をのみ込んできた」

「問題とは？」

貢氏は腕を組んで島を見た。

「人それぞれに、考え方や解釈の仕方が違う。知っていることさえ違う」

それはそうだろう。住んでいる場所や環境が違えば、考え方も価値観も違って当然だ。同じになると考えるほうがどうかしている。

「それが問題ですか？」

思わず問い返してしまった。

彼は軽く笑いを含んだ息を吐いた。

「ふふ、それじゃウロボロスの蛇だ。話が循環している」

なるほど。言われてみればそうだ。

貢さんは「人それぞれに捉え方が違うことが問題だ」と、言った。私は「それが問題か？」と聞いた。貢さんはこう答えざるを得ない。

私は答えた。

「失礼しました。おっしゃるとおりですね。人それぞれに執着するものも、見過ごすものも違う。あらゆるものをのみ込んだとき、そのどれが毒となって命を奪うかは見当がつかない。けれど、命を脅かす原因を孕んでいるのも確かだということでしょうか？」

「そう言えるでしょう」

「それはつまり、一見平穏に見える関係の中にも、殺意が隠れているということでしょうか？」

貢さんは沈黙で答えた。

彼もなにかを隠している気がする。

「質問を変えましょう。昨日はなにをされていましたか？」

「仕事です。風神町のオフィスに出て、本土の会社と連絡を取り合っていました」

「時間を限定しましょう、午後三時から四時の間はなにをしていましたか？」

「三時……。連絡船が到着する二時間前か。自宅に戻るところかもしれない」

「アリバイを証言してくれる人はいますか？」

「偶然私を見かけた人を、探すしかないだろうな。自分ではわからない」

「なるほど。では、お父様は、誰に殺されたと思いますか？」

「そうだな……。強いて言えば、自分で死を選んだ気がする」

それは答えを逃げている気がする。けれど、逃げたという反応も、彼の答えなのだ。

「じつは、地神島のことで伺いたいことがあるのですが」

「なんでしょう？」

「所有権のことなんです」

「それなら、六十年前に白壁杜夫が殺されたとき、烏森親子に譲られたはずですが。しかし一九八四年に島に地震があって、あのように沈んでしまった。所有権は誰にもないと思うのですが……」

「はい。そして現在、山王マテリアルが国から採掘許可を得て金の試掘を行っています。ですが、あの採掘が行われている火口が、三十年ほど前まで陸であり、白壁家の所有物であったことが問題なんです」

「なにがでしょう？」

貢氏の顔に不吉な影が差した。

「じつは地上にあった土地は海に沈んでも、排他的所有権が残る可能性があるんです。つまり現在、採掘されている場所は、白壁家の土地を勝手に掘り起こしているかもしれないんです」

「ええ！」

貢氏はひどくうろたえ、完全に血の気が引いている。

「このことは一度、弁護士さんに相談されたほうが良いかもしれません」

「な、なるほど、ご忠告ありがとうございます」

彼の手が少し震えている。そこまで動揺することなのだろうか。私は話題を変えた。

「あの、正吾さんはご在宅でしょうか？」

「いいえ、彼は病院です。母親の看病をしています」

「容態はいかがでしょう？」

彼は首を振った。

「いけません。お酒好きがたたって肝臓を悪くしていて、医者に飲むのをやめるように言われていたんです。でも、ここしばらくの事件のせいで、再び飲酒を始めて……。昨日、父が殺されたと聞いて、卒倒したんです」

「ご心配ですね」

「はい。正吾の奴は、特に落ち込んでいるようで……」

私たちは貢さんに礼を述べて、海龍路家を後にした。

5

伏見主任と別れ、私は喜角神社に向かった。

あの神社には白壁杜夫の遺品が保管されている。

地神島の殺人現場に残されていた白衣は、その中のものかもしれないから、確認しておきたかったのだ。

海龍路家から喜角神社へは、細い道がつながっていた。再び長い石段を登り、鳥居をくぐると人の声が聞こえた。

見ると、烏森来瞳さんが神主の尼ヶ坂犬次郎と言い合っている。

いや、来瞳さんが犬次郎さんを一方的に怒っている。それを横に立つ矢場巡査がなだめる格好だ。

「祖父の遺品が盗まれて、殺人現場に置かれてたってどういうことですか！　祖父の残したものは大事に預かるから、安心しろって私に言いましたよね！」

どうやら重蔵さんの殺人現場に、白壁杜夫の白衣が残されていたと聞いて、そのぞんざいな扱いにキレているようだ。

「本当に申し訳ない。いつも蔵の中にキチンとしまっていたんだが……」

「その蔵に、鍵はかけていたんですか？」

「いや、その……。あんなところに盗みに入る奴は、一人もいなかったもんで。なんというか……。あそこに盗みに入った者には神罰が下るという、目に見えん鍵がかけてあってな……」

「目に見える鍵はどうなんです？」

「ない」

これは大事に保管とは言わない。屋根だけある場所に放置していたのと同じである。

誰が盗み出しても、おかしくない状態だったわけだ。

私は三人の間に「まあ、まあ」と、二十回は言いながら割って入った。

矢場巡査は空気を和らげようと、話をつなぐ。

「あ……でも、これで犯人の意図はハッキリしましたよね。わざわざ白壁博士の白衣を木にかけていたんだから、やはりあなたに罪を着せようとしていたんです。疑いが晴れて、本当に良かった！」

来瞳さんが睨み、矢場巡査は後ろへ寄った。

「それで、確認をしたいんですが……」

私は仕事の話に戻させてもらった。

「現場にあった白衣を尼ヶ坂さんに確認していただきたいのですが。やはり、預かっていた遺品で間違いなかったんですね？」

私は写真を見せた。

「ああ。名札がついていて、薄く白壁の文字が見えとるな。間違いない」

犬次郎さんは、申し訳なさそうに答えた。

「それで、重蔵は……どんな死に様だったかね？」

「どうやら、覚悟を決めていたようでした」

「あいつはよくやってきたよ。島をここまで守り、たくさんの人間の生活も支えてきたんだ。そこから生まれた齟齬《そご》も、すべてのみ込んできた。彼はいろんな苦しみを抱えてきたんだ。本当だよ。わかってやってくれ」

犬次郎さんは、誰に釈明しているのだろう。

私は事件の様子を説明した。

「犯人は、長男の貢さんか三男の正吾さんを狙ったようなのです。その身代わりになって、重蔵さんは殺されたようで……」

「なるほど。島の守り手の海龍路家を継ぐのは、貢か正吾だ。その柱を守るためなら、重蔵は命を惜しまんだろうな」

「その言い方はないんじゃないですか！」

突然、温厚な矢場巡査が怒り出した。

「来瞳さんだって海龍路家の仕事を支えている。彼女への侮辱でしょう！」

意外なほど激高したのを見て、その場の皆が驚いた。

「確かに。これはわしの言い方がいけなかった。すまなかった」

犬次郎さんは面目なさそうに顔を赤くした。

「あの、蔵を見せていただけますか？」

私は話題を変えた。

神社本殿の裏手に、大小二つの蔵が建っていた。

四方をなまこ壁に囲まれた立派なもので、鉄の引き戸が付いている。

「二つあるんですね」

「小さなほうには島の御神輿《おみこし》がしまってあるんだ。四神まつりの依り代《よりしろ》になる。大きなほうには祭りの小道具のほかに、神社の小道具、人からの預かり物が入っているんだ」

「じゃあ白衣がしまってあったのは大きな蔵のほうですね」

分厚い扉を引き、中にもう一枚ある木戸を開けて、私たちは犬次郎さんに続いて入った。

正面上部に明かり取りの小さな窓がついていて、光が入り込んでいる。

中に入ろうとする犬次郎さんを、私は制止した。

「待って、足跡を調べさせてください」

床に顔を近づけ、腰に差していたマグライトで床を照らす。

ホコリが積もっていそうなのに、きれいに掃き清められていた。部屋を見渡すと竹《たけ》箒《ぼうき》が壁に立てかけてある。どうやらあれで消したようだ。

棚にはホコリをかぶった木箱が山のように積まれ、その一つ一つに達筆な文字でなにかが書かれている。まるで読めない。

「この中は涼しいんだが、ホコリっぽくて長居したくないんだ」

犬次郎さんは、山積みにされた木箱を眺める。

「島に住んでいた人間たちの、いろんなものを預かってここまで膨れあがってしまったんだ。死者からの預かり物だからおいそれと捨てることもできん」

民俗学を専攻している人にならきっと宝の山だろう。

「あった。これに納められていたはずだが……」

そう言って、竹で編んだ行李《こうり》を取り出した。

開けてみると数枚の着物が目についた。ほかにはノートや本、顕微鏡などが納められている。

「ああ、ここにあった白衣が消えている……。なんと罰当たりな」

犬次郎さんはすまなそうに、来瞳さんを見やった。

「申し訳なかった。二度とこんなことにならんよう、今からキチンと鍵をかける。必要なときが来るまで、封印しよう。約束するよ」

来瞳さんは黙ってうなずいた。


午後二時。

明美さんが入院する病院を訪れた。

重蔵さんが握っていた手紙のことを聞きたかったのだ。

前にも触れたとおり、奇科学島の総合病院は風神町の中央に建てられていて、島のどこからでも気軽に立ち寄ることができる。

受付を済ませた後、病室を訪れると、海龍路正吾さんがまだいた。

眠っている母親を、ずっと見ていたようだ。

私を見ると、あからさまな敵意を示した。

「入るな。質問があるなら書面にして送ってもらえないか？　後でキチンとお答えする」

際だって利己的な態度を示す彼が、なぜか母親だけには気を遣う。愛情というよりむしろ、明美さんにすがっているような印象さえ受ける。

私は病室に入るのを諦めた。

「正吾さんでもいいので、いくつかの質問に答えてください」

この取引に、彼は乗った。

細心の注意を払って音を立てないように丸イスから立ち上がり、廊下に出て、静かにドアを閉めた。

「昨日の私のアリバイならない。ずっと自室にこもって仕事をしていた」

　私は彼の言葉を無視するように、質問を始めた。

「亡くなったお父さんが手紙を持っていたことは、ご存じでしょうか。犯人からのものと思われるんですが……」

「海龍路重蔵は父ではない。それに手紙のことも知らない」

　捜査に協力する気など、みじんも見せない。彼にとって海龍路家は無関係な存在であり、大事なのは母親ただ一人といった感じだ。

「事件現場に来なければ、母を殺すと書いてあったんです」

　正吾さんの血の気の薄い唇が、少し歪んだ。

「ふん、私を誘い出そうとしたんだろう。でも、重蔵のほうが行ったわけだ。ねぇ、刑事さん。ここまで事情がつかめているなら犯人が誰か、わかっているんでしょう？　前にも言いましたよね。私が殺されたら、誰を逮捕してほしいと言ったか」

「と、いいますと？」

　とぼけて聞き返す。

「犯人は兄の貢だよ。それ以外ないじゃないか。海龍路家の事業を継ぐために、邪魔になる者を次々と殺した。その罪をすべて妹の烏森来瞳に負わせる偽装を施して。そして次は私だ。彼が家の事業を統治するとき、一番の反対勢力になりかねないんだからな。だから母をおとりにして卑劣な手紙を送ってよこしたわけだ。でもそれを重蔵が見つけて、私の代わりに現場に行った。それが事件のすべてだよ」

正吾さんは理路整然と説明した。

でも、私はこの説明がピンとこなかった。

「この手紙が、正吾さんに向けられたものとするなら、あなたの机の上にあったことになりませんか？　だって、犯人とすれば、ほかの人に見られてはまずいはずですから」

「そうなるな」

「でも、あなた今、ずっと部屋にいたと、おっしゃいました。どうやってあなたにだけ手紙を見せようとしたんでしょう」

「むっ……」

矛盾点を突かれて、顔がカッと赤くなった。

「そ、それは。たとえば私しか見ない場所があるだろう！」

「どこです？」

「それは、その……廊下の書庫は、ほとんど私だけが使っているようなもので、そこに置いておけばいいんだ」

「あなたしか使わないところだと、重蔵さんは見つけられないかもしれませんよ」

「じ、じゃあ、私の靴の中はどうだ。私が見つけるだろう場所であり、重蔵も目をとめる！」

「なるほど、それならありそうです」

　とりあえず彼の意見を引き取り、質問を続けた。

「もう一つ疑問なんですが、あなたは『犯人は来瞳さんに罪を着せるつもりだった』と、おっしゃいました。でも、来瞳さんを八丈島に追いやったのは貢さんですよ。罪を着せる相手を奇科学島から追い出すなんて、あり得ないんじゃないですか？」

「そ、そんなこと私に聞いてもわからんよ！」

「ほかにも疑問がありまして」

「なんだ！」

「じつは、地神島の所有権の話なんです」

「あの小さな岩礁の所有権？　誰か家でも建てるつもりなのか？」

　今から話す事実に正吾さんはどのような反応を示すか。このことを知っていたかどうかが鍵になる。表情でそれを読み取らなくてはならない。

「いえ、海底部分の話なんです。今、金を採掘している火口部分の排他的所有権が烏森来瞳さんにあるかもしれないんです」

彼はわずかに眼を見開いた。そして少し考え込んだ。

「誰からそれを？」

表情から心を読ませない。そういうことに慣れているらしい。

「本庁から指摘が来ました」

「さすが法の専門家は違うね。来瞳がこのことに気づいたら山王マテリアルと法廷闘争になるだろうね」

「海龍路家は無関係だと？」

「開発は向こうの事業だ。こちらは様々な便宜を図っているだけだよ。直接は関係ない」

そのとき、病室のほうから声がした。

「……正吾……。し……正吾」

慌ててドアを開け、母親の明美に顔を寄せる。正吾さんの肌は、島に住んでいるとは思えないほど白いが、明美さんはそれより白い肌をしていた。

「母さんは休んでいて。こいつはすぐに帰るから」

正吾さんの目に怒りの光が宿る。

「刑事さん。この子は私と一緒にいたのよ……」

「一緒に？」

「ええ、あの人が殺されたとき、私の部屋にいて看病していてくれたの」

「本当ですか？」

「ええ……私がアリバイを証言します……」

そう言って咳《せ》き込んだ。

「もう帰れ！」

彼の苛立ちは頂点に達した。

これ以上負担をかけるのはまずいと判断し、その場を辞した。二人に別れの挨拶をする刹那、正吾さんが明美さんをかばう理由がわかったような気がした。

なぜか親子の二つの命が重なって見えたのだ。


「伏見主任、一つ疑問があるんですけど」

捜査本部に戻り、伏見主任に抱えていた疑問をぶつけた。

「海龍路重蔵さんは、犯人の正体を知っているようでしたよね。でも、その秘密は絶対に明かさないという態度でした」

「まぁ、明らかに誰かをかばっていたよな」

「と、いうことは犯人自身も、重蔵さんが犯人を明かさないことを知っていたと考えられます。送られた手紙の内容からも、彼を狙ったわけではなさそうですから」

「うむ。口封じをするつもりがなかったんだから、そう考えていてもおかしくないな」

「でも、地神島の事件では、重蔵さんは犯人の顔を見てしまったために殺された。これが不思議なんです」

「と、いうと？」

「重蔵さんは、絶対に犯人の名前を明かさないし、そのことを犯人は百も承知だった。だったらなぜ、顔を見られただけで殺してしまったんでしょう？」

「なるほど。言われてみれば確かに変だな……」

主任は腕を組んで考えた。

「犯人は慌てたんじゃないか？　急に顔を見られて、正体がバレたと思って焦った。思わずパケットのレバーを押して、鉱石を落としてしまった」

でも、犯人はかなり冷静な人物に思える。顔を見られたくらいで慌てるような相手だろうか？

〈送信メール〉
Ｔｏ　深海警部
件名　犯人像

海龍路家の長男の貢さん、末っ子の正吾さんと喜角神社の尼ヶ坂犬次郎さんに話を聞いてきました。

犬次郎さんからの情報は、次の三つです。

一　事件現場にあった白衣は間違いなく、神社の蔵にあったもの。

二　蔵には鍵がかけられておらず、島の人間は誰でも出入りできたこと。

三　ただし、蔵の中には収蔵物が多く、その中から白衣を探し出すのは至難の業である。しかし、海龍路家の人間はどの入れ物に白壁氏の遺品が納められていたかは知っていた。

犬次郎さんはこの件に懲《こ》りて、蔵に鍵をかけてしまいました。

貢さんからの情報は次の三つです。
一 父親の海龍路重蔵は、島の長としての苦悩を背負い、さらに病も抱えていた。彼が死んだのは自らの意思であろう。
二 地神島の所有権が烏森家にあるのは貢さんにとって、かなり意外な話である。
三 地神島での事件があったときは、オフィスからの帰宅途中だった。

正吾さんからの情報は次の三つです。
一 犯人は長男の貢氏である。母親をおとりに、自分を殺人現場に呼び出そうとしたが、誤って重蔵氏が行ってしまった。その手紙は自分の靴にでも入れられていたのだろう。
二 自分は事件のとき、自宅の部屋にこもっていた。
三 地神島近くの採掘権が烏森来瞳にあろうと、山王マテリアルとの問題である。海龍路家は無関係だ。

さて、ここで一つの疑問が生まれました。
重蔵さんは犯人を知っていて、それを隠しているように思われました。そのことは犯人も知っていて、たとえ重蔵さんに顔を見られても、殺す必要はなかったように思えるのです。いくら正体がバレようと絶対にしゃべらないのだから。

ではなぜ犯人は、彼を殺したのでしょう？

私には理解できません。

風火地水の四つの祠で四件の殺人が起こると予想されていました。そしてすでに三人の被害者を出してしまいました。

次の犯行はおそらく水神の祠でしょう。場所まで特定できていて、その犯行が阻止できなければ捜査一課の存在意義が問われます。

どうか、犯人逮捕の一助となるような情報をお願いします。

七夕菊乃

七月十九日。

水神池の監視は相変わらず二十四時間態勢で行われている。

周りの物々しい警備とは関係なく、風が吹くたびに静かな波紋を水面に走らせる。

「なにも起きませんね」

東山刑事が呟いた。

「なにも起きないのが一番です」

私は、つまらない正論で返す。

おそらく犯人は、最後の殺人を狙って計画を練っているだろう。被害者として考えられるのは海龍路貢と正吾の二人だ。

なんとしても止めなければ。

しかしさすがに捜査員の疲労が見えてきた。

自動車の入れない山を登ったり下ったりする上に、夏の日が照りつける中で監視が八時間行われるのだ。

それに聞き込みや、書類整理、マスコミ対応にも追われて体力も少しずつ削られていく。

「でも、なにか起きてくれないと犯人逮捕につながりませんよ」

「こんなに限定された島の中で起きている事件なのに、こんなに手がかりがつかめないなんて……」

要するに、犯人は島を熟知していて、私たちにはなにも見えていないというわけだ。そして開かれた窓ともいえる手がかりは、現在目の前の水神池だけである。

時計の針はひたすら進み、池の水は太古より変わらずわき続けている。


午後四時。

ヘリポートには海龍路重蔵氏の遺体が到着した。

そして彼のための葬儀の準備が始まった。

海龍路家から借りている離れに戻り、お通夜に行くための準備をしていた。ここに来て二度目である。

そのとき、携帯メールの着信音が鳴った。

〈受信メール〉
Ｔｏ　キック
件名　見落としてるよ
海龍路重蔵が殺された理由について、ちょいと見落としていることがあると思う。
彼は奇科学島で起きた殺人事件に関して、犯人に心当たりがあり、それを隠し続けていた。これには異論はない。あのじいさんは、秘密を抱えていた。そして犯人からすれば、危険を冒して彼の口を塞ぐ意味はない。

途方もない謎だな。

でも、親切なオレが解説してやろう。

八丈島から続いた連続殺人の、これはキーポイントだよ。すべての謎を解くヒントはここにあると思う。

もう一度、状況を逆回しして見てみよう。

(状況一) 重蔵は、犯人の名を明かすつもりはない。

(状況二) 犯人は顔を見られて、重蔵氏の口を塞ぐ必要があった。

矛盾した話だが、じつはこの二つをつなぐ事実が明白に浮かび上がるはずだ。これを見落としているんだよ。

(事実) 重蔵が隠し続けた犯人と、今自分を殺そうとしている人物が違っていた。

テレビじゃ延々と、奇科学島の事件を流し続けている。警視庁への風当たりも強くなってるし、そろそろ結果を見せねぇと、お前が生け贄にされるぞ。

深海安公

「重蔵さんが隠していた犯人と、彼を殺した犯人が別人だと？」

伏見主任は声を上げた。

お通夜に参列する前に、捜査本部に戻ってこのメールの件を報告したのだ。

「私も、考えてもみませんでした」

「自分もです。でも、深海警部の推理は、つじつまが合っていますよ」

東山刑事が腕を組む。

奇科学島に着いて、重蔵さんの不可解な態度に触れて以来、そこに真相があると思い込んでいた。

でもアンコウは、この連続殺人の謎を解くヒントは、重蔵さんが考えていた犯人とは違う、別の犯人を目撃したことにあるという。

いったいどういうことだろう？

「事件の背景を考え直さにゃいかんかもしれん。いったい、この連続殺人はなぜ起きているんだ。奇科学島で起きた過去の事件とまるっきり無関係だとすると……」

伏見主任が頭を抱えた。

「それを解く一番の早道は、もはや犯人逮捕しか残っていませんね」

私は言った。

「確かに」

近いうちに間違いなく、水神池で殺人を実行しようとするだろう。なんとしても阻止し、犯人を捕まえるしかないのだ。

第五章　水神

1

七月二十日。

午前九時の連絡船は、喪服の乗客であふれていた。

すべてが海龍路重蔵氏の葬儀への列席者である。

臨時の大型クルーザーが何台もチャーターされ、本土からの弔問客を運んだ。そしてヘリがひっきりなしに往復して、こちらも黒い服の人間を運ぶ。

なんというお金がかかった移動なのだろう。そしてなんという人の数。海龍路重蔵さんの日本経済界への影響を見た気がした。

喪主の貢氏の話だと、二千人の人が来るであろうとのこと。交通の便が悪すぎるので、これでもかなり絞り込んでもらったらしい。

命を狙われると考えられる貢さんには私が警護を行い、正吾さんには東山刑事がその任に当たっていた。

ほかの捜査員も、葬儀の警備にかり出されている。

奇科学島の東側にある灯台の近くに斎場があるのだが、そこに続く国道を弔問客は暑い中を徒歩で歩いていた。島にタクシーがほぼない状態なので、みんな面食らっているようだ。

そして焼香を待つ人たちの列は、道にまであふれていた。

さらにその周りを、テレビや新聞の記者が取り囲んでいる。

弔意を伝え終えた人々はすぐに港に帰り、一部の人は待合室にあふれかえり、ほかの人たちはクルーザーで去っていった。

島にここまでの人を宿泊させる設備などない。とんぼ返りである。そして帰る船の向こうから、また次々と船が到着する。

「わしは長くここに住んでおるが、こんな騒ぎは見たことがない」

奇科学島でも長老格の尼ヶ坂犬次郎神主が驚いていた。

「先代の六右衛門のときもこんな騒ぎはなかったな……。つまり重蔵は、それだけがんばったということだな」

犬次郎さんは目に涙を浮かべた。

山王マテリアルの採掘作業は、重蔵氏の四十九日が終わるまで停止することになった。

しかしこれは、表向きの理由だろう。山王マテリアルと海龍路家の関係者は今必死で、海底の所有権の確認をしているに違いない。


七月二十一日。

海龍路家の人たちには二十四時間態勢の警護がつけられた。

もはや一人の死者も許されない。残る水神の祠でなにかが起こるときは、絶対に犯人を逮捕しなければならないのだ。

財界の重鎮が殺されたことで警視庁へのプレッシャーは、ただならぬものへと変化していた。実際、上層部のほうで責任を取らされた者が出たらしい。

海龍路家に残るのは、あと四名。海龍路明美さん、貢さん、正吾さん、そして烏森来瞳さんである。彼らを、なんとしても守らなくてはならない。

伏見主任は特に、貢さんと正吾さんに対して徹底的な警護態勢を敷いた。

「次に狙われるとすれば、この二人のうちのどちらかだろうからな」

皆もそれとなく、そんな予想を立てていた。動機面から考えれば自然と辿り着く結論だ。

つまり次の殺人が行われるなら、貢さんと正吾さんのどちらかが殺され、どちらかが犯人であろう。

新たに五名の応援が到着し、警護と犯人捜査、それに水神の祠の張り込みという三つの仕事を同時に行うことになった。私は、応援に来てくれた女性警官二名とともに、十時間交代で来瞳さんの警護を担当した。

海龍路家には大勢の会社関係者、弁護士、会計士などが集まって話し合いを続けていた。

「こんな日にも、港の仕事は休みにできないんですね」

午後の連絡船のために出勤しようとする来瞳さんに、私は聞いた。

「今回の事件で島に来る人が一段と増えたから、事故が起きないようにしないと。でも、ありがたいのかもしれない。息の詰まるような場所から離れる理由になるし」

海龍路家は、重蔵の死の重さに沈み込んでいる。

奇科学島という世界を守り続けてきた巨人の死は、あらゆるところに影響し、その後始末に追われているのだ。

　七月二十二日。

　午前二時に任務を交代し、八時間の休息が命じられた。

　海龍路家から貸してもらった離れに戻り、お風呂に入ると、倒れるように眠り込んだ。

　これは大事なことだから皆に伝えたい。

　ふかふかの布団の中は、この世の天国である。

　午前十一時に再び捜査本部へ。

　会議の中で、正吾さんが大手取引先の挨拶回りをするために本土に向かうことが報告された。これには八丈島まで金山刑事と矢場巡査が同行し、その後の警護は所轄の警官に任されることが確認された。

　私は、午後一時から八時間、東山刑事と水神池を監視することになった。

　水神池は相変わらず碧い水をたたえていた。

　まるでＣＧで描かれた異世界のようである。滝から流れ込む水は常に池に波紋を起こし、底にあるものを見せてくれない。けれど魚はいるようで、たまにやってくるカワセミが水に潜っては小さな魚をくわえて出てくるのだ。

私たちは池や祠が見渡せる場所に、それぞれ陣取った。

私の位置からだと、木々の隙間から海が見え、その向こうに入道雲が見える。

東山刑事を見ると、なにやら隠れるようにメールを打っている。

ひょっとして涼ちゃんに連絡でも取っているのだろうか。


午後四時四十分。

Pフォンが鳴り、金山刑事からの緊急連絡が入った。

「海龍路正吾が消えた。トイレに立って、そのまま姿が見えなくなった。手の空いているものは、連絡船待合室に集合してくれ」

彼は確か矢場巡査とともに、正吾さんの警護に当たっていたはずだ。午後七時発の連絡船で八丈島に行く予定のはず。

「正吾さんの姿を見失ったのは、正確にはいつ頃でしょうか？」

「十分ほど前だ。乗船手続きをしている最中にトイレに行って、そのまま帰ってこないんだ。今日は弔問客で港がごった返していて……」

十分前ということは四時三十分頃だ。果たして事件性があるのだろうか。それとも私用でわずかな時間、出かけただけであろうか？

東山刑事を見ると、こちらを見ていた。

「警戒態勢に入りましょう。私は貯水池の向こう側に回ります。二人で全体に死角を作らないようにしましょう」

「了解」

さらに緊急の通報が入った。伏見主任からだ。

「海龍路貢が姿を消したらしい。捜査員の話だと、十分ほど前に我々に見つからないように出ていったと」

「十分ほど前ということは、消えたのは午後四時三十分頃ですか？」

「ああ、とにかく警戒を怠るな。地取りに回った一班は、風神港に。二班は海龍路家に集合してくれ。二点を中心に二人を捜索する。残りの手の空いている者は水神池に回ってくれ。これ以上の殺人を絶対に許すな。以上だ！」

正吾さんと貢さんが午後四時三十分に同時に消えた。これは偶然ではない。今からなにかが起きようとしている。

奇科学島にいる連続殺人犯の第四の殺人が、今から行われようとしているのだ。だとすれば事件は間違いなくこの水神の祠で起こるはずだ。正吾さんや貢さんが消えようと、鍵はこの地点にある。

十五分ほどすると、池の周りに八名の捜査員が集まった。

犯人のほうでも、警察が取り囲んでいることは百も承知だろう。この順番で犯行を重ねれば、警戒されるのが当たり前だ。でも、犯人はこの警戒を破って犯行を繰り返してきたのだ。油断できない。

集中して池の碧い水面を見つめる。ときどき風が吹き付け、木々が美しく揺れる。

ここでなにが起きるのか？

「日が沈むとまずいですね。このあたりはなにも見えなくなる」

東山刑事からの通信だ。

この辺には街灯なんてものはない。明かりが欲しければ自前で用意しろというところである。犯人はどう考えるだろう。暗闇でなにも見えない状況で犯行を企てるだろうか？

違う気がする。

こちらに犯行を見せようとするのじゃないだろうか。

生首を船で流し、火を放って犯行を見せつけた犯人だ。日の光が残る間になにかをやってきそうな気がする。

ボオオ。

連絡船の汽笛が響いた。午後五時到着の連絡船が着いたのだ。

通信が入る。

「緊急事態。海で人が溺れています。場所は島の西側。水神の貯水池から見て真下の海です。近くにいる船は救助を願います」

連絡は山王マテリアルの研究所からだった。

「海だって？」

私たちは慌てて、貯水池から海側を見下ろした。

崖の真下に小さく白波が立っている。誰かはわからないが、必死で海面に顔を出そうとしているようだ。

ここから二十メートルほど真下のところで、すぐ近くに見える。

ふと、気づいた。

風神の殺人には帆掛け船、火神には火が使われ、地神には凶器に鉱石が使われた。水神の祠では水が使われると予想していた。だから、池を見ていたのだ。でも、海にも水はあるのだ。

頭から血の気が引いた。

第四の殺人だけは、なんとしても阻止しなくてはならない。絶対にだ。

「行きましょう！」

私は集まった捜査員をまとめて、海岸まで降りようとした。

海まではほんのわずかの距離に見えるのに、下に降りる方法が見つからない。初めて島を見たときのとおり、奇科学島は断崖絶壁《だんがいぜっぺき》に囲まれていて、簡単には降りられないのだ。

いや、隠れた近道があるのかもしれないが、私たちにはわからない。

山王マテリアルの社員が研究所からモーターボートを準備し、現場に向かっているのが見えた。

そのすぐ後から風神港に集まっていた捜査員が船を借り、急行していた。

でも、遅かった。

溺れていた人影が水面から見えなくなっていたのだ。

「くそっ、どこにもいない。流されたか」

「沈んだのかもしれん。ダイバーを呼ばないと！」

「船を集めて付近を捜索するんだ！」

ついに四人目の殺害を許してしまった。そう思って力が抜けた。

下での通信が、こちらにも入ってくる。

「ここは潮も速いし、海底まで百メートルはあるぞ。おまけに岩礁地帯だ。ベテランダイバーが集まっても、簡単に捜索はできない」

いったい誰が溺れていたのだ？

貢さんか、それとも正吾さんか。ほかの誰かなのか？

そこまで考えて、急に背筋に冷たいものが走り、私は飛び上がった。

「どうしたんですか七夕警部？」

「今、海で溺れていたのは誰？　確認した人はいる？」

ボートで海に集まった捜査員や、山王マテリアルの社員にも同様の質問が流された。

「見てない」

「波に隠れていて、顔までは……」

「オレもわからない」

誰一人、海で溺れていた人物を確認していないのだ。

捜査員は海に集まり、これから潜って捜索を始めようとしている。でも、これが陽動だとしたらどうする？

水神の貯水池は、がら空きだ。

「東山刑事、ついてきてください！」

慌てて、下りてきた山道を駆け上った。

「た、七夕警部、速すぎます！」

警備が厳重な場所に侵入する方法は、陽動作戦に決まっている。騒ぎを起こして見張りを他所にやってしまうことだ。

しかしこの陽動は巧妙だった。

殺人は「水」を使った方法だと思い込んでいた。

昔の脅し文句で「簀巻《すま》きにして川に叩き込んでやる！」なんていうのがあるが、実際にその処刑方法は江戸時代に存在した。人間をムシロで巻いて縛り上げ、水の中に落とすのである。

だから殺人現場は水神の貯水池だと思い込んでいた。

でも、真下の海で人が溺れている姿を見たとき、やられたと思った。海も水なのだと。頭に血が上って、自分の持ち場を離れてしまった。

でも、これは間違いだ。

警備のときは絶対に持ち場は離れるべきでない。

ましてや溺れていた人間の正体がわからないうちは、絶対にだめだ。海で起こったことは、ほかの捜査員を信じて任せればいい！

山道を駆け抜け、貯水池に到達した。

見ると池の際に、人がうつぶせで倒れている。

そして近くの木の枝には女性ものの着物が引っかかっていた。この光景を見て直感した。

「連続殺人犯の仕業だ！」

血の気が引いて、視野が少し狭くなった。

被害者はずぶ濡れで、水から這い上がってきたようだ。

「大丈夫ですか！」

表を向けると、海龍路貢さんだった。

体に力が全く入っていない。体は冷たく、口から水が垂れ、唇は真っ青で血の気が失われている。

「貢さん、聞こえますか？　大丈夫ですか？」

大声で呼びかけながら、頸動脈の脈を調べる。

ない。

心臓マッサージを開始した。

「七夕警部！」

東山刑事が追いついてきた。

「貢さんが心停止状態です！　救急隊員に連絡を。それから捜査員を呼び戻して！　付近に犯人が隠れている可能性があります！」

「わかりました！」

ほかの捜査員も次第に集まり始め、誰かが呟くのが聞こえた。

「今、海で溺れていた人間が、ここまで上がってきたのか？」

「まさか……」

「死んだ人間が、崖を登ってきたってことかよ」

「また死者が蘇ったのか……」

日は山の陰に隠れ、その名残もやがて失われた。貯水池には闇が広がる。

「お願いです、死なないでください！」

貢さんの冷え切った体に、終わりの見えない心臓マッサージを繰り返した。

2

午後六時。

風神町の総合病院には再び報道関係のカメラが並び、そのライトが建物を照らし出していた。

窓越しに外を見ると、大勢のレポーターがマイクを片手になにかを伝えている。

「すると、あの海で溺れていたのは、犯人の陽動だということか？」

眉間にしわを寄せる伏見主任に、東山刑事が答える。

「わかりません。ですが、あの騒ぎのせいで捜査員が池を離れたのは確かですし。その隙を突いて貢さんが池の畔《ほとり》に倒れていたのも事実です」

主任は深い嘆息で答える。

「とにかく彼の命が助かったのがなによりだ。すぐに引き返したおかげだよ。医者は、あと数分遅れていたら危なかったって言っていたからな」

そう、貢さんは命を取り留めたのだ。本当に良かった。

ただ、私は病院に駆け込んだ後、あまりの運動量にぶっ倒れてしまったのだ。検査を受け、点滴を受けながら皆の話を聞いている。本当に、格好悪い。

「それにしても、不可解な状況ですね」

横から話しかけた。

「なんだキック、起きていたのか？」

伏見主任の眉間のしわが取れた。

「はい。それより貢さんの飲んでいた水が『海水』だったと聞いたんですが」

「ああ、しかもこの近海のプランクトンを含んだ海水だということだ。つまりあの海で溺れていたという状況さ」

東山刑事も頭をひねる。

「どういうことでしょうね。まるであの海で溺れていた人間が沈んだ後、二十メートルの崖を登り、池に現れているように見えますよ」

「多分、そう見えるように仕組んだんじゃないでしょうか。海で溺れ死んだ人間が、まるで生き返って、池の畔に現れたように見える。今までと同じやり方ですよ」

「おれもそう思う」

「犯人は下の海からくんできた水を用意しておいて、そこに貢さんの顔をつけ、海で溺死《できし》したと見せかけようとした」

伏見主任がうなずく。

「医者が、被害者の頭に打撲の跡があると言っていた。おそらくこれは水に顔を浸けたとき、暴れないようにするためだな」

「そうなると問題は、海で溺れていたのは誰かということですね」

東山刑事が首をひねる。

「いえ、もっと重大な問題があります。時間の壁の問題です」

私は言った。

「時間の壁？」

「正吾さんが犯人だとして、今日、正吾さんたちが消えたのが四時三十分。水神池で貢さんが発見されたのが五時で、この間三十分の時間が過ぎています。そして正吾さんは、徒歩で港まで行っていました。風神港から海龍路家までは早足で移動しても二十分ほどかかります。そこで貢さんを捜し殴りつけるのに十分。そして水神池まで行くのに二十分はかかるでしょう。そうなると合計五十分かかる」

「なるほど、そうなると早くても事件現場に着くのは五時二十分。五時の犯行時刻には間に合わないな。確かに時間の壁がある。いったいどうやったんだ？」

伏見主任が目を細める。

これに東山刑事が答えた。

「ひょっとして、共犯者がいるんじゃないでしょうか？　これなら離れていても、殺人を行える。それに、海で溺れている役と貢さんを運ぶ役を分けられるし。きっとそうですよ！」

これには伏見主任が強く手を振った。

「その意見には乗れない。一連の事件には強い執着心が見える。とうてい他人と共有できるような類《たぐ》いのもんじゃない。だから犯人は一人だ」

私もそう思う。

犯人は一人。共犯者はいない。

「ほかに人がいないとなると、いったいどうやったんです？　ひょっとしたら溺れていたのはロボットとか」

東山刑事は突飛なアイデアを呟いた。

「ロボット！　面白い考え方だな。確かにあのとき人の頭部分しか見えなくて、水しぶきしか見えなかった。要するに上半身だけ暴れてくれる機械がいればいいだけだ」

「おまけに海からは、なにも浮かんでこなかった。もし人が沈んだのなら浮いてくるはずです。でも、ロボットなら沈みっぱなしでもおかしくない」

「それに確か、声を出していませんでしたよね」

私は言った。

「え？」

伏見主任が驚いたように、こちらを見る。

「そういえば、声を聞いていない」

東山刑事も目を見開いた。

あの溺れていた人物を発見したのは、すぐそばにいた山王マテリアルの社員が水しぶきを見たからだ。そしてモーターボートで近づき、港にいた捜査員も船でやってきた。ほんの五分ほどのことだろう。そのまま、溺れていた人は沈んだ。

その間、その溺れていた人物が誰なのかわからなかった。水しぶきで顔が見えなかったのも原因の一つだが、もう一つは声を聞いていないのだ。

あれが人でなく作り物の機械なら、あり得る。

「やはり海を探せば、その残骸《ざんがい》が見つかるかもしれませんね」

「それより先にやることがある。今回は、犯人の手がかりがハッキリとつかめそうだ。貢さんが目を覚ませば、犯人の名を教えてくれる。ようやくゴールが見えてきた」

伏見主任は、少しホッとしたように見える。

そうだ。ここまでくれば、最有力容疑者は一人に絞られる。私は、その人物の行方を聞いてみた。

「正吾さんは見つかったんですか？」

「いや、港の待合室で消えて以来、姿を見せない。今、港もヘリポートも閉鎖して捜索中だ」

やはり犯人は、彼だろう。

海龍路家の遺産のすべてを手に入れるために、兄弟を消していった。

そのとき別の病室から悲痛な声が聞こえてきた。女性の声だ。

「正吾は……。正吾はどこにいるんです？」

海龍路明美さんの悲しげな声だった。

〈送信メール〉

Ｔｏ　深海警部

件名　最後の事件は未遂でした。

四番目の、そして最後の殺人は未遂に終わりました。

予想どおり、事件は水神の貯水池で発生しました。しかも、水に沈めるという江戸時代の処刑法に則《のっと》ったやり方です。おまけに、最初は海で溺れているように見せ、後に貯水池で死体を発見させるというトリックを使ってきました。

そうです。まるで死体が動いて、崖を登ったように見せかけているのです。

一、島の風火地水の神々が祀られた場所で、殺人は行われる。
二、江戸時代に実行された処刑方法で殺される。
三、殺された死体が、その後動き出したような形跡がある。
すべての事件に共通する特徴を、兼ね備えていました。


この事件で狙われたのは海龍路家の長男の貢氏でした。そして末っ子の正吾氏は未《いま》だ行方不明です。

事件後すぐに非常線を張って港とヘリポートを押さえ、脱出路は封鎖しました。けれど、島の人が言うにはどこかに船でも隠していれば逃げることは可能だろうとのことです。

おそらく、明日の捜査本部会議では海龍路正吾氏が殺人犯として結論されると思います。

長い事件は終わりました。

次は犯人逮捕です。

七夕菊乃

七月二十三日。

朝の捜査本部会議で、海龍路正吾の行方が未だにわからないことが報告された。

そして深夜に、隠していた船で逃走した可能性について日比野刑事が話をした。

「船を隠しておいたとなると、小型のモーターボートくらいでしょう。奇科学島から本土に渡ろうとすれば大型船が必要です。なので、逃走できたとしても八丈島がせいぜいだと考えられます。ですから八丈島の空港と港に捜査員を配置し、乗客のすべてに目を光らせています。現在、海龍路正吾らしき人物を見たという報告は入っておりません」

なるほど。確かに隠しておいた船があっても、渡れるのは八丈島くらいだ。そこをすでに押さえていたなんて、さすがである。

正吾さんはまだ、囲まれた網の中にいるのだ。

次に伏見主任が話す。

「今朝六時前に、海龍路貢氏の意識が戻った」

おお！

会議室に声が上がる。

「医師の許可をもらって、話を聞いてきた。結論を引っ張ってもしょうがないから話してしまうが、彼は犯人を見ていないと言っている」

あぁ。

失望の声が広がる。

「ただ、彼のことだから、たとえ犯人を見ていても、絶対に話すことはないかもしれん」

確かに。

犯人が弟の正吾さんだったとしたら、貢さんは死んでも話さないだろう。重蔵さんと同じだ。

「だが一つ、重要な謎が解けた。キックの指摘していた『時間の壁』の問題だ。正吾が海龍路家に戻り、貢さんを殴打して連れ去り、事件の発見場所に連れていったとなったら少なくとも五十分はかかる。しかし、貢さんが姿を消してから、水神池で発見されるのは三十分ほど後のことだ。この時間の壁をどうやって越えたのか？」

「どうやったんです？」

「貢さんが殴打されたのは、この島の病院の駐車場なんだ」

「ああ、その手がありましたか！」

私は声を上げた。

「どういうことです？」

東山刑事や、ほかの捜査員はポカンと口を開けている。

「病院は風神町の真ん中にある。つまり、事件現場、海龍路家、風神港の作る三角形のど真ん中にあるわけですよ。海龍路家から病院までは十分ほど、港からもそれくらいの距離ですよ。正吾さんは貢さんを病院に呼び出し、お互いにとって中間地点の病院で会う。そして殴打して水神池に連れていく。これも十分ほどの移動で済む中間地点を犯行現場にすることで、三十分以内の行動に収まるんです」

「なるほど。だとすると、貢さんは何者かに呼び出されたはずですね。いったい誰からなんです？」

「そこも手がかりなしだ。貢さんに呼び出しに使われたメールを見せてもらったが、どこから発信されたか特定するのに苦労しそうな捨てアドが使われていた。文面は『明美さんの容態が急変した。すぐに来てくれ』だったよ」

そんなメールを受け取れば、貢さんなら飛び出してゆくだろう。卑怯《ひきょう》なやり方だ。しかし、その反面このやり方は危険な気もする。確実に貢さんを殺害するなら海龍路家に直接乗り込んだほうがいいはずだ。

なぜ、犯人はこんな手の込んだ方法を取ったのだろう？

「つまり、貢さんの目撃証言は犯人を立証する材料にはならんということだ。現場に残った証拠を積み上げて、犯人の行動を立証するしかない。あと一息だ。犯人逮捕に全力を挙げてくれ！」

「はい」

捜査員が声を上げた。

「あ、キック」

皆が出ていった後、主任に呼び止められた。

「なんでしょう？」

「豊橋部長から内々で連絡があった。マスコミからお前への個人攻撃は、収束するだろうってな。人命救助したところがニュースで流れて、古見参事官がおとなしくなったそうだ。良かったな」

「はい」

確かにそれがやむだけで、格段に仕事がしやすくなるよ。


その日は奇科学島に来て何度目かになる大捜索が行われた。

今度は最有力容疑者の海龍路正吾の探索である。島の人たちは、時間があれば手伝ってくれた。

「本当は観光客が集まる時期なんだけど、これじゃね。ああ、でも気にしないで。警官や記者が集まったおかげで、島に落ちる金は本当に増えたから」

「多分、いつもの三倍はものが売れてるよな」

「宿の甲田《こうだ》さんが笑ってたよ。宿賃を三倍にしても、本土のテレビ局の人は払ってくれるって」

思ったより機嫌良く手伝ってくれた。

「でも、本当は祭りの準備も始めないといけないいんだろうけどな」

「ああ、あと三週間ほどだな。四神まつりまで」

「神主の犬次郎さんがぼやいてたよ。それまでに島が平和になってほしいって」

「確かに」

「静かなのが一番だな」

「重蔵さんは、オレたちの生活を守っていてくれたんだよな」

皆が肩を落とした。

「なに、島には貢さんがいるじゃねえか」


私は再び、喜角神社を訪れた。

犬次郎さんに、事件現場に残されていた着物を見てもらうためだ。

再びあの客間に通され、私は写真を三枚広げた。

「ほぉ、殺人現場……じゃなく、殺人未遂現場に着物があったのか？」

「この柄なんですけど、見覚えがありますか？」

「紺色の大きな矢絣《やがすり》の模様か……。はて、どこかで見たような……」

犬次郎さんは答えを探すように宙を見た。

「見た覚えがあるぞ……」

そう呟いている間に、私が先に答えを見つけた。

「あれだ！」

客間にある写真の中に、同じ柄を見つけたのだ。しかも、見覚えがある人が着ていた。

「この人は、烏森露子さんじゃないですか？　来瞳さんの祖母にあたる人」

「おお、そうじゃ。道理で見たと思ったが、ここにあったのか」

「と、いうことは、これは露子さんの着物ですね。白衣の次は着物か……。あれ？でも確か、ここの蔵は鍵をかけてあるはずですよね」

「ああ、前回こっぴどく怒られたから、ちゃんとかけてある」

「と、いうことは、白衣と一緒に盗み出したのか」

「今度、目録とキチンと照らし合わせて、確かめてみんといかんな」

犬次郎さんは困ったようにヒゲをいじった。


午後六時。

協力してくれた島の人たちとで、お酒を酌《く》み交わすことになった。

貢さんの意識が無事に戻った祝宴というのが、その名目だ。

とれたての魚で作った刺身や煮付け、天ぷらが並ぶ。

「島ではね、刺身醤油に唐辛子を入れるんだよ」

「ああ、これはピリッとしておいしいですね」

もずくを酢で和えたもの、島寿司、島の野菜の天ぷらなどなど。素朴だけれどおいしい料理が並んだ。

正吾さんが見つかれば、この事件は終わる。あの、奇怪な黒い霧の中からようやく道が見えた。

捜査員の中にそんな楽観的な雰囲気が広がっていた。

でも、果たしてそれで終わりになるのだろうか？

私の中には引っかかり続けていることがある。どうしてもこの疑問が消えないのだ。

「なんだキック、浮かない顔だな。正吾が見つからないことが気になるのか？」

金山刑事が赤い顔で話しかけてきた。

「いえ、この事件全体のことを考えていたんです。どうしても納得できないところがあって」

「なにが？」

考えすぎかもしれない。ここまで捜査が進んで、うがちすぎた意見をわざわざ出すのもどうかと思う。

伏見主任は私にビールをついだ。

「言ってみろ」

「はい」

ビールを一口飲む。

「この事件は最初から、連続殺人を意図して計画されていました。最初は八丈島沖に現れた帆掛け船の生首で、その胴体は風神町の廃船置き場から見つかりました。被害者は海龍路家の次男の慎二さんです」

「うん、それで？」

「次の事件はこの島の東にある灯台で起きました。あの晩、灯台の点滅の仕方がおかしくて現場に駆けつけました。そうしたら鍵のかかった建物の中から炎に包まれた人間が飛び出してきて、そのまま崖下に落ちていきました。被害者は海龍路家の長女の秀美さんでした。不可解なのは死体の状況です。炎に包まれ海に飛び込んだ彼女が、じつは数時間前に刺し殺されていたということです。さらに言えば、あの灯台は密室でした。すでに殺され炎に包まれていた秀美さんが、内側から鍵を開け飛び出してきた。そして中には誰もいなかった。犯人さえです」

「うむ。そのカラクリは、送検するまでに解き明かさなきゃならん謎だな」

「そして二つの殺人現場には、犯人が烏森来瞳さんであるように見せかける手がかりが残されていたわけです。ここで深海警部はこんな推理を立てました。事件が首を切り落としたり、火を放ったりと残酷なのは、世論を利用するためじゃないかと。事件がひどければ人は心を揺さぶられ、犯人を早く捕まえろという気持ちになる。やがて警察に圧力がかかるようになるだろうと。つまり、目の前にいる最有力容疑者である来瞳さんを早く捕まえさせようとしていた」

「そうだ。しかし、証拠がない。だから、彼女を八丈島に追いやったわけだ」

「はい。そして来瞳さんは逆転の罠をかけた。嵐の海を渡って奇科学島に戻り、秘密裏に留置場に自分から閉じ込められたんです。この間に事件が起きれば自分のアリバイは証明され、犯人でないことがわかってもらえると。果たして第三の事件が起きました。地神島の見える岬で海龍路重蔵さんが生き埋めにされたんです」

「ああ。高架索道から鉱石を降らされた。そして事件現場の近くには白壁杜夫の白衣が掛けられていた。烏森来瞳の祖父に当たる人物の白衣だ。犯人はおそらく彼女に罪をかぶせようとして引っかけておいたんだろう」

「そう。そして最後に残ったのは貢さんと正吾さんだけになった。誰もが、どちらかが殺され、どちらかが犯人だろうと思った」

「そして貢氏が殺されかけた姿で発見され、正吾氏が行方不明だ。我々は彼を最有力容疑者として追っている」

「そこが不思議なんです。今までの犯人の行動と違うんですよ」

「なにが？」

「完全犯罪を目指しているはずなのに、最後の殺人で、身代わりに捕まる人間を用意していないんです」

「ん？」

「ああ、そういうことか！」

「言われてみれば、そのとおりだ！」

そうなのだ。第四の殺人だけは、あたかもほかの人間の仕業に見せかける細工がなされていない。この部分が前の殺人と違うのである。

「貢さんが殺されれば、自動的に正吾さんが犯人と疑われる。そんな状況で、この連続殺人を実行したのでしょうか？」

「しかしほかに誰がいる？　島に詳しい人間で、海龍路家の兄弟を消し去って得をする人間はいったい誰だ？　しかも犯人は強い怨念の情を持っている」

いったい誰なのか。
今は明確にはわからない。

〈受信メール〉
Ｔｏ　キック
件名　なし
明日、行く。
深海安公

第六章　火口

1

七月二十四日。

薄い雲が、奇科学島を覆った。

雨と風はセットでやってくるこの島で、今日は雨だけがまっすぐ降っている。

午前八時。

母親の明美が警察の事情聴取に応じ、息子である正吾が犯行を告白したのを聞いたとの連絡が入った。

体調を崩して入院し、息子の正吾がずっと看病をしていた。

「そのときに話してくれたんです。たった一言だけだったんですが」

伏見主任の事情聴取に明美さんが小さな声で話した。

「『自分は人を殺した』って、そう言って消えてしまったんです」

「どこに行くか聞いていますか？」

「いいえ、お願いですからあの子を助けてください。罪は償わせますから、どうか命だけは助けてください」

彼女は、そう懇願《こんがん》したという。


午前九時の連絡船に乗って、アンコウがやってきた。

毎回、あの奇妙な服を着替えさせられるのが面倒なのか、今日は紺のパーカーに白の綿のパンツをはいている。

そして背中には大きなリュックを背負っていた。

「深海警部、ご苦労様です」

一緒に出迎えに来た東山刑事が、先に見つけた。

「東山、ちょっとリュックを持ってくれ」

「おっと、えらく重いですね」

「オレがひっかき集めた資料だ。海に落とすなよ。ところでキック、なにキョロキョロしてたんだよ」

「あ、いえ……」

「なんだよ！」

とりあえず正直に白状しておこう。

「ここから連絡船の上に、赤と白の縞模様の荷物が積んであるの、見えるじゃないですか」

「ん？　ああ。島で誰かが注文した海辺で使うような派手な日よけのパラソルだな。あれがどうした？」

「あれが、深海警部だと思ったんです。だからずっと動き出すのを待っていたんですよ。そうしたら、普通の格好をした警部が現れたんで、ちょっと驚いたんです」

東山刑事が腹を抱えて笑った。

「わかったキック。今度から見つけやすい格好してやるよ」

「本当にやめてください。今の服装が一番ですから」

きっと、本土に戻ったらいつもの服に戻るに違いない。


捜査本部会議が終わると捜査員は再び島のあちこちに駆け出していった。

島の中に犯人が隠れている。その可能性が高いのだ。

刑事は犯人を捕まえた者が勝ちだ。そしてこの勝ちが、目の前にある。

ところが私と東山刑事、そして伏見主任は会議室に残っていた。

そしてアンコウがリュックから広げた紙の束を見ている。

「深海、なんだこれ？」

伏見主任は中の一冊を取り上げて、パラパラとめくる。

「うわ、なんだかわけのわからない記号がたくさん書いてありますね」

東山刑事が悲鳴を上げる。

「化学の記号ですね。教科書では見たことがないってことは、専門の学者が合成したような化合物ですか。ひょっとして、薬？」

「おお、さすがキックちゃんは察しがいいね」

「わかった。製薬化学を専攻していた白壁杜夫の研究ですか！」

「あたり！」

そう言いながら、自慢そうに紙の束をなでた。

「集めるのが大変だったんだぜ。奴の経歴を最初から調べて追跡したんだからな。結局、奴が卒業した大学の地下資料室でホコリをかぶっていたのを救い出したのさ」

「強盗事件の担当もしながら、捜し回ったのか」

伏見主任が感心したように言った。

「と、いうことは、今回の事件は白壁杜夫の研究が鍵になるってことですか」

「いや」

「は？」

「でもさ、気にならないか？」

「なにが？」

「白壁杜夫が言ったっていう、最後の言葉の意味さ。『薬の秘密は、この島にあるんだ』ってやつ」

「……。事件に関係があるなら、気になります」

「なんだよキック。好奇心がなくて、よく警官が務まるな」

「いえ、市民生活の平和を守るためにやっています」

「じゃあ、オレが一生懸命集めたこの資料に、意味はないって言うのか？」

知るか！

声に出しそうになるのを、主任が割って入った。

「ま、まぁ……深海の話を聞こう。お前はなにを調べてきたんだ？」

「ひょっとして、不老不死の研究を本当にしていたとか」

東山刑事が乗り出してきた。

「いや。白壁杜夫の研究していたのは鎮痛剤だ」

「なんだ」

「なんだじゃねぇよ。今オレたちが飲んでる薬なんて、六十年前じゃ奇跡のような薬だぞ。頭痛も胃痛も今じゃ一発で抑えてくれるような薬があるが、昔は効きが悪い上に副作用だってひどかったんだ。だから、鎮痛剤や胃薬の研究だって、今より何倍も求められていたんだよ」

考えてみれば、技術の進んだ時代に生きている私たちは、当たり前のようにその恩恵に浴している。六十年前だと、ストレスで胃が痛くなるだけで下手をしたら慢性化して大事になっただろう。

「それで白壁杜夫は、その鎮痛剤を研究していたんですね」

「ああ。大学の研究室で、その製剤の抽出と結晶化に取り組んでいる。そしてそれが成功し、治験が行われた。だが事故が起きた。その薬を飲んだ半数は効果が現れたんだが、半分は熱を出したりひどい腹痛を起こしたりした。その中で四名が亡くなったんだ」

「え？」

東山刑事が声を上げた。私も驚いた。

「なぜ、半分なんです？　その薬がだめなものなら全員に被害が出るはずなのに、半分に効果があったなんて」

「まぁ、今の化学をやってる学生や研究者なら、なにが原因か、すぐにピンとくるとは思うが」

「そんなに有名な現象なんですか？」

「キラル分子だよ」

「キラル分子？」

初めて聞いた言葉である。少なくとも大学受験までには習ったことがない。

アンコウは右手を差し出した。

「いわゆる『対掌体』とも呼ばれる構造だな。薬の結晶構造がこんなふうに右手の形をしているとする。こいつを生成して薬にしたとき、じつは鏡に映ったような左手の構造をした結晶も、二分の一の確率で同時に生成されてしまうことがある」

そう言いながら、左手を出した。

確かに形は似ているが、指の位置は全く逆になる。

「つまり、野球のボールやクリスマスツリーの星みたいに鏡に映しても同じ構造をしているのが非キラル。手のひらや招き猫のように鏡に映すと逆の構造を示してしまうのがキラル分子と、いうわけだ」

「それが薬の分子構造にも起こるというわけか。だが、その構造が違うとまずいのか？」

伏見主任が不思議そうに聞いた。

「そう。薬の分子構造が逆になると恐ろしくまずい。鏡に映したように左右が違うだけなんだが、全く違う物質になる。たとえばサリドマイドという薬は薬禍事件を起こしたことで有名だ。妊娠中にこれを服用した人から、短肢症を起こした子供が生まれるという悲劇が起きた。じつはこれも、キラル分子が原因だった。片方の分子構造は睡眠薬として効果を示したが、もう片方の構造は悲劇を生んでしまった」

「なるほど。構造が逆になると毒薬になってしまうわけですね。でも、そういう事故を防ぐために、逆のキラル分子だけ除けばいいんじゃないでしょうか」

「うん。その方法を考えたのが日本人の化学者で、ノーベル賞を取った野依《のより》教授だよ」

「え！」

そうだったんだ。

「六十年前だとキラル分子というものの存在は、あまり知られていなかった。少しずつその情報が広まっていた頃だが。今みたいにネットで情報が、瞬時に共有できる時代じゃないからな」

「つまり、今なら『キラル分子』が原因とわかる薬の失敗を、白壁杜夫は犯していたわけだが、当時はそれがわからなかったんだ」

「そのとおり。そしてこの奇科学島にやってくるわけさ」

「と、するとその実験の失敗の原因を調べるために、この島にこもっていたことになりますね」

「そうだよ。ようやくそこまで話を理解したか。だったら、オレの出した結論もわかるよな？」

「は？」

「いや、全然」

「なにか、わかるんですか？」

天才の論理は、凡人にはついていけない。

「わかるだろうが！　オレは最初に言っただろう。白壁杜夫が死ぬ間際に『薬の秘密は、この島にあるんだ』って、言ったって！」

「ん？」

白壁杜夫は、亡くなる間際に薬が失敗した理由をひらめいたということは、薬の分子構造に鏡像体が存在して、予定と違う薬効を示したことに気づいたのだ。

その答えを、奇科学島に見つけ出した。

「と、いうことは、この島にキラル分子を示すものを見つけたということになりますね」

「そうだよ！　風火地水の祠の配置から、そのことに気づいたんだ！」

「ああ！」

この島には東西南北にそれぞれ、風火地水の祠がある。それを原子に見たてていたのか！

「つまり、四つの原子がそろったとき、鏡に映ると逆になるキラル分子になるんですね」

私はホワイトボードに書いて見せた。

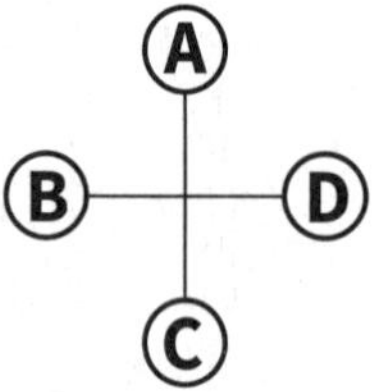

アンコウはそれを見て首を振った。
「違う。原子四つだとこうつながる」

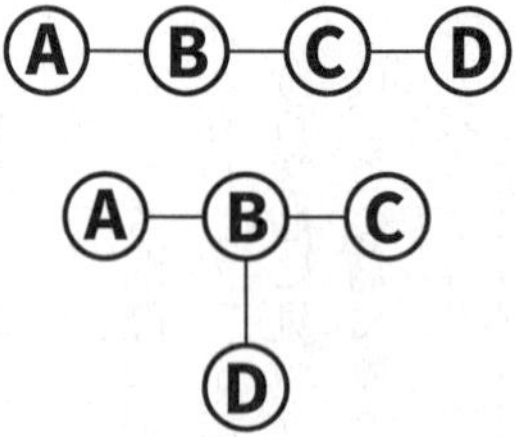

「本当だ。キラル分子にならないんですね。じゃあ、白壁杜夫の発見につながりませんよ」

アンコウは楽しそうに笑いながら、手に持ったフェルトペンを振って見せた。

「つながるんだよ。こうすれば……」

そう言って、ホワイトボードに別の分子構造を書いて見せた。

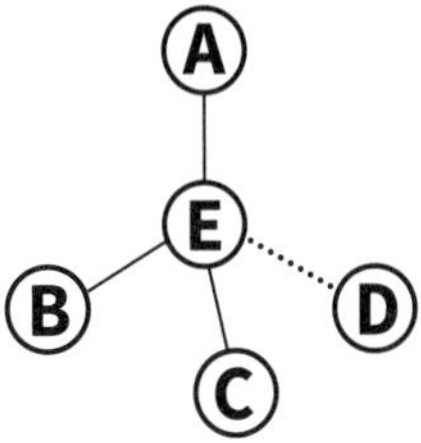

「ああ！」

確かにこの構造の分子なら鏡に映ったとき、別の構造を示す。つまり、キラル分子だ。

でも東山刑事は、アンコウの説明に不満を示した。

「でも、この絵には原子が一個増えているじゃないですか。島には風火地水の四つの祠しかない。この五つ目の丸を書くのはおかしくないですか？」

「そんなことねえよ。よく思い出せ。白壁杜夫は間違いなく祠の位置で、キラル分子の秘密に気がついたんだよ」

皆は顔を見合わせる。

五つ目の祠？

「わかりました、深海警部！」

私は叫んだ。

「喜角神社です！　この島のご神体になる喜角山を祀った神社が五つ目の祠だ！」

アンコウは嬉しそうに手を叩いた。

「正解！」

確かに見落としていた。奇科学島には風火地水の四つの神々が四方に祀られているが、それは喜角神社という本体を中心にして配置されているのだ。

真ん中に一番大きな祠を持ち、島の中心にある火口を鎮める役を担っているのだ。

「つまり白壁杜夫は火口で殺されそうになったとき初めて、自分がいる位置を中心に、島の祠がキラル分子を示していることに気づいた。そして、自分の生成した鎮痛剤には、鏡に映したような別の構造が存在することに気づいたわけですね。探し求めた失敗の理由をついに見つけた」

「そのとおり！」

「でもなぜ、その瞬間だったんでしょう？　彼は奇科学島に住み、祠の位置もよく知っていたのに、なぜ、死の寸前でなければならなかったのか」

「やはり自分が殺された場所が、島の中心である喜角山の火口だったからじゃないですか？」

東山刑事が首をひねる。

いや。私は答えを見た気がする。

「殺される白壁杜夫が、最後に見たもの……」

「どうしたキック？」

アンコウが興味深そうな目をした。

「わかった！　祭り半纏だ」

「祭り半纏？」

「民俗博物館で見たんですよ、新聞記事を。白壁杜夫が島民にフィラリアの薬を与えたのが七月です。その後、彼は殺されている。そして犯人たちは祭り半纏を着ていた。夏にある島の大きな祭りといえば……」

「四神まつりだ！」

「そうです。江戸時代から始まっているから、六十年前にもあったはず。つまり、白壁杜夫は火口で殺されるときに、目の前に四神まつりの半纏が現れた。このとき初めて五つの要素の配置に気がついたんです。キラル分子があると」

「なんてことだ。死の直前でないと、彼はこの答えに辿り着けなかったってことか」

皮肉なことである。ひょっとしたら彼は命と引き換えにしてでも、この答えを求めたのかもしれない。そして運命は、本当に命と引き換えに答えをくれたのかも……。

「さてと。それじゃ犯人を捕まえに行こうぜ！」

アンコウが突然言い出した。

「え？」

伏見主任は目を丸くする。

「お前、海龍路正吾がどこにいるかわかるのか？」

「おいおい。オレが趣味でこんな重たい書類を持ってきたと思うのかよ。犯人逮捕のための大事な資料だからに決まってるだろ！」

「大事な資料？」

「もう一度、このキラル分子の構造を見ろ。そして、事件の構造と比較しろ！　なにか違う点があるはずだぞ！」

アンコウはホワイトボードに描かれた図を叩く。

図の中には風火地水のほかに「火口」の文字が、加わっている。

「ああ！」

私は叫んだ。

そうだ。四大元素で考えるんじゃない。キラル分子と考えるなら五大元素と見るべきなんだ。

「殺人は四つじゃない。五つ目があるんだ！」

「そうだよ！」

アンコウは、私たちの鈍《にぶ》さにあきれたようだ。

「それはどこだ！」

「伏見、オレの話を聞いてないのかよ！」

「五つ目の祠があるのは、喜角神社か！」

伏見主任は答える。

「いえ、そこじゃない！」

私は答えた。

殺人現場は祠の近くの、祀られる神にゆかりのある場所だ。この奇科学島で最後に残された殺人現場は……。

「喜角山の火口です！」

私は言った。

2

垂れ込めた雲が、その先の風景を見せてくれない。

捜査員全員が喜角山に集められ、山狩りが始まった。

主立った山道から登り始め、火口を目指して進むこととなった。しかしこれで逃げ出せる道をすべて塞いだことにはならない。いくら小さな島とはいえ、私たち人間には、やはり巨大で手に負えない存在なのだ。

私とアンコウは山道を登る。

「第五の殺人が行われるとなれば、被害者は誰なんでしょうね」

「さぁ。間違いなく海龍路家の誰かだろうな」

アンコウは坂道にあえぎながら答えた。

でも彼の推理で、犯人の行動の先を読んだはずだ。今度こそ奴を捕まえてみせる。

第五の犯行の可能性があることを知って、伏見主任は真っ先に、病院に向かった。貢さんと明美さんの病室の警戒を強めたのだ。間違いなく一番の警戒ポイントである。

東山刑事は港に向かった。

烏森来瞳の警護である。濡《ぬ》れ衣《ぎぬ》を着せる相手としての役を失った彼女も、今は犯人のターゲットになる可能性がある。

この三人の所在は厳重に確認され、ガードをがっちりと固めた。これ以上の殺人を、絶対に許してはいけないのだ。

「周りが霧に囲まれてなにも見えない」

「クソッ！　地図にない道が、あっちこっちにある」

「進路を間違えた。いったん引き返す」

無線から混乱の声が聞こえる。

「おい、キック。お前の進んでる道は合ってるんだろうな？」

アンコウが息を切らして聞いてきた。

「大丈夫です」

この島に来たばかりのとき、矢場巡査の案内で白壁杜夫の診療所を見に来たときの道だ。見覚えがある。

「ホラ、あれ。奇科学島の名前の由来になった白壁杜夫の家ですよ」

白いコンクリートの建物が林の中で朽ちている。

「寄っていこう」

アンコウがウアジェトの目をキラキラさせて、廃墟に入っていく。

相変わらず夏草が敷地を占拠している。もっとも彼ら以外、ここに誰が住めるというのか。

「見ろよ」

アンコウは青い缶を拾い上げた。

「なんです？」

「固形燃料の缶だ。ここで誰か火を使っていたんだ」

「え？」

「犯人の隠れ家じゃねえのかな」

「ちょっ……、その缶、ここに！」

慌てて鞄からビニール袋を出した。

「鑑識を呼びます」

「今日一番、いけてるアイデアだ」

アンコウは地面を見ながら、面白そうに笑った。

「あっ！」

私は声を上げた。

「これ、菓子パンの袋だ。あんパンて書いてある。まさか殺された秀美さんはここにいたんじゃ……」

考えてみれば、島の人間はこの白壁診療所があった場所を一番恐れている。進んで近づこうとはしない。つまり、隠れ家としては最高の場所なのだ。

Ｐフォンで連絡を入れ、捜査本部にいる鑑識員を白壁診療所に呼んだ。

その際、地元住人に道案内を頼むよう、念を押す。でなければまた、迷子を増やしてしまう。

アンコウは相変わらず地面を見てなにか考え込んでいる。あたりを見回し、そして呟いた。

「こっちか……」

アンコウは本道を外れて、勝手に霧の中を進み出した。

「待ってください。そっちに行ったら迷いますよ」

「べつにハイキングに来たわけじゃねえ。犯人を捜しに来たんだろう」

「そりゃ……。まさか、今歩いてる道の先に犯人がいるんですか？」

「わからねえけど、行ってみる価値はあるぜ。ほら、見ろよ」

彼が指さす地面に、ひっかいたような跡がある。なにかを引きずったような。

「これ、重いものを引きずってるんですかね」

「人間じゃねえか？」

「！」

確かにそれくらいの重さのものを引きずった跡が、林の中を頂上に向かっている。

「すでに誰か、殺されているんですか？　それを犯人は引きずっている」

「確かめるいい方法があるぜ。聞きたいか？」

「この跡を追えばいいんですね」

「キック。今日は冴《さ》えてるな」

地面の跡を追う。

霧はだんだんと深くなり、自分たちが山の中にいることさえ、見失いそうになってくる。

　白い暗闇だ。

「でも、いったい誰が犯人なんでしょうね。海龍路家の関係者は全員に現在、警護の人間がついています。なのに、こんなふうに、引きずられている人物がいるなんて」

「そりゃ、条件を変えて考えれば可能なんじゃねえのか？」

「条件を変える？」

「犯行には、いろんなパラメーターが存在するだろう。たとえば動機面にしても金銭や憎しみ、それに愛情だって殺人の引き金になるわけだし。誰でも良かったなんて殺人者も現れる」

「まぁ、どれも納得はできませんが」

「そうとも。人それぞれに納得ができる動機が存在するし、他人はどこまで行ってもそれを納得なんかできない。殺人はそういうものさ。それはともかく、動機だってアリバイだって条件を変えて見てやれば可能性は変わる」

「つまり、固定観念に捕らわれるなってことですか」

「一番つまらない言い方だな」

　そりゃ、申し訳ない。

「もっと気楽に考えろってことさ。どうせ、最後は納得できないんだから」

「はぁ」

確かに、そうかもしれない。殺人の動機は、突き詰めれば個人的な理由なのだ。他人がどこまで行っても理解なんかできっこない。

「深海警部は今回の事件の犯人を知っているんですか？」

「知っているわけじゃないが、見当はつくかな。なんせ四つの連続事件を引き起こしてるんだ。自然とその事実が指し示す人物はいるよ」

「指し示す？」

「最初の事件は海龍路家次男の慎二が殺された。首を切られ、帆掛け船に乗せられた。その船はこの奇科学島の博物館の隅から引っ張り出されたものだ」

「そうです、そして風神町の廃船置き場から胴体は見つかりました。古い釣り船の密室状態からです。遺体の手には南京錠の鍵と、烏森来瞳の名札が握られていた。まるで、首を切られた慎二さんが動き出して鍵をかけたような状況で。そしてその犯人は来瞳さんであるように見せかけられていた」

「ああ。だがあの船室は密室じゃない。鎖はドアの外から隙間を使って絞ることができたし、南京錠を室内に押し込むことができた」

「でも、その状況はまるで白壁杜夫が研究していたと言われる『不老不死』が成功していたかに見えるようでした。さらに、現場には来瞳さんの名札が残っていた。まるで彼女が犯人のようだった」

「そう、そして第二の殺人が起きた。島の東にある灯台で、海龍路秀美が炎に包まれ殺された」

「心臓を刺され、数時間前に絶命したはずの死体が、なぜか火をつけられて走り去り、海に飛び込みました。現場には来瞳さんが呼び出されていて、遺体の胸に刺さっていたナイフは彼女のものだった。さらに謎だったのは、秀美さんが飛び出してきた灯台の部屋には鍵がかかっていたはずなのに、誰もいなかった。ドアを開け、火を放ったはずの犯人が、まるで煙のように消えていた」

「首を切り落としたり、火を放ったり。なぜ、ここまで残酷な殺人方法を取るのか。なぜ、風変わりな殺人状況を作るのか。最初は不思議だったわけだ」

「でも、深海警部はこう判断しました。犯人は世間の注目を集め、正義感を煽る目的で残酷なやり方を見せている。世論は警察に『早く犯人を逮捕しろ』と、圧力をかけ始める。目の前には烏森来瞳がやったという証拠がばらまかれている。それに食いつくように誘う仕掛けだと」

「完全犯罪は、冤罪事件が一番だからな。殺人を犯して捕まらない一番の方法は、別の犯人を仕立てることだ。後は警察組織が自動的に、全力で真犯人を逃がしてくれる」

恐ろしい話である。

そうならないためにも、事実をキチンと見極めなければならない。

「でも、追い詰められた来瞳さんは逆転の手を打ってきました。自ら秘密裏に留置場に入り、犯行が起こるのを待った。そして地神島での事件が起きて、自分のアリバイを証明してみせた。犯人にとっては、計算外の行動だったでしょう。まさか、嵐の海を渡って奇科学島に戻ってくるなんて、考えもしなかったでしょうから」

「確かにな。海龍路重蔵を殺した後、犯人は悶絶《もんぜつ》しただろう。自分の殺人計画が完全に崩れたんだから」

「犯人は白壁杜夫の遺品である白衣を神社の蔵から持ち出し、わざわざ現場に引っかけていた。これで彼の孫である来瞳さんを疑わせようとしていたんです」

「そして第四の事件が起きた。風火地水の祠の中で残された一ヵ所。水神池だ」

「絶対にこの場所で事件が起こると思われた場所で、まんまと犯行を許してしまいました。貯水池を厳重に見張っていたら、その真下の海で人が溺れているように見えた。水を使った殺人だと思い込んでいたので、海で殺人が行われたと早合点《はやがてん》して、捜査員全員で崖を下りてしまいました。途中で引き返して、難を逃れたのは本当に幸運でした」

「まぁ、伏見あたりは一番ホッとしただろうな」

アンコウは皮肉な笑みを浮かべる。

主任だけではなく、捜査員全員が安堵した一件である。とにかくこれ以上の被害者はなんとしても出してはならない。

でも、私の目の前には不気味な跡が、山の上に続いている。

いったいなにを運んでいるのか。

「だが、キック。ちょいと考えてみなよ。一連の事件で烏森来瞳が犯人のように偽装され、それが成立するように様々な細工がなされていた。この事件の肝といってもいい重要な要素だ。それが彼女の反撃で消え去り、第三の事件ではアリバイが証明された。つまり、犯人の意図はそこで完全に崩されたわけだ。その事実は第三の事件が起きた後、この島中の皆が知っていた。犯人もそのことに気づいたはずだ」

「のたうち回ったでしょうね」

「ではなぜ、第四の事件は起きたんだ？」

「へ？」

「だから。犯人は自分の罪をかぶせる相手を完全になくしたわけだよな。つまり、計画した完全犯罪にはなり得ない状況に変わった。なぜ、犯人は手を引かなかったんだろう？」

そうなのだ。私も疑問に思っていた点だ。完全犯罪を実行したいなら、犯人は罪をなすりつけられる相手を見つけていなければならない。

でも、それをせずに第四の犯罪を実行した。

この犯人は相当に頭がいい。なにか明確な理由があるはずだ。

「三番目の地神島の事件が起きた直後、容疑者は二人に絞られていたはずだ。長男の海龍路貢と末っ子の正吾だ。そして第四の事件が起きるとするなら、どちらかが殺され、どちらかが犯人だと疑われる状況にならなければいけない。そうだな」

「はい。海龍路家に関わりのある来瞳さんはアリバイが証明され、母親の明美さんは病院に寝たきりでした。残るはその二人です」

「そして、貢が襲われた。自動的に犯人は正吾と見なされている。現に今奴は姿を消しているわけだからな。犯人が不利になるだけの犯行だ」

「……可能性は、いくつか考えられますね」

「たとえば？」

「自分は逮捕されてもいいから、殺人計画を遂行したい。この場合は金銭目当てというより、怨恨《えんこん》が動機だと考えられます」

「最有力容疑者と考えられている海龍路正吾が、そこまで頭に血が上ったような行動を取るか？」

「はい。父親が違う兄弟たちを嫌い、排除したい気持ちが強かったのかもしれない。ましてや海龍路重蔵は母の明美を疎《うと》んじたところがあった。彼は母親のことになると我を忘れて乱暴な態度を取ることがあります」

「うん、悪くない。ほかの可能性は？」

「これとは真逆の考え方です。犯人はやはり完全犯罪を狙っている」

「ははは！」

アンコウが手を叩いて笑った。

「いいぞ、キック。いったいどうやって？」

バカにしているかと思ったら、そうでもないらしい。欲しかったオモチャを手にした少年のような眼でこちらを見ている。

「やはり、犯人の最初からの計画どおりです。誰かに濡れ衣を着せるんですよ。最初は烏森来瞳さんを利用しようとしたけどそれが失敗した。だから別の人間を仕立てて、犯行を実行しようとした」

「ああ。惜しいな」

「なにがです？」

「いいところまで行ったのに、途中で別の道に入っちまった」

「いったい……」

「シッ！」

アンコウが口に人差し指を立てた。


森林限界に、さしかかったところだった。

火口近くの硫黄の濃度と乾燥に耐えられなかった木々が倒れ、人の遺骨のような姿で溶岩の上に散らばっている。

私とアンコウはその倒木の陰に、隠れた。

「どうしたんです？」

「向こうから、音がした。地面を踏みしめるような」

彼が指さす先に目を凝らす。

霧は白く舞い、その向こうを見せてくれない。

ジャリ。

「……。聞こえますね」

「だろ？」

私は静かに無線を切った。こんなところに呼び出し音が鳴ってはたまらない。

それにしても、音の正体はなんだろう。

ほかの捜査員がここに来ているのだろうか。でも、さっきの通信ではずいぶん道に迷っていたようだし、なにより私たちが予定のルートから外れて、山頂を目指してきた。別働隊と交差する可能性は低そうだ。

ジャッ。

再び、足音が響く。

私は腰に下げたマグライトを手にした。

「深海警部。証人になってください」

アンコウは怪訝な顔になる。

「なにを始める気だ？」

「一か八か、制圧します。もし捜査員だったら、悪気はなかったことを証言してください」

「キック、冴えてるな。行け行け！」

走った。足音のしたほうへまっすぐに。

「？」

ところが十五メートルほど進んだところに来て、誰もいない。あたりを見回しても、濃い霧が漂うだけである。

隠れるような大きな岩も、倒木もない。開けた場所に黒い溶岩が広がるだけである。

足音は、なにかの聞き違いだろうか？　でも、距離的にはこのあたりだ。もう少し進もうか。

迷っていると、後ろに気配を感じた。振り返る。

誰もいない。

背筋に冷たいものが走る。

ひょっとしてこのあたりは、白壁杜夫が殺された場所ではないだろうか。

そう思った矢先、骨のような霧の色に紛れて、一本の白い線が見えた。

枯れかけた木だ。

色があまりにも似ていて、そこに木があることに気づかなかった。

木を見上げる。

黒いものが不意に、飛び降りてきた。次の瞬間、両腕に激痛が走る。

木の上から飛び降りてきた影は、私に跳び蹴りをかましてきたのだ。それを両腕でブロックして防いだのである。

いや、防いだは言いすぎだ。

頭を守り、失神するようなことはなかったけれど、三メートルほど吹っ飛ばされた。溶岩の上で受け身を取ると、背中に尖《とが》った石が突き刺さる。

「いったぁあ！」

「キック、大丈夫か？」

アンコウが飛び出してくる。それに影が反応し、逃げ出した。

「応援を呼んでください。あと、山の麓を封鎖して！」

そう叫んだ刹那、木の上にもう一つの影が見えた。

「なっ？」

その影からは紐《ひも》のようなものが伸びて、木の枝に結びつけられている。

霧に阻《はば》まれてよく見えない。けれど、人間が首にロープをかけられ、枝につり下げられているようだ。

「深海警部、木の上に死体があります！　捜査員を呼んで降ろしてください。私は犯人を追います！」

「いけるのか？」

「大丈夫です。お願いします！」

背中の痛みに耐えて起き上がった。

アンコウに犯人を追わせる役割分担はあり得ない。ここにいる私があの影を捕まえないと。もう二度とこんなチャンスはないのだ。

影は山を駆け上がっていく。

ちょうどいい。下に向かわれたら木々が邪魔をして、見つけられなくなる。

私は奴を見失わないように、追いすがった。

次第に硫黄のにおいがきつくなり、火口に近づいていることがわかった。垂れ込めた雲のほかに、火口からのガスも混ざり始める。

「しまった、そういうことか！」

さすがに犯人は、土地のことをよく知っている。下の木々に紛れるより、山頂の雲とガスに隠れる方法を選んだのだ。

もはや三十センチ先も見えない。足音を頼りに後を追うが、その音も止まった。

真っ白な世界だ。

完全に見失ってしまった。

「どちらに行こう？」

間違ったほうに動けば逃がしてしまう。霧は晴れそうにない。仲間が来るまで持久戦に持ち込むか。いや。ひょっとしたら、とっくに逃げているかもしれない。どうすれば……。

地面を見て、ふと思いついた。砂を摑み、そのまま扇状にばらまいてみた。

ザッ。

地面に砂が落ちる音が響いた。もう一度摑んで今度は右側に扇状にばらまく。

ザッ。

やはり同じだ。

次は真後ろにばらまいた。

パラ。

砂がなにか、布状のものに当たる音がした。犯人の服に当たったのだ。素早くそちらに駆け出すと、霧の向こうでなにかが走りだした。奴だ！

今度は山を駆け下り始めた。

足を滑らした瞬間、大けがは免《まぬが》れないスピードで走っている。

「なんて奴なんだ！」

こちらもつきあって、同様のスピードで駆け下りるしかない。

段差のある岩を次々と飛び移り、倒木を飛び越える。高度が下がるにつれ、霧が薄まり始めた。

「このままだとラチがあかない！」

目の前に突き出た枝に、鉄棒のようにつかまる。その勢いで体を振り子のようにして勢いをつけ、目の前の影に向かって飛び降りた。

さっきこいつは、私に跳び蹴りを食らわした。だから同じことをしてやった。

「がっ！」

蹴りは見事に肩に命中し、相手は勢い良く山道を転げ落ちる。

残念なことに私も転げ落ちた。蹴った後の着地のことなんか考えていなかった。

二人ともクマザサの藪《やぶ》に突っ込む。

一瞬早く、相手が立ち上がる。手にした大きな石を振り上げ、殴りかかってきた。

私は跳ね起きて、相手の腕を狙って蹴りを入れる。

「ぎゃっ！」

痛そうな悲鳴を上げた影は、振り上げた石を自分の頭に落とした。

そのまま、声もなくうつぶせに倒れた。

私は影の人物に、手錠をかけた。

ようやく周りの霧が晴れ、見通せなかった風景が姿を現した。


七月二十八日。

アスファルトの熱が、風景を歪めていた。

三週間ぶりに本土に戻ってきたのだ。

自分が過ごしてきた蒸《む》し暑《あつ》い夏である。

ビル群が空と風を遮り、ガラスの自動ドアをくぐれば、冷房の涼しさを感じるのだ。

犯人は警視庁に移送され、建物の前にはテレビカメラが並び、連日のように犯人についての報道を繰り返している。

「よお、キック。ついにやったな」

捜査一課の大部屋に、アンコウがニヤニヤしながら入ってきた。

「深海警部のおかげです。ありがとうございます」

「礼を言っても、言い足りないくらいだろう。寿司をおごれ」

「伏見主任に、たかってください」

「こいつ、上司を売りやがった」

これくらいの軽口が交わせるくらいには、捜査一課内は和やかな雰囲気に包まれていた。まぁ、当たり前だろう。三週間近く慣れない島で生活し、捜査が続いたのだから。

犯人を捕まえれば、すべてが報《むく》われる。


喜角山の火口近くで木にぶら下げられていたのは、海龍路正吾だった。

「四人目の被害者を出してしまいましたね」

私は東山刑事に言った。

「死亡推定時刻が七月二十二日の午後ですから、あの時点では救いようがなかったですね。ちょうど長男の貢さんを救っていたときに、末っ子の正吾さんは首を絞められて殺されていたわけですから」

「同時に二人も殺そうとしていたなんて……」

「きっと、すべての罪を正吾さんに着せて、最後は自殺に見せかけて殺そうとしたんですよ。でも、深海警部が五番目の殺人を予想したから、奴の計画は途中でバレてしまった。そして七夕警部に逮捕されたというわけですよ」

確かにアンコウの助力がなければ、この逮捕はなかった。

「報道でも、七夕警部に関する奇妙なデマを伝えなくなりましたね」

東山刑事が楽しそうに言った。

それにアンコウが答える。

「上の連中もキックを排除しようって動きをやめたし。まさに捕まえたもん勝ちだな」

一昨日、久しぶりに自宅に帰ったら、母がメチャクチャ心配していた。一時期は国民の敵のような扱いで報道されていて、表にも出られなかったのだとか。

ところが犯人を捕まえたとたん、手のひらを返したようにだんまりを決め込んでいる。

マジで私と母に、寿司をおごってもらいたい。

そこに伏見主任がやってきた。

「矢場巡査の事情聴取を始める。お前ら二階に集まれ」

3

小さな部屋で、彼は机の端を眺めていた。

まるで犯行の記憶を失ったかのようになにも話さない。呆けたように机を眺めているだけなのだ。

「なにも話しませんね」

私は言った。

事情聴取の様子がモニターで見られる別室で、私と東山刑事、そしてアンコウが様子を眺めていた。

画面の中で伏見主任が犯人と対峙《たいじ》して、事実を話すように説得を続けている。

「証拠はそろってるんだ。お前があやめた被害者のために、すべて話したらどうだ？こうなったらほかに方法はないだろう。警官だったお前にならわかるはずだ」

それでも矢場巡査は、なにも答えない。瞬《まばた》きもせず、ひたすらなにかを考えているようだ。

日に焼けた肌はすっかり生気を失い、目は灰色によどんでいる。

伏見主任は、筋肉が盛り上がるほど力を込めて腕組みした。

そうだ。証拠はそろっている。

彼の住んでいた駐在所の部屋からは、慎二さんの首を切断したときに使用したと考えられる血のついたのこぎりが発見されていた。また、靴箱の中には、かかとを踏み潰した二十六センチのデッキシューズも見つかっている。そこには秀美さんの血液も付着していた。おそらく自分の足が大きくて入らなかったので、かかとの部分を踏み潰し、スリッパのようにして履いていたのだろう。

犯行直後に処分していれば、こうはならなかっただろう。警察には捕まらないという犯人の自信が、裏目に出たのだ。

「いったいなぜ、こんなことをしたんでしょうね？」

東山刑事が呟いた。

一緒に行動していた相棒が犯人だったことに、最初かなりのショックを受けていた。しかし、改めて考えてみると犯人像にはピタリと一致し、納得したのだ。

矢場巡査は島の生活に詳しく、海龍路家の家庭内の事情にも精通していた。そして警察の動きまでわかっていたのだ。年は若くても彼なら、警察の裏をかいて犯行を繰り返すことができた。

「多分、烏森来瞳さんのためじゃないですか」

私は言った。

「来瞳さんの……。確かにあるかもしれませんね。矢場巡査は傍目《はため》に見てもわかるくらい、彼女に好意を寄せていましたから。八丈島で彼女が消えたとき、おかしくなるんじゃないかと思うほど、捜索していましたし」

「おそらく彼女に遺産がたくさん残されるように、海龍路家の兄弟たちを殺して回ったんでしょう。そして彼女に疑いがかからないように、せっせと細工を施した」

私の言葉に東山刑事が目を丸くした。

「逆じゃないですか？　次男の慎二さんの殺人現場には来瞳さんの名札があったし、それに秀美さんが殺された灯台には、彼女が呼び出されていたわけだから……」

「くくく……」

アンコウが声を殺して笑った。

「なんです、深海警部。僕がなにか変なことを言いましたか？」

「いや、今挙げた証拠で、お前は烏森来瞳を逮捕する気だったか？」

「まさか。そんなあからさまな証拠で彼女を捕まえるなんてことは……。ああ、そうか！」

「そうだよ。わざとらしすぎて、誰も真に受けなかった証拠じゃねぇか」

「なるほど。つまり矢場巡査は、あまりにも明け透けな証拠を並べ立てて、来瞳さんを逆に疑われないようにしたわけか」

「まぁ、犯人の意図としては、そういうことだろうな」

犯人を捕まえるまでは謎だった部分が、捕まえた後には解けてくる。

矢場巡査は来瞳さんが好きであった。しかし不用意な発言が原因で相手にされなくなり、彼は必死になって振り向いてもらおうとしていた。それが歪《いびつ》な形となって、今回の犯行につながったのだろう。彼女はお金に苦労していた。だから遺産をたくさん残してもらえるように、邪魔なものを次々と殺害していったのだ。

「アリバイの面でも、彼なら実行できたわけですよね」

東山刑事が記憶を辿った。

「最初の事件である、次男の慎二さんが殺されたときも島にいた。第二の事件である、灯台で秀美さんが殺されたときも、島を捜索していた途中だった。だから抜け出して犯行に及ぶことができた。第三の事件で重蔵さんが殺された。あのとき、自分と矢場巡査は前日の午後の連絡船で奇科学島に帰ってきています。彼は来瞳さんを捜索するためだと言っていましたが、じつは重蔵さんを殺すために戻ったんでしょう。そ・

して、第四の事件。あのときはすでに行方不明の正吾さんを捜して、皆が島中に散らばっているときだった。彼も殺害を実行しやすかったんでしょう」

「そう考えると、殺人の前に必ず『行方不明』の状況を作り出していた意味も見えてきますね。人が消えると島中の人が捜索に出る。本土から来た捜査員は、慣れていない島を駆け回る羽目になる。そこで土地勘のある犯人は、山の中にある細い道を縦横無尽に使い、誰にも見られずに殺害を実行できた。その間、島のほとんどの人に、自分と同じようにアリバイを作らせないことができた」

「なるほど。考えましたね」

「いいねぇ。そういう細かい意図を摑むと、全体像が見やすくなる」

「連絡船乗り場で、秀美さんが消えた理由もこれで見えてきました。ついさっきまで自分を守っていてくれた警官が『犯人が捕まったから戻っていい』と、言えば、彼女は信用しますからね。それに、防犯カメラに映っていなかった理由も説明がつく。彼なら、カメラのどこが死角になるかを知り得る立場にいたわけですから」

東山刑事の説明に、アンコウはしきりとうなずいた。

「動機もアリバイも押さえられた。とはいえ、犯罪事実がつかめなければ送検できませんよね。今回の事件は不可解な部分が多すぎる。四つの奇怪な殺人が続いたわけで。特に灯台での密室殺人だけはキチンと解明しないと話になりません」

東山刑事が嘆いた。

「ん？　二番目の灯台の事件だけが解ければ、この事件は解決なのか？」

アンコウが面食らって聞き返した。

「そりゃそうですよ。ほかの殺人事件は実行不可能じゃないですからね。そもそも最初の事件を解いてくれたのは深海警部じゃないですか。首なし死体のあった密室の謎を教えてくれました。あれは、自分たちの錯覚を利用されてしまいました」

「で、第二の殺人方法は飛ばすとして、第三の方法はどうやる？」

「地神島で海龍路重蔵さんが殺された事件ですよね。これはべつに、トリックなんかありませんよ。まず島中で使っているコピー用紙を用意して、ワープロで手紙を打った。これは海龍路貢さんか正吾さんを呼び出すためのものです。でも、その手紙を重蔵さんが見つけ、山王マテリアルの設置した高架索道の真下に行ってしまった。この時点で重蔵さんは、犯人を烏森来瞳さんだと思い込んでいたんですよ。六十年前に遺恨もあるし、遺産相続のこともある。彼女が兄弟を殺害したと信じていた。けれど現場に行き、木の上にいた犯人を見上げたとき、想像と全く違っていたんです。相手は矢場巡査だった。これは、深海警部も同じ指摘をしていたはずです。一方犯人のほうも驚いた。予定していた貢さんとも正吾さんとも違うんですからね。そして自分の顔を見られてしまった。矢場巡査は慌てて長い棒を使って搬器を開き、中の鉱石を重蔵さんの上に降らせて殺害したわけです。そして、喜角神社から持ち出した白壁杜夫の白衣を木の枝にかけ、まるで死んだ人間が生き返ったように見せかけました」

「なるほど。じゃあ東山、第四の事件はどうだ？」

「長男の海龍路貢さんが襲われた事件ですよね。水神のある貯水池で起きたもの」

「そうだ。ちょうど池の真下の海で人が溺れていた。その人物が突然消えて、崖の上の池の畔に海龍路貢が現れた事件だ。彼は海水を飲んで溺死しかかっていた。まるで、海で溺れ死んだ人間が崖を登り、池の畔に倒れていたような事件だよ。いったいどうやったんだ？」

「まずこの事件で問題になった『時間の壁』の謎が解けます。あの事件のとき、犯人はなぜか貢さんと正吾さんを、風神町の真ん中にある総合病院に呼び出しています。最初は海龍路正吾が時間を節約するために、呼び出したのかと思いました。でも、貢さんを確実に殺害するなら病院に呼び出すような不確実なことはせず、海龍路家に乗り込むほうが間違いなかったはずなんです。それなのに病院に呼び出したのはなぜか？　矢場巡査が捕まり、正吾さんが遺体となって発見された今、謎は解けたんです。貢さんと正吾さんの二人を、同時に襲うために病院に集めたんです。彼らの母親のいる病院でしたから、容態の急変を知らせれば二人は間違いなく飛んできたわけです。つまり、アリバイ工作のためではなく、結果的に時間の壁が生まれたんですよ」

アンコウは何度もうなずき、感心して見せた。

「いいね。それで、死者が崖を登った方法は？」

「やはり、ロボットかなにかの道具を使ったんだと思います。海にそいつを放り込んで、まるで人が溺れているように見せかけた。跳ね上がる水しぶきで顔がほとんど見えなかったんだから、それが貢さんだったかどうかは判別がつかない。おとりのロボットに捜査員が釣られている間に、水神池の畔に貢さんを引き上げた。もちろん海水を使って、あらかじめ溺れさせておいたわけです」

「なるほど。しかしそうなると、そのロボットっていうのを証拠品として出す必要があるな。そいつは見つかったのか？」

「いえ、あそこは海底が深い上に海流が速いんです。だからダイバーが捜索するのは難しい。でも、きっと発見できると思います」

「なるほど、検察が文句を言い出す前に見つけたほうがいいかもな」

アンコウは人ごとのように笑っている。まぁ、実際彼は、強盗殺人を担当していたわけで、この奇科学島の事件を請け負っていたわけではない。時間を割《さ》いて手伝ってくれていただけである。

私は東山刑事に加勢した。

「矢場巡査の起こした事件を、すべて起訴したい気持ちはありますが、無理なら仕方ありません。そのロボットが見つからなくても、貢さんの事件は殺人未遂なわけだし。ほかの四件の殺人事件をキッチリ立件できれば、問題ないんじゃないでしょうか。とにかく犯人を拘束したわけだから、実を取りに行かないと。そのためにも灯台の密室殺人の謎をキチンと解かなければなりません」

殺人事件を四件立件できれば、ベストである。でも、矢場巡査があの様子だと、自供を取るのはかなり難しそうだ。有罪の取れる事件に絞って立件せざるを得ないかもしれない。

それにしても問題は、第二の殺人だ。

行方不明になった秀美さんが灯台で刺し殺され、その後火だるまになって走り出し、海に飛び込んだ。そして現場の状況から、犯人は灯台の中に隠れていたと考えられる事件だ。秀美さんが火だるまになって飛び出してきた直後に、東山刑事が灯台の中を調べているが、そこには誰もいなかった。

「まぁ、矢場巡査がどうやって、灯台の密室を作るかって話なら、思いつかなくもないけどな」

アンコウが、軽く言った。

「え？」

「本当ですか、深海警部！」

「言っておくが、これはたとえばの話だぞ。証拠は出てこないし。ただの思いつきだから、意味なんかない」

「意味はなくても教えてください。証拠は自分たちが全力で探しますから」

東山刑事は握りこぶしを固めた。

「あの灯台でなにがあったんです？」

アンコウは黙ってもう一度モニターを眺めた。

犯人の様子を見たのだ。彼は相変わらずうつろな顔をして、なにも話そうとしていない。

「仕方ないか……」

アンコウはなにかを決心したように、話を始めた。

「海龍路秀美は午後六時の時点で、心臓を刺されて殺されていたわけだよな。そしてお前たちが午後八時頃に灯台に駆けつけたときに、ちょうど灯台から炎に包まれた人間が飛び出してきて、海に飛び込んだ。確かめてみると、その海には焼け焦げた遺体が浮いていたわけだ。そして灯台のほうを調べると、誰もいなかった」

「まさにそのとおり」

「その状況が、可能な方法を知りたいんだよな？」

「もちろんです」

「じゃあ、簡単だ」

アンコウは人差し指でメガネを引き上げると、説明を始めた。

「整理してみよう。犯人は間違いなく灯台の中にいたわけだ。でなければ、あのタイミングで炎に包まれた人間を飛び出させることは不可能だ。それに、走る予定になっている岬の小道を人が塞いでないことも大事だ。でなきゃ邪魔されて、あんなふうに走り去ることはできない。どこに誰がいるかを確認する必要がある。とにかく犯人は、あの灯台の中にいたんだ」

確かにそのとおりだ。

「犯人は、炎に包まれた人間を、警察に見せたかったんです」

「そうだ、キック。そうする価値があったんだ。そして問題は火のついた死体が飛び出した後、灯台の中には誰もいなかった点だ。つまり、部屋から一人出ていって、後は誰もいなかった。部屋には犯人がいたはずだ。さぁ、東山。シンプルな答えを出してみろよ。これはなにが起こったんだ？」

　東山刑事はハニワのように、目と口をポカンと開けた。

　やがて少し震え出した。冬ならインフルエンザを疑うような様子だ。

　やがてゆっくりと口を開いた。

「炎に包まれて走っていたのが……犯人だ」

「だよな！」

　アンコウが軽く手を叩く。

「さて。そうなると、いろんなことが見えてくるはずだぞ。海龍路秀美は本当はいつ焼かれたのか」

「矢場は、午後六時には海龍路秀美を灯台の中で刺殺した。その直後に火を放って、焼いたんだ……」

　第二の事件の全体像が見えてきた。

「まず事件前日の七月十日に秀美さんは自分が殺されるのを避けるために、奇科学島から去ろうとした。連絡船を待つ間には東山刑事と矢場巡査が警護を務めた。午後七時に連絡船は出発しましたが、彼女はその船に乗っていなかった。矢場巡査が『犯人はもう捕まったから』と伝え、島に戻したわけです。そしておそらく……」

彼はまず、どこに秀美さんを連れていったのか？　絶対に誰も捜しに来ない、一番安全な場所といえば……。

「駐在所に連れていって、保護したんだ！」

「おお、いいね」

アンコウが手を叩いた。

「そして彼女には『今、逃げた犯人を追いかけているからここにいるように』と、言い含める。翌日には隠れ場所を『白壁診療所の廃墟に変える』とか言って、連れ出したんです。この時点でパンとジュースを与えたんですが、その中に睡眠薬も仕込まれていた。そして灯台まで運ぶ。小柄な秀美さんを山の下まで降ろすのに、そう苦労はしなかったでしょう。午後六時ごろに殺害。そして灯台に閉じ込めるのではなく、岬の中間地点あたりの岩礁のある海辺に降ろした。私たちが使った、あの釣り客が使う小道を伝ってです。風が強くて激しい波が打ち寄せていたけど、岩礁の間に挟み込んでおけば、流れ去ることはなかった。そして自分は灯台の中に隠れた。管理室の鍵の管理がいい加減だったから、スペアキーを作るのは、簡単だったでしょう。そして中に入るとまず、持っていた秀美さんの血液を、部屋の床に撒《ま》いた。これにより、殺人現場がこの室内だったと思わせた。そして二十六センチのデッキシューズをスリッパのようにかかとを潰して履いて、足跡を残した。次に塔に登って段ボールで窓を塞ぎ、明かりが風神町に届かないようにした。これに気づいて、捜査員の誰かが来るのを待った。そしてその間に別の準備を始めた。つまり……映画撮影でスタントマンが着るような防火服を着ること」

「そう、そうですよ！」

東山刑事が声を上げる。

「矢場は、防火服を着て自分に火をつけたんだ！」

あの瞬間、私と伏見主任、東山刑事が灯台のドアの前に立った。ドアは突然開き、暗闇の中をオレンジ色の光が照らし出した。

炎に包まれたその人物は、矢場巡査自身だったのだ。

私は説明を続けた。

「彼は岬を走り、秀美さんの死体の隠してあるところに辿り着いた。白波の叩き付ける岩礁にそれは見えたでしょう。彼は意を決し、命をかけた行動に出た。そこから海に飛び込んだんです。子供の頃から慣れていたかもしれないけど、あの嵐の夜に決死の行動だったでしょう。そして、それは成功した」

私はモニターの中の容疑者を見た。

相変わらず、夢の中にでもいるような顔で黙り込んでいる。

「海に無事降り立った彼は、秀美さんの死体を海に引き出すと、そのまま泳いで逃げたんです」

「間違いないですよ。それが正解です！」

東山刑事が興奮した。

私は続ける。

「このすべての罪を、海龍路正吾さんに着せようとしたんですよ。最後に火口に行って、正吾さんが罪の意識に耐えかねて自殺を図る。これが今回の殺人計画のシナリオなんです。深海警部がおっしゃっていたとおり、彼は完全犯罪を狙っていた。罪を着せる第三者をキチンと用意していたんです」

東山刑事もうなずく。

「海龍路正吾はネットで会社に指示を送り続けるために、部屋にこもりっきりだった。だから、アリバイを証明する人間はほとんどいなかったわけで、罪を着せやすかったんですよ」

目を閉じて話を聞いていたアンコウが、口を開いた。

「うん。まぁ、いいだろう。その線で証拠を固めてゆけば結果は出るだろうな。おそらく……」

そう言いながら彼は、モニターを見た。

「奴の口からは、大事な話はなにも出てこないだろうし……」

4

八月十三日。

私は再び奇科学島に向かう連絡船に乗っていた。

何度目かの再逮捕の後、矢場巡査は四件の殺人容疑で送検された。

三日前のことだ。

海龍路貢氏への殺人未遂容疑での立件は、結局見送らざるを得なかったわけだ。なんと言っても、使用されたと考えられるロボットが、いくら海の底を探っても出てこないのだから。

アンコウの予想どおり、矢場巡査の口から真相が語られることはなかった。

私は、貢さんにそのことを説明し、謝罪する役目を負って、奇科学島へ向かったのだ。

そして、ようやく犯人を裁判にかける作業が始まったことを、被害者の墓前に報告する役目も負っていた。

「明日だっけ？　奇科学島の四神まつりは。やっぱ、屋台とか並ぶのかな？」

そう言って浮かれているのは、アンコウである。

彼が担当していた強盗殺人事件も一段落したようで、この出張についてきたのだ。

「深海警部、遊びに行くわけじゃないんですけど」

「おお、オレもそうだよ！」

このまま海に落としたほうが、世界秩序の安定になるかとも思ったが、今日は普通のスーツを着てきたので許すことにした。

三週間ぶりの風神港はなにも変わっていなかった。

ただ報道関係者の代わりに、観光客があふれかえっていた。連日テレビで報道されたおかげで、興味を持つ人が増えたのだろう。

「七夕警部！」

烏森来瞳さんが声をかけてきた。

「お久しぶりです」

「テレビで見ましたよ。犯人を逮捕した女性刑事って」

「あははは……」

もう、笑うしかない。

でも結局、捕まえた犯人が身内の捜査員だったことがつらい。

「あれからいろいろありました。明美さんのことは聞いていますか？」

「重蔵さんの奥さんですよね。本土の病院に入られたとか」

「お酒の飲みすぎで、前から内臓が弱っていて、お医者さんには何度も注意を受けていたそうなんです。そこに、正吾さんの死を知らされて。あの後回復が思わしくなくて、ヘリで搬送されました。かなり具合が悪いそうです」

私は海龍路家の屋敷を見上げた。

あの大きな屋敷の住人は、今や来瞳さんと貢さんだけになってしまったのだ。

「兄さんに会いに行くんだよね？　後から話せるかな」

「もちろん、明日のお祭りは見てゆく予定だから」

「良かった」

そう言うと彼女は、荷下ろしの仕事に取りかかった。

貢さんには、喜角神社で会う予定になっていた。

喜角山に近づくにつれ、笛や太鼓、鉦《かね》の音が聞こえ始めた。なんと、島の人の生演奏である。

「どうも刑事さん」

「祭りに来てくれたんだ」

島の人たちに声をかけられた。

「すごいですね。皆さん演奏ができるんですか？」

「演奏なんて洒落《しやれ》たもんじゃないよ。目の前のものを叩いてるだけだ」

「オレも子供のときからやってるだけ。言われたとおりに指を動かして、吹いてるだけだよ」

このお囃子に合わせて、島中を御神輿が練り歩くのだ。神社への道沿いには出店の屋台が組み立てられ始めていた。

「あ、こっちは唐揚げやるんだ。ビールの屋台とかあるのかな？」

アンコウは、せわしなくキョロキョロとしている。

私たちは再び、喜角神社を訪れた。長い階段を上り、鳥居を抜ける。

「どうもご苦労さん」

見ると、敷地内には島の人が集まっている。

「どうしたんです皆さん」

「御神輿を出しに来たんですよ。ほら。事件のときに神社の蔵からものが盗まれて、犯行に使われたでしょう。以来、鍵がかかってるもんで神主の犬次郎さんに、鍵を借りに来たんです」

「なるほど。ご苦労様です」


前回訪れたときと同じように、奇科学島が見渡せる客間に通された。

そこにはすでに、海龍路貢さんと神主の尼ヶ坂犬次郎さんが来ていた。

「ご苦労様です」

「ご無沙汰《ぶさた》しています」

私は捜査に協力してもらったことと、貢さんの事件が起訴に至らなかった説明と、そして謝罪を行った。

貢さんは頭を振り、深く嘆息した。

「証拠が見つけられなかったのは仕方ありませんね。しかし、彼があんなことをするなんて……。今でも信じられませんよ。真面目な警官で、島の人たちにとても親切にしていたのに……」

「彼はまだ、自白をしていません。でも、おそらく来瞳さんに好意を持っていて、それが暴走した結果だと考えています」

「矢場君は、まだ二十歳だったよな……。分別があるように見えたが、精神的には子供だったのかもしれん……」

犬次郎さんが切なそうに呟いた。

「まだ自白していないということは、罪を認めていないということですか？」

「本当に、なにも話さないいんです。彼の駐在所からは決定的な証拠がいくつも見つかっているので、十分起訴できるんですが。できればすべてを話してほしかったと思っています」

四人の命が奪われた。せめて墓前になにがあったのかは、報告がしたかった。

「外では祭りの準備が始まっていますね」

アンコウが陽気に話しかけた。

「ちょうどいいときに始まりました。暗い雰囲気を吹き飛ばしてほしいと思っています」

貢さんが、こわばった笑顔で答える。島のリーダーとして、今回の事件の責任を強く感じているのだろう。

「蔵の鍵は開けたんですか？　さっき、島の人が御神輿を出しに来ていたそうだけど……」

なぜかアンコウは、お祭りにこだわっている。

「ええ、御神輿をしまった蔵のほうは開けました。この神社には、蔵が二つありましてね。預かり物のある大きな蔵のほうは、まだです。でも、あちらにも祭り用の神具がしまってあるので、じき開ける予定ですよ」

「じきとは、いつです？」

「そう、島を追い立てるように言われても。お二人が帰られた後にと考えていましたが」

「わかりました。ありがとうございます」

「深海警部。良かったら島の様子を見てきますか？　お祭りに興味がおありのようなので」

とりあえず、促してみた。

「いや、オレはここに話をしに来たんだからいるよ」

「話？」

そんなの聞いてない。

「いったいどんな話ですか？」

犬次郎さんが面白そうに聞いてきた。

「そうですねぇ……」

アンコウは窓の外を眺めながら、深くため息をついた。

「全く不思議な事件でした。今でも謎が数多く残っている……」

そのとおりだ。被疑者の矢場が黙秘していることで謎になっている部分は多い。

たとえば、病気で健康状態が思わしくなかった海龍路重蔵さんを、なぜ殺さねばならなかったのか？　なぜあの殺人だけは、たいしたトリックが用いられていないのか？　なぜ、江戸時代の刑罰を模して殺人を行ったのか？

犯人の口から語ってほしかった部分だ。

アンコウは話を続ける。

「たとえばこんな謎が残っています。この殺人はなぜ島の祠の位置に合わせて、順番に行われているのか？　できればその謎の解明に力をお借りできればと」

犬次郎さんは驚き、そしてヒゲをなでた。

「それは……。たとえば犯人には独特の美学というものがあったんじゃないのかな。絵を描くように『こうあらねばならん』と、いう部分があって。今回の殺人は島の祠の前で行わねばならないというような……。江戸時代の刑罰を模していたと新聞には書いてあったがそれも、そういうことだろう。そうあらねばならなかった。そうしないと美しくなかったんだよ」

「素晴らしい答えですね！」

アンコウは感心して見せた。

「殺人という究極の悪事をなにかに突き動かされて行うとき、人はその理由を探そうとする。『人類のため』とか『正義のため』『神のため』など。その中に美学を求めることはあり得るでしょう。ところで、犬次郎さんや貢さんは、矢場巡査とつきあいが長いんですよね？」

「ああ……」

「まぁ、赤ん坊の頃から知っておるよ」

「これは好都合。矢場巡査は、美学にこだわるタイプだったんですかね？」

「え？」

「あれ？」

いや、彼はそんなタイプじゃない。

来瞳さんを閉じ込めるために駐在所にいたとき、彼の本棚を見ている。野球や格闘物の漫画が一番多くて、ほかには児童向けの名作全集が数冊あっただけだ。

「確かに矢場は、そういう残酷な美学とは無縁の性格ですね。変だな。なぜ、祠の位置に合わせて殺人を行ったりしたんだろう？」

犬次郎さんは頭をひねった。

「たとえばこんなのはどうじゃ？　島の人間になにかを知らせるためだったのかも。風神町から帆掛け船に乗せられた死体が流され、灯台から火のついた死体が現れれば、聡《さと》い人間なら『四神』のことを連想するだろう。つまり、その聡い人間に対して、この殺人は四神の流れに従って行われているというメッセージを発信していたのではないかね。そしてこのメッセージにはなにかしらの意味があったとか」

アンコウは満面の笑みを浮かべた。

「素晴らしい！　自分もそう思います」

メッセージ？

いったい、誰になにを伝えているというのだろう？

貢さんをふと見ると、うつむいてなにかを考え始めていた。

「それを確かめるために、蔵の鍵をお借りできませんか？」

「蔵の鍵？」

「是非、中が見たいんです」

アンコウは犬次郎さんに、右手を差し出した。


本殿の裏手には、大勢の人が集まっていた。

「あれ？　神主さん。そっちの蔵も、もう開けるのかい？　また、盗人《ぬすっと》でも入り込むと困るから、午後の連絡船が出た後に開けると言ってたのに」

島の人が、訝しそうに聞いてきた。

「なに、犯人も捕まったし。神様が預かっているものに手を出したらどうなるか、皆もよくわかったと思ってな」

「ああ！」

「確かに、おっかないな」

蔵の前に集まった人たちは、笑いながら納得した。小さな蔵のほうの御神輿はすでに運び出されている。きっと今頃は下の広場にあるのだろう。

島の人たちがざわざわと去っていった後、大きな蔵の鍵が開けられた。

ぎいい。

錆《さ》びたレールの上を、鉄の引き戸が走った。

明かり取りの窓が閉められていて真っ暗である。だが、日が差し込まない分涼しかった。

「白壁杜夫の白衣が盗《と》られて以来、ずっとこのままなんですね？」

私は犬次郎さんに聞いた。

「ああ、全く面倒なことだったよ。もう開けておいても、心配はないだろうがね。ところであんたは、この蔵になにを探しに来たんだね？」

犬次郎さんは、アンコウに聞いた。

「なにも……」

そう言いながら、蔵の中のものをゆっくりと見ている。なにかを捜そうというのでなく、ただ眺めているのだ。

「なにを見ているんです？」

「いや、これから見るんだよ」

そう言うと、スタスタと蔵の外に出ていった。

「全くわけがわからん」

犬次郎さんは肩をすくめた。

「すいません。大体いつもあんな感じなんです」

客間に戻ると、冷えた麦茶を淹れ直してくれた。

「それで、話を戻させてもらうが……。あんたは今回の殺人が祠のそばで起こっていたのはメッセージだと言った」

「言ったのは犬次郎さんです」

「細かいことを言うな。その意見に賛同しただろう。なぜそう思う？」

「思ったんじゃありません。事実です。かなり強いメッセージです」

「なぜそう思う？」

「だって、あなたも私も祠のそばで立て続けに殺人が起きていると感づいていた。おそらくほかの人間も気づいていたでしょう」

「つまり聡い人間に向かって『島の祠では殺人が起きる』と、メッセージを伝えていたということかな？」

「そのとおりです。それがとても重要な意味を持つんです」

「ますます、わからん」

アンコウのような頭の良い人間が陥《おちい》る欠点である。思考が先走りして言葉の意味がわからなくなるのだ。

「そのメッセージを残すことに、なんの意味があるんですか？」

今度は私が質問をした。

「一貫性を保つんだよ」

「一貫性？」

「たとえばキック。今回の連続殺人の犯人は何人だと思う？」

「一人です。犯行の手口がすべて同じですから。奇科学島の四つの祠近くで起きて、まるで死者が蘇ったような状況を示している。また、江戸時代の刑罰を模して殺害しています。一貫性があります」

「ほら。今、言っただろ。一貫性があるって」

「言いました。それがなにか？」

「なにかじゃないよ。一貫性があるから一人の犯罪だと思い込んでいるんだろ？　それが犯人の仕掛けだったらどうする」

「犯人の仕掛け？」

「そうだよ。じつは一連の犯行で、もう一人の人間が加わっていたらどうなるか？」

「まさか！」

犬次郎さんがあまりの突飛な会話についていけず、焦れた。

「お、おい。話が見えないぞ！　いったいなにを言っているんだ？」

「つ、つまりですね。深海警部は警察にも警戒される中、祠近くでわざわざ殺人を行った理由は、一貫性を保ち、単独犯行であるように見せるためだったと言っているんです。でも、もう一人、別の人間がこの殺人に関わっていると」

「え？　それじゃ、共犯者がおるのか？」

「いいえ。いません」

アンコウが首を振る。

「じ、じゃあ、どういうことだ？」

「この計画を考え出し、実行したのはただ一人です。ただ、利用された人間がいるんです。その人間を操るためには、これだけの舞台が必要だったのです」

「利用された人間？　まさか、矢場巡査のことか？」

「違う、そうじゃない。この連続殺人は完全犯罪を成立させるために作り上げられているんだ。それは今……完成されようとしている」

アンコウは、窓の外に目をやり、話を始めた。

5

客間に海からの風が入り込んだ。

夏の強い日差しが、縁側の板を焼かんばかりに照らしている。

「その人物は、奇科学島で起こる殺人に一貫性があるように見せる必要があった。そうすることによって、明確な意図を示し、最後までこの殺人をやり遂げるという印象を周りの人々に与えたかったんだ。死者が蘇るように見えること、島に配置された祠で順に殺人が起こるように見えること。そして、殺人が刑罰のように行われていること。まるで犯人が烏森来瞳に見えること。そのすべてが不可欠だった」

確かに頭から離れない謎に満ちていた。

「さらに人々の道徳心を刺激することも必要だった。世論の心情に訴えて『早く犯人を捕まえろ』と、警察に圧力をかけさせる必要があった。人々の正義感を煽れば煽るほど、ミスが誘えるからな」

そうだ、過熱した状況は、現場の冷静さを奪う。

「最初の海龍路慎二殺害事件は、まさに犯人の目的にかなっていた。生首が帆掛け船に乗せられ発見された。すぐにテレビで報道されるほどセンセーショナルで、あっという間に注目を集めた。その後、風神町で首のない死体が、まるで自ら密室を作ったような現場で発見された。その上、その手には烏森来瞳の名札が握られていた。犯人の目的に彩られた状況だ。二番目の海龍路秀美の殺人事件もこれに倣っている。火神の祠の近くで起こり、火をつけられた死体がなんと動いていた。火あぶりの処刑法を模していて、おまけに近くには烏森来瞳が現れていた。全く前の事件と同じように状況をそろえている。つまりこれがメッセージなんだ。『この殺人は風変わりに見えますが、同じ条件で起きていますよ』という。誰かにそれを伝えようとしていた」

「でも、相当勘のいい人じゃないと、気づかないんじゃないですか？」

「それでいいんだ。頭のいい奴が気づいてくれればそれで良かったんだから」

「よくわかりませんけど、そして第三の事件が起きるわけですよね。地神島の近くで重蔵さんが高架索道で運ばれていた鉱石の下敷きにされて殺された。これは地神の祠の近くで起きた。また近くに白壁杜夫の白衣が残されていたから、死んだ人間が生き返ったように見えるし、烏森来瞳の祖父の品物でもあるから、彼女がやったようにも見える。そして、流刑地から抜け出そうとした人間が受ける石子詰めの刑のように殺されていた。まさに状況にピッタリです」

「違う。この殺人だけは違うんだ」

アンコウが首を振った。

「どこが違うんです？」

「殺された者が生き返ったという、トリックがないところだ。殺されたはずの重蔵氏が生き返ってなにかをしたという痕跡がない。前の二件は殺された本人が生き返ったように見えた。でも、この殺人だけは六十年前に殺された白壁杜夫が生き返ったという状況になっている。本来なら重蔵氏が生き返ったように見えなきゃいけないはずなんだ」

「ああ、なるほど」

言われて初めて、第三の事件の違和感が判明した。

「いったい、なぜ、重蔵さんの殺害にはそのトリックがないのでしょう？」

「多分、とっさのことで、思いつかなかったんだろう」

「とっさ？」

「よく思い出してみろ。第三の事件の直前にはなにがあったか。それは急に起きた大きな事件だ」

重蔵さんの殺人の直前にあったことといえば……。

「来瞳さんの失踪だ！」

「正解！」

アンコウは軽く手を叩いた。

「第一の事件と第二の事件では、烏森来瞳の犯行をにおわせる証拠がやたらと出てきた。周りは彼女を犯人だと思い疑った。だから八丈島に追いやって、保護することに決めたわけだよな。ところが、その彼女が突然消えてしまった」

「はい。でも彼女は嵐の海を渡って奇科学島に戻ってきたんです。そして駐在所の留置場に閉じこもっていました。自分のアリバイをキチンと証明するために」

「それは、お前目線の話だよ。ほかの皆はどう考えるか。警察に保護されていた最有力容疑者が逃げ出したんだぞ。絶対に次の殺人が起きると考える。そしてもし殺人が起きれば、犯人は間違いなく烏森来瞳という状況だ」

「はい、でも実際は彼女には不可能ですが」

「でも、ほかの人間はそうは思わないさ。もし島に、誰かを殺したいと思っている人間がいたらどうなる？」

「え？」

アンコウはなにか、途方もないことを説明しようとしている。

あまりにも恐ろしい物語を。

「連続殺人事件の最有力容疑者が消えた今、殺人を犯しても、それは間違いなく殺人鬼の仕業にできる状況が生まれた。殺意を持った人間の前にそのエサがぶら下げられたんだ」

「まさか！」

「勘のいい奴は気づいていた。この殺人には一貫性がある。祠の前で殺せばいい。死んだ人間が生き返ったように見せればいい。江戸時代の刑罰に従って殺せばいい。烏森来瞳がやったように見せればいい。そうすれば、今からの殺人も、殺人鬼の仕業にできるんだ。そんな甘い誘惑が、突然にやってきたんだ」

「だから、『とっさ』のことだったんですか」

「そうだよ。第三の事件だけは、唐突にチャンスが与えられた、別の人間がやったのさ」

「まさか……いったい誰が？」

突然、風神町のほうから歓声が上がった。

「わっしょい、わっしょい！」

どうやら先ほど出した御神輿を、子供たちが面白がって担いでいるようだ。

「第三の事件を起こした犯人は、すでに告白しているだろう。海龍路正吾だよ」

「正吾さんが？」

犬次郎さんが目をむいた。

「彼は母親に話している。『自分は人を殺してしまった』って。それが海龍路重蔵の殺害なのさ。母に連れられて、彼は海龍路家に引き取られた。頭が良く上昇志向が強い彼にとって、なにより長男の貢さんが邪魔だっただろう。さらに言えば、正吾は母親を愛しているが重蔵氏に対しては憎しみを感じていただろう。なんせ、自分の母親を苦しめた男だからな。いつか海龍路家のすべてを手に入れて、母親を喜ばせようとしていたのかもしれない。だが、重蔵氏は先に亡くなりそうだが、貢さんはそうはいかない。いつか消さねばならない相手だった。そこに連続殺人事件が起き、警察は来瞳さんを疑っている。祠の近くで、死者が生き返ったように、そして江戸時代の刑罰を模して殺せば、自分は疑われず貢さんを殺せる。さて、どうするか」

アンコウは麦茶を一口飲んだ。

「彼は普段使っているパソコンで『次はお前の母が死ぬ。止めたければ今日の午後四時に地神島の見える岬に来い』とプリントアウトして、貢さんに渡そうとした。ここで『母親を殺す』と、書いたのは、そうしておけば、自分への疑いが晴らせるから

だ。ところがこれを重蔵氏が見つけてしまった。彼は息子を守るために、高架索道の真下にやってきてしまった。正吾は高架索道のパケットをひっくり返す寸前になって驚いた。貢さんではなく父の重蔵が立っていたんだからな。ここで重蔵は犯人の顔を見た。それは、アゴの下についた痣からわかるだろう。見られた正吾は相手を殺すしかなかった。手に持っていた棒で、搬器をひっくり返して、鉱石をぶちまけた。前にメールを送ったとおりだよ。重蔵氏が殺された理由は、犯人の顔を見たからだ」

「そんな……ことが……」

貢さんは小さく、呻いた。

「キック、あのときの状況を思い出してみろよ。重蔵さんは犯人を見つめた状態で亡くなっていた。あのときオレは言ったよな。重蔵さんが想像したのとは違う犯人がそこにいたんだって。そうなんだよ。彼が予想もしなかった正吾が、そこにいたんだ」

「なるほど……。ということは、重蔵さんは、真犯人のほうを知っていたんですか？」

「ああ。正吾はその犯人の罠にはまったのさ。彼の持っていた長男の貢さんへの殺意を利用されたんだ」

犯人はそこまで考えて、この計画を練っていたのだ。

殺人現場に残されたメッセージは、たとえ勘のいい人にしか伝わらなくても、怜悧《れいり》な正吾さんだけに伝われば良かったのだ。

「一貫性がある意味がわかっただろ？　条件さえ満たせば、殺人鬼の犯行に見せかけることができる。そういうメッセージを乗せていたわけさ。そして、第四の事件が起きた。水神池の殺人未遂だ。捜査員が張り付いていたが、裏をかかれて真下の海に溺れている人影が現れた。全員がそこに殺到したが、お前は引き返して、貢さんを助けることができた」

「ありがとう、あのときは助かったよ」

貢さんは小さな声で礼を言い、頭を下げた。

「問題は海で溺れていたのは何者かということだ。もし貢さんなら、溺れて沈んだ後に崖を登って貯水池に現れたことになる。これはあり得ない。捜査本部はロボットを使ったんじゃないかと言っていたが、結局そんなものは回収できなかった。でも、じつはもっと簡単な方法があったんじゃないだろうか？」

「簡単な方法？」

「海龍路正吾を使うんだよ」

犬次郎さんがのけぞった。

「なんと！」

「正吾さんを使うって……。どうやって？　だって彼は喜角山の火口近くで首をつった状態で発見されたんですよ。もちろん絞殺された後、ロープを首にかけられていたんですが。それに、彼の死因は首を絞められたことでの窒息です。溺死じゃありません。そもそも死体は水を飲んでいませんでした」

「わかってるよ。だが、あの溺れているとき正吾が水を飲まない状態に細工されていたらどうなる？」

アンコウはまた、なにか恐ろしいことを言おうとしている。

「彼の首にロープが絞め付けられ、結ばれていたらどうなる？　彼は窒息しながらも、水を飲めない状態だぞ」

「なっ！」

なんて恐ろしい方法なんだ。

首がロープで絞め付けられていたら、水を飲むことはない。ただ、溺れるように暴れた後に窒息死することになる。

「それじゃ正吾さんは、あの時点で殺されていたんですか？」

「死亡推定時刻を見てみろよ。一致しただろう」

確かに。正吾さんが殺された時刻と貢さんが襲われた時刻はほとんど一致する。それにあのとき不思議に思ったのだ。溺れている人物がなにも叫んでいないことを。あれは首を絞め上げられていたのが原因だったんだ。

私は事件状況を構成してみた。

「犯人はまず、二人を病院に呼び出し頭を殴って気絶させた。そして、殺人の舞台となる水神池の近くに向かう。まず、貢さんをくんでおいた海水で溺れさせた。その後、正吾さんの首をロープで絞め付け、そのロープを結びつけたまま、崖の上から海に落とした。その騒ぎが起こり、警官たちは下の海に向かう。その隙を突いて、犯人は貢さんを水神池の畔に引きずり出したんだ」

「正吾は重りをつけられて、海に沈められたんだろう。水しぶきを上げて顔は見えず、首に結ばれていたロープさえ見えない状況だ。ひょっとしたら足には回収用のロープが結わえ付けられていたかもしれん。捜査員が水神の貯水池で貢さんを発見し、騒ぎが収まった後、犯人は結わえていたロープをたぐって正吾の遺体を引き上げて、回収したんだ」

「なんてことを……」

犬次郎さんが呻いた。

「海水に浸かった正吾の遺体を洗って乾かし、服を着替えさせた後白壁診療所に隠された。そして喜角山の山頂に運ばれて、木に結わえ付けられた。あたかもすべての殺人が、彼によって行われ、自責の念に駆られて自殺したように見える状況だ」

アンコウが大きく息を吐いた。

「これがこの島で起きた殺人事件の全容だ」

言葉もない。

けれど、奇科学島で起きた事件の謎を、すべて解き明かした答えは、これである。

「恐ろしい……。恐ろしいことだ」

犬次郎さんは血の気を失い、頭を振っている。

「じゃあ。その犯罪を実行したのが、矢場巡査だということですか？」

私は聞いた。

「いや、違う」

彼が、鷹のような目をこちらに向けた。

風神町から、鉦や太鼓の音が響き始めた。

陽気な笑い声が響き、祭りの準備にはしゃいでいるようだ。

「矢場巡査が犯人とするなら、この殺人計画にはおかしな点が現れる」

アンコウが静かに指摘した。

私にはその意見が納得できなかった。

「この連続殺人は、別の人間を犯人に仕立て、完全犯罪を目指しているって言っていたじゃないですか。そして実際に、海龍路正吾という生け贄を差し出す形になっていた。おかしな点は、ないと思いますけど」

「そこだよ。一番肝心なポイントだ！」

アンコウは手品師のように、両手をすりあわせた。まるでそこから花でも出そうとするかのように。

「この完全犯罪を成立させる一番のポイントは、自分以外の犯人がいることを示せばいいだけだ。そして犯人の仕掛けた誘惑に吸い込まれるように、海龍路正吾が嵌められた。彼は邪魔だった貢さんを殺そうとしたが、予定外に重蔵氏を殺害してしまった。しかし、これらのすべては犯人の予定していたところだ。そうだよな？」

「はい」

「警察にハッキリと『自分以外に犯人がいる』と、思わせれば成功だ。そうだよな？」

「はい」

「じゃあ、改めて警官としてキックに質問しよう。この世で一番楽に立証できる逮捕の仕方はなんだ？」

「一番楽に立証できる逮捕？」

「これだと、証拠集めなんかほとんどしなくていい。確実に有罪にできる捕まえ方だ」

「ああ！　現行犯逮捕ですね。目の前で起きている事件の犯人を直接逮捕するやり方だ」

「だろ？　現行犯逮捕ほど、確実に立証できるものはない。そうだよな？」

「はい」

「じゃあなぜ、矢場巡査は第三の事件が地神島で起きるとき、待ち伏せして、海龍路正吾を現行犯逮捕していないんだ？」

「え？」

「真犯人は、前の二つの殺人事件に一貫性を持たせることで、三番目の殺人を正吾が行うように誘いをかけていたわけだ。ちょうど、鳥森来瞳が八丈島から消え、絶好のチャンスが訪れた。正吾は殺害を実行した。矢場巡査の予定どおりにことは進んだはずだ。だったら正吾の後をつけて第三の殺人が起きたとき、現行犯逮捕すればいい。誰にも疑われることなく、すべての罪を正吾に押しつけられる。なぜ、それをしない？　動機が烏森来瞳に遺産を多く残すためというのなら十分なはずだぞ。彼は、なぜそうしなかったんだ？」

「た、確かに」

言われてみれば、矢場巡査が犯人なら地神島の殺人現場を押さえれば、完全犯罪は成立するはずなのだ。

「なぜでしょう。第三の事件には別の意味があったとか」

「いや、別の意味はない。すべてのトリックは、自分が捕まらないために仕掛けられている。それ以外の意味はない」

じゃあ、なぜ地神島の現場を押さえないのか。

正吾氏の殺人を誘い、それを現行犯で捕まえれば、真犯人は完全犯罪を完成させられた。

あらゆることを計算し尽くして実行された連続殺人犯が、なぜこのチャンスを見逃しているのか？

そう考えたとき死神がドアを叩くように、なにかがひらめいた。

そして静かに答えた。

「わかった……。真犯人は現行犯を押さえ、罪を着せて完全犯罪にすることはできない状況だったんだ」

今、頭に浮かんだことは、あまりにも恐ろしい話である。

そしておそらく、奇科学島で起きた真実なのだ。

「正解に、辿り着いたようだな」

アンコウがニヤリと笑った。

貢さんを見ると、顔を伏せ、涙を流しているように見えた。

犬次郎さんは、まだ事の次第がわからないようだ。

「いったいなんだ。犯人は矢場君じゃなく、別にいるということか？」

私は、あり得ないような恐ろしい出来事を説明した。

「さっき、ご説明したとおり三番目の殺人事件は真犯人の仕掛けた罠でした。正吾さんに殺人を犯させる誘いです。そして彼は、それを実行してしまった。真犯人の目的が、別人を犯人に仕立てる目的なら、その犯行を押さえればいいだけです。文句なく完全犯罪の成立です。でもそれができなかった」

「なぜだね？」

私は大きく息をつき、そして言った。

「犯人は留置場の中に、い、い、い、い、たんです、」

「留置場に？　いったいどういうことかね？」

貢さんは声を出さず、大粒の涙を落としている。もはや誰が犯人なのかがハッキリとわかっているのだ。

ずいぶん前から、気づいていたのかもしれない。

「犯人は、自分のアリバイを成立させるためにトリックを仕組んだんです。その人物は最初、海龍路慎二さんを海辺で殺害し首を切り落とした。そして犯行が目立つように博物館から盗み出した高瀬舟に首を乗せて、八丈島に向かう潮の流れに乗せてみせた。警察が現れ胴体の捜索が始まる。このとき犯人は、率先して遺体を発見してみせた。それは密室に閉じ込められ、あたかも死者が蘇ったような状況を作り出していた。これはもちろん、白壁杜夫が不老不死の研究者と噂されたことから来た演出だった。そして、江戸時代の刑罰に模した理由は、おそらくそれがマネしやすい特徴だと考えたからでしょう。つまり正吾さんが、模しやすい状況を作ったんです。そしてここには大事な仕掛けが隠されていた」

「大事な仕掛け？　それはいったい……」

「自分が犯人であるかのような証拠を現場に残したのです」

「じ、自分が犯人に見える証拠？　そんなことをする犯人がいるわけないだろう」

犬次郎さんは声を上げた。

「いえ、この仕掛けが本当に大事だったんです。第二の事件のときは、自分から現場に現れ、警察の前で犯人のように振る舞った。こうしてじわじわと自分が苦境に立たされるような状況を作り出したんです。そしてついに、八丈島に送られた。これも計画どおりなんです。犯人はすぐに姿を消し、嵐の中をモーターボートで奇科学島に戻ってきました。そして私に言ったんです。『自分を捕まえてくれ。留置場に入れてくれ』と。自分が閉じ込められている間に殺人が起きれば身の潔白が証明できる。犯人は堂々と警察をアリバイの証人に仕立て上げたのです。そして、まんまと正吾さんは犯人の誘いに乗り、重蔵さんを殺害した。このとき現場を押さえられなかったのは、犯人が留置場にいたからです」

「正吾の犯罪を、自分の身の潔白を示すために利用したわけか！　なんと、恐ろしいマネを……」

犬次郎さんは目を丸くした。

そうだ。これですべての説明がつく。

「犯人は、この後に正吾さんの口を塞がねばならなかった。しかも自殺という形で。だから四番目の事件で貢さんを溺死させようとし、そのトリックに正吾さんの死を利用した」

「な、なんということを……し、しかし、なぜ矢場巡査がそこに現れたんだ？　彼がなぜ、逮捕されるようなことになってしまったんだ？」

「おそらく……。矢場巡査が犯人に好意を持っていて、近づきすぎたんじゃないでしょうか？」

私はアンコウを見た。

「そうだな。矢場巡査なら、犯人がわかっても決してなにもしゃべらないだろう。自殺した犯人より、生きている犯人のほうを警察は、追及し続けるだろうし」

「犯人が駐在所に隠れていたとき『彼女を島で見た』って、情報が駆け巡っていた。あのときはどこから漏れたのか不思議だったけど、今なら誰がリークしていたかわかる。犯人自身だ。そのせいで矢場巡査は八丈島から戻ってきた」

「あり得るな。正吾が殺人を犯す同時期に、彼にも奇科学島にいてほしかった。だから噂を流し、呼び戻した」

彼女を思う気持ちを、利用されたのだ。矢場巡査はそのことがわかっている。それでもなにも話さないのだ。

「正吾の自殺を装った殺人がもしバレても、別の犯人役を用意していた。それが矢場巡査というわけか」

彼は昔、犯人をひどく怒らせたことがある。その恨みを今でも忘れていなかったということだろう。

「だがキック。肝心なことを一つ忘れてるぜ」

「肝心なこと？」

「灯台の密室さ。あのとき犯人が岬の山肌に立っていた。東山たちと推理した、灯台から飛び出してきた炎に包まれた人物が、じつは犯人だったという見立てが間違いになるぞ」

「ああ、確かに。犯人は炎に包まれて灯台を飛び出し、海に飛び込んだ。その後岩礁に隠していた遺体を引き出したことになっています。だけど犯人が山肌に立っていたとなると成り立たない。海に飛び込めば、簡単に山肌には登ってこれませんからね。いったいどうやったんでしょう？」

「じつはあれは、犯人が火のついた秀美の死体を背負っていたんだよ。そう考えれば説明がつく」

「せ、背負っていた？」

「そうだよ。犯人がなぜ暗くなってから、あの派手な殺人を演じてみせたのか。つまりこのトリックは暗くなってからでないと意味をなさないんだよ。暗くなったとき、火のついた遺体は、ことのほか目立つ。そんなものが灯台のドアから飛び出してくれば、その輝きに目を奪われる。それと同時に、見えない部分も生じる。犯人は死体を背負い岬の道を走っていたんだ。でも、キックたちは輝く死体に目を奪われ、それを背負っている防火服を着た犯人は見えなかったわけさ。犯人は走り去ると、崖から死体を海に放り込んだ。キックたちに見えていたのは炎の輝く光が海に落ちてゆくとこだけ。お前たちが慌てて崖下に行くのを尻目《しりめ》に悠々と防火服を脱いで、逃げたというわけさ」

「な、なるほど」

気づかなかった。あの炎の中には人間が二人いたのだ。

「でも、なぜそんな恐ろしいことを……。そんなふうな人には見えなかったのに」

「そうか？　夜の嵐の中の海をモーターボートで渡るくらいの激情の持ち主だぞ。あの明かりのない荒れ狂った海に飛び出すんだ。死を全く厭わない性格だと思わないか？」

「ああ……」

言われて初めて気がついた。あの恐ろしい波にぶつかっていけるなど、確かに普通ではない。自分の殺人計画を絶対に完成させるという狂気の表れだったのだ。あのときそれに気づいていれば、この悲劇は防げたかもしれないのだ。

「この奇科学島で起きた殺人事件の犯人は……烏森来瞳さんなんですね」

私は静かに言った。

犬次郎さんは押し殺したような、ため息をついた。

でもわからない。彼女をここまで怒らせる理由がどこにあるのか？　犬次郎さんも、同様のことを思ったらしい。

「なぜ、犯人はそこまで海龍路家を恨むのかね？」

この疑問に、貢さんが答える。

「きっと、母親を苦労させたのは、海龍路家だと思っているんでしょう」

ハンカチを取り出し、涙を拭っている。

「白壁杜夫殺害事件の後に、母娘は海龍路家に引き取られた。でも、娘の繭子さんは追い出されて本土で大変な苦労をしたと聞いています。後に来瞳が生まれて、彼女は一人で子供を育てた。その苦労は想像できないほどだったでしょう。最後は病気の発見が遅れて亡くなった。すべて海龍路家の罪だと考え、復讐したんだと思います。おまけに白壁親子に贈られた地神島は沈み、その後で勝手に金の採掘を行った。我々は本当に調査不足だったんです。海底は国の管理になっていると思い、勝手に許可を取ってしまった。まだ、彼女に権利があるとは知らなかったんです……」

本当に、これが動機だろうか？

来瞳さんは母親と暮らしていた時期をつらかったと思っていない。

彼女がこの世で一番愛しているのは、母親だ。一緒にいられたことをなにより誇りに思っているし、母が望んだから、奇科学島に渡り、海龍路家の世話を受ける気になったのだ。

だから海龍路家を追い出されたことを恨んでいたとはとても思えない。彼女にとって金銭的な問題も論外だろう。

いったいなにが、彼女をそこまで怒らせたのか。

ふと見るとアンコウが、固く腕組みをしている。今、口の中にある言葉を出すか出すまいか、考えているようだ。

やがて目をつぶり、口を開いた。

「烏森来瞳の父親は、誰ですか？」

この言葉に、犬次郎さんと貢さんが固まった。よほどの急所を突いた質問だったらしい。二人の顔から血の気が失われている。

来瞳さんは自分の父親を知らないし、皆も知らなかったはずだ。母親の繭子さんがその名前を墓まで持っていってしまったからだ。

「それは……」

「おそらく、絶対に口外しないと約束した秘密なんでしょう。だから私が言いましょう。烏森来瞳の父親は、海龍路重蔵さんですね」

「じ、重蔵さんが彼女の父親？」

私は声を上げた。

「いや、その……」

「そこに写真が掛かっている」

アンコウは壁に掛かった写真を指さした。

「来瞳さんが生まれる前の年の一九八九年に、重蔵さんは伊豆に滞在している。しかし、烏森繭子のことに関しては一切触れられていない。一緒に兄妹《きょうだい》のように育った彼女のことを無視するのは変だ。これは逆だ。重蔵さんは隠れて繭子さんに会いに行ったのだ。そのときできた子供が来瞳さんなのだ。でなければここまで秘密にはしない」

「……ああ、そのとおりだ」

犬次郎さんが認めた。

「と、なると繭子さんが海龍路家を追い出された理由が見えてくる。重蔵さんが彼女のことを愛してしまったんだ。一緒に育った、美しい碧い眼の妹をだ。これに父親の六右衛門が慌てた。いくら血がつながっていなくても、繭子さんは白壁露子との約束で育てている娘だ。世間的には兄妹の関係になる。かといって重蔵さんは海龍路家の長男だ。追い出すわけにいかない。だから繭子さんを伊豆に追いやった」

「ああ、そのとおりだ。このことは六右衛門さんから固く口止めされていたんだ。海龍路家の名誉に関わることだと」

犬次郎さんは、うつむいた。

そして子細を話し出した。

「重蔵さんは、繭子さんのことが忘れられず、隠れて何度か会いに行ったようなんだ。その後、来瞳さんが生まれて重蔵さんは伊豆に行くのをやめた。わしは問いただしたよ。あの子はお前の子供ではないかと。奴はうなずき、絶対に秘密にしてくれと言った。奴も繭子さんも、来瞳さんの父親に関しては口にしないと約束したんだと

「……」

アンコウは、あきれたように首を振った。

「いいですか、その口止めが事件の原因です」

「え？」

犬次郎さんは青ざめた。

「赤の他人の私でさえ、重蔵さんと繭子さんの間になにかあったのでは、と推測しているんです。当事者であり聡明《そうめい》な来瞳さんが、そのことに気づかないと思っていることが、どうかしている。口にするのがつらいからとか、恥だから黙っていようとか判断するのは勝手だ。でも、しゃべらなければ秘密がバレないと考えるのは甘すぎる。少しずつ情報が漏れると思わないのか」

「それじゃ、来瞳さんは自分の父親が重蔵さんだと知っているのか？」

「キチンと知っていたなら、こんな事件は起きない。彼女は疑っていただけだ。誰もハッキリ言わないいんだから。そうなれば、秘密にする理由があると考える。当然だよな？」

「そ、そのとおりだ」

「自分の父親をなぜ教えてもらえないいんだろうと、彼女は悩む。なぜ重蔵だと教えてくれないんだと。そして、地神島の採掘が始まった。烏森親子が受け取ったはずの島が、海龍路家の名の下に掘り返されている。来瞳さんは、どう考えると思う？」

「ど、どうって……」

「烏森家は海龍路家に利用されてきたんだと考えるよ。母親の藺子さんは騙されてきたんだと。そうなれば、自分の父親が重蔵さんだと明かされない理由も察しがつく。藺子さんは乱暴されたんだと」

「え……」

確かに、母親がそんな目に遭ったとなったら、来瞳さんは絶対に容赦しない。その一族を、みんな殺してしまうだろう。

「ち、違う！　重蔵はそんな男じゃない」

「違っていようとなんであろうと、彼女はなにも知らされていないんだ。与えられた情報から類推するしかないんだよ。いいか。秘密を守るとか、生涯口外しないなんて本人にとっては都合のいい建前だ。でも、知らされなかった側が、そのことをどう思うかは勝手なんだ。どれだけ間違った解釈がされ、なにが起ころうと、責任は、情報を正確に伝えなかった側にあるんだよ」

「うぅ……」

犬次郎さんが言葉を詰まらせた。

アンコウは大きく息を吐く。そして携帯を取り出した。

「来たか……」

「なにがです？」

私は携帯をのぞき込んだ。暗い部屋が映っている。さっき開けた蔵の中だ。

「これは？」

「さっき鍵を開けたとき、中にカメラを仕込んできたんだ。この瞬間に現れると思ってな」

見ると人影が映っている。白壁杜夫の遺品の箱を探っているようだ。

「泥棒ですか？」

私は慌てて立とうとした。それをアンコウが押しとどめた。

「いや、烏森来瞳だよ」

「来瞳さんが？　なぜここに……」

「第四の事件を覚えているか？　貢さんが溺れた状態で水神池の畔に倒れていた。その脇に烏森露子の着物があっただろう」

「はい」

「第三の事件で白壁杜夫の白衣が盗まれたとき、神主の犬次郎さんは蔵に鍵をかけてしまった。そして貢さんを殺害する段になって、烏森来瞳は白壁家の着衣を現場に残すことを強いられた。でなければ、三番目と四番目の事件に関連性が見えなくなるからな。かといって、蔵は鍵をかけられているから遺品は持ち出せない。だから自分の持っている遺品の中から着物を持ち出したんだ」

「じゃあ、あの着物は祖母の露子さんから来瞳さんに遺《のこ》された形見？」

「おそらく、母親の繭子も着ていたものだろう。そうなると、蔵の中に残っている遺品の着物の枚数とは数が合わなくなる。なんせ犯人が盗み出したことになっているわけだからな。犬次郎さんは預かった品物の目録を作っていた。その数と合わせなきゃいけない」

「つまり、蔵の中に残っている着物は、盗まれたはずなのに数がそろっていることになるわけね」

「そういうこと。だから計画を完成させるには一枚どうしても盗み出さなきゃならなかった。そしてその蔵が開くチャンスは、この四神まつりの前日だったってことさ」

聡明で強い情熱を持った彼女でなければ、できなかったことだ。

来瞳さんは行李の中から、小さな着物を取り出した。赤い花柄の、小さな着物だ。

おそらく繭子さんの子供時代の着物だろう。

彼女は、それを抱きしめていた。


八月十八日。

お盆休みを過ぎて、陽炎《かげろう》の中の都内には再び人の流れが戻ってきた。

行き交う人たちの顔には、休み明けの、けだるさがにじんでいる。

「矢場が、すべて話し始めたそうですね」

捜査一課の大部屋で、東山刑事が聞いてきた。

「来瞳さんに伝えて欲しい。『死んで償うつもりでした。今でも愛しています』と、言っていました」

私は答えた。

「来瞳さんは？」

「今、取り調べ中だ。なにも話す気はないようだけどな」

嵐の中の海を渡るような彼女のことだ。口を開かないと決めたら、それは永久に続くだろう。

「じつは……」

私は言った。

来瞳さんに渡そうかどうしようか、迷っていたものがある。これを見せれば彼女はすべてを話すかもしれない。でもそれは、来瞳さんの尊厳のすべてを奪うことにもなるのだ。

「この手紙を、海龍路貢さんから預かってきました」

伏見主任に封筒を差し出した。烏森来瞳宛てになっている。

「見てもいいのか？」

「貢さんには許可を得ています」

主任は封筒を開き、便箋を取り出した。

来瞳へ

元気にしているだろうか。

いつも日の光を浴びて働いていたお前が、暗い場所に閉じ込められてつらい思いをしていないかと心配している。どうか、私の用意する弁護士を使ってほしい。お前のために最善を尽くしたいのだ。

これは私の償いだ。どうか受け入れてほしい。

お前に黙ってきたことがある。

そのせいで事件を起こしたことも、刑事さんから聞かされた。その瞬間、目の前の崖から飛び降りたいほどの後悔の念が襲ってきた。お前をそこまで苦しめているなんて想像しなかった。

お前の父親は海龍路重蔵だ。それは予想どおりだと思う。でも、誤解しないで欲しい。重蔵は繭子さんを襲ったりはしていない。そういう関係ではなかったんだ。

信じられないかもしれないが、父の重蔵と繭子さんは愛し合っていたのだ。普通に結ばれれば、なんの問題もなく家庭を持ったであろう二人なのだ。

でも、状況がそれを許さなかった。

奇科学島の住人が、誤解から白壁杜夫を殺害し、その責任を海龍路家が引き受けた。そして重蔵と繭子さんは兄妹の関係にされてしまったのだ。

島のすべてを受け入れてきた海龍路家の宿命が、こんな形で悲劇を生むとは考えなかったのだよ。

やがてそのことに六右衛門が気づき、二人を引き離した。そして重蔵は明美という女性と夫婦になることを誓わされたのだ。

やがて慎二と秀美が生まれるが、家庭内はうまくいかなかった。母さんは家を飛び出し、浮気をするようになり、そして正吾が生まれることになる。

ただ、体面を保つだけの家族が作られたが、うまくいくはずがなかったのだ。

重蔵は苦しんで、やがて繭子さんと会うようになってしまった。そこで生まれたのが来瞳、お前なのだ。

お前は、互いに愛する二人の間に生まれた子供なのだ。

簡単には信じてもらえないだろう。ずっと秘密にされてきたことを、今更の話だ。だから、私がもう一つ隠してきた秘密を話す。

誰にも話さないと誓ってきたことだ。

繭子さんが海龍路家を追い出された理由だ。

あれは、私に原因があったのだ。

なんのことかと思うだろうが、本当なのだ。海龍路家に繭子さんがいたとき、重蔵とは愛し合っていて、すでに二人は結ばれていたのだ。

そして生まれたのが、私なのだ。

六右衛門はそのことを秘密にするために、無理矢理二人を引き離し、繭子さんは伊豆に送られたのだ。

つまり、私とお前は本当の兄妹なのだ。

お前が島にやってきたときから、真実を話したかった。天涯孤独でないことを教えてやりたかった。でもだめだった。

私は、海龍路家の当主を任された人間なのだ。

家と島を守る義務があったのだ。

今となっては、つまらない理由だよ。お前の人生が元に戻せるなら、すべてを捨て去ってもいい。謝りたい。許してもらえるまで、頭を下げたい。それも無駄なことはわかっている。

お前を一人にして本当にすまなかった。

おそらく重蔵も、そう考えながら死んでいったと思う。

できることなら手助けをさせてくれ。

ほかにはなにも望まない。

海龍路貢

6

八月二十八日。

東京には雨が降り出し、気温がぐっと下がった。

暑かった夏も終わりを迎えるのだろうか。

烏森来瞳の送検は終わり、後は裁判を待つだけとなった。

彼女はすべてを自供したのだ。おそらく貢さんの手紙のおかげだと思う。

来瞳さんは、きっと意地を張り通したかったのだろう。けれど、事実に抗うことはしなかった。彼女は、そういう女性なのだ。

「もっと早く気づいていれば、止められたかもしれないんですよね……」

私はアンコウに言った。

私たちは再び奇科学島に向かい、改めて被害者の墓前に報告するつもりだったのだ。

「深海警部は、いつから烏森来瞳を怪しいと思っていたんです？」

「二番目の灯台の事件が起きた後かな……。確証はなかったけど」

「そんな時点で！　なぜ怪しいと？」

「あの事件のとき、彼女は火の神の祠に呼ばれたと言っていただろ。犯人に手紙で呼び出されたって」

「ええ、だからあの場所に立っていたって」

「その証言のときこう話しているんだ。『灯台の下に三人の人影が見えた』って」

「確かに。私たちのことが見えたんだろうって、思ってましたけど」

「昔っから言うだろ？『灯台もと暗し』って。あの夜、灯台の真下にいる人間なんて見ることはできないだろうなって思ったんだ。だから警戒していた」

「言われてみれば！」

「でも、なんの証拠にもならん。あの時点で、できることなんかなかったさ。この事件の真相に関わった皆が後悔しているんだ。重荷を下ろすことなんかできないさ」

珍しく真面目なことを言い出した。

「深海警部は、いろんな重荷を背負ってるんですか？」

「基本的にはコインロッカーに預けて、手ぶらになるタイプだな」

聞いて損をした。

頭の中に重蔵さんの言葉が蘇る。

「六十年前の呪いだ」

そのとおりだ。事実を話さなかったことが、呪いに化けて戻ってきたのだ。

奇科学島が、夕日を背に見えてきた。惨劇などなかったかのように美しい姿を見せている。

「少しは役に立ったさ」

アンコウがぼそりと言った。波の音に負けそうなほどの小さな声だ。

そんな気がする。そう小さく呟けるくらいだったのなら、落ち込む必要はないのだ。

連絡船の汽笛が大きく響き、奇科学島に接岸の合図を送った。

書き下ろしおまけ漫画

『Q.E.D.』『C.M.B.』『捕まえたもん勝ち！』がコラボ！

凶器がいろいろ見つかった
鏡とテグス発見！
ここはまるで
作者の頭の中だ
道具は揃ってるけどトリックがまだできてないってことね！
ミシーッ

本書は、二〇一九年二月に講談社ノベルスより刊行されました。

|著者|加藤元浩　1966年、滋賀県生まれ。1997年から「マガジンGREAT」で『Q.E.D.―証明終了―』を、並行して2005年から「月刊少年マガジン」で『C.M.B.森羅博物館の事件目録』を連載。2015年４月発売「マガジンR」１号より『Q.E.D.iff―証明終了―』連載開始。2009年、第33回講談社漫画賞少年部門を受賞！　本書はミステリ漫画界の鬼才による記念すべき初の小説シリーズ第３作。シリーズ既刊として『捕まえたもん勝ち！　七夕菊乃の捜査報告書』『量子人間《クオンタムマン》からの手紙　捕まえたもん勝ち！』（ともに講談社文庫）がある。

奇科学島《きかがくじま》の記憶《きおく》　捕《つか》まえたもん勝《が》ち！

加藤元浩《かとうもとひろ》

講談社文庫

定価はカバーに
表示してあります

2021年２月16日第１刷発行

発行者――渡瀬昌彦
発行所――株式会社　講談社
東京都文京区音羽2-12-21　〒112-8001
電話　出版　(03) 5395-3510
　　　販売　(03) 5395-5817
　　　業務　(03) 5395-3615

Printed in Japan

デザイン―菊地信義
本文データ制作―講談社デジタル製作
印刷―――豊国印刷株式会社
製本―――加藤製本株式会社

ISBN978-4-06-521944-7

講談社文庫刊行の辞

二十一世紀の到来を目睫に望みながら、われわれはいま、人類史上かつて例を見ない巨大な転換期をむかえようとしている。

世界も、日本も、激動の予兆に対する期待とおののきを内に蔵して、未知の時代に歩み入ろうとしている。このときにあたり、創業の人野間清治の「ナショナル・エデュケイター」への志を現代に甦らせようと意図して、われわれはここに古今の文芸作品はいうまでもなく、ひろく人文・社会・自然の諸科学から東西の名著を網羅する、新しい綜合文庫の発刊を決意した。

激動の転換期はまた断絶の時代である。われわれは戦後二十五年間の出版文化のありかたへの深い反省をこめて、この断絶の時代にあえて人間的な持続を求めようとする。いたずらに浮薄な商業主義のあだ花を追い求めることなく、長期にわたって良書に生命をあたえようとつとめるところにしか、今後の出版文化の真の繁栄はあり得ないと信じるからである。

同時にわれわれはこの綜合文庫の刊行を通じて、人文・社会・自然の諸科学が、結局人間の学にほかならないことを立証しようと願っている。かつて知識とは、「汝自身を知る」ことにつきていた。現代社会の瑣末な情報の氾濫のなかから、力強い知識の源泉を掘り起し、技術文明のただなかに、生きた人間の姿を復活させること。それこそわれわれの切なる希求である。

われわれは権威に盲従せず、俗流に媚びることなく、渾然一体となって日本の「草の根」をかたちづくる若く新しい世代の人々に、心をこめてこの新しい綜合文庫をおくり届けたい。それは知識の泉であるとともに感受性のふるさとであり、もっとも有機的に組織され、社会に開かれた万人のための大学をめざしている。大方の支援と協力を衷心より切望してやまない。

一九七一年七月

野間省一

講談社文庫 最新刊

岡本さとる
質屋の娘
〈駕籠屋春秋 新三と太十〉
色事師に囚われた娘を救い出せ！ 江戸で評判の駕籠《かご》舁《か》き二人に思わぬ依頼が舞い込んだ。

風野真知雄
潜入 味見方同心㈢
〈五右衛門の鍋〉
大泥棒だらけの宴《うたげ》に供される五右衛門鍋。魚之進が鍋から導き出した驚天動地の悪事とは？

真保裕一
天使の報酬
〈外交官シリーズ〉
女子大学生失踪の背後にコロナウイルスの影。型破り外交官・黒田康作が事件の真相に迫る。

西村京太郎
仙台駅殺人事件
ホームに佇んでいた高級クラブの女性が姿を消した。十津川警部は入り組んだ謎を解く！

夏原エキジ
Cocoon 3
〈幽世の祈り〉
鬼と化しても捨てられなかった、愛。コミカライズ決定、人気和風ファンタジー第3弾！

青柳碧人
霊視刑事夕雨子《ゆうこ》2
〈雨空の鎮魂歌《レクイエム》〉
あなたの声を聞かせて――報われぬ霊の未練を晴らす「癒し×捜査」のミステリー！

伊兼源太郎
巨悪
この国には、震災を食い物にする奴らがいる。東京地検特捜部を描く、迫真のミステリー！

上田岳弘
ニムロッド
仮想通貨を採掘するサトシ・ナカモトを巡る心地よい倦怠と虚無の物語。芥川賞受賞作。

神楽坂 淳
帰蝶さまがヤバい 2
織田信長と妻・帰蝶《きちょう》による夫婦《めおと》の天下取りのゆくえは？ まったく新しい恋愛歴史小説！

西尾維新
人類最強の純愛
人類最強の請負人・哀川潤《あいかわじゅん》は、天才心理学者・軸本《じくもと》みよりと深海へ！ 最強シリーズ第二弾。

講談社文芸文庫

庄野潤三
世をへだてて
突然襲った脳内出血で、作家は生死をさまよう。病を経て知る生きるよろこびを明るくユーモラスに描く、著者の転換期を示す闘病記。生誕100年記念刊行。

解説=島田潤一郎　年譜=助川徳是

978-4-06-522320-8
しA16

庄野潤三
庭の山の木
家庭でのできごと、世相への思い、愛する文学作品、敬慕する作家たち――著者のやわらかな視点、ゆるぎない文学観が浮かび上がる、充実期に書かれた随筆集。

解説=中島京子　年譜=助川徳是

978-4-06-518659-6
しA15

講談社文庫　目録

川瀬七緒　フォークロアの鍵
風野真知雄　隠密　味見方同心(一)〈くじらの姿焼き騒動〉
風野真知雄　隠密　味見方同心(二)〈干し卵不思議味〉
風野真知雄　隠密　味見方同心(三)〈幸せの小福餅〉
風野真知雄　隠密　味見方同心(四)〈恐怖の流しそうめん〉
風野真知雄　隠密　味見方同心(五)〈フグの毒鍋〉
風野真知雄　隠密　味見方同心(六)〈鵺《ぬえ》の闇鍋〉
風野真知雄　隠密　味見方同心(七)〈絵巻寿司〉
風野真知雄　隠密　味見方同心(八)〈ふふふの麩〉
風野真知雄　隠密　味見方同心(九)〈殿さま漬け〉
風野真知雄　潜入　味見方同心(一)〈恋のぬるぬる膳〉
風野真知雄　潜入　味見方同心(二)〈陰膳だらけの宴《うたげ》〉
風野真知雄　昭和探偵1
風野真知雄　昭和探偵2
風野真知雄　昭和探偵3
風野真知雄　昭和探偵4
カレー沢　薫　負ける技術
カレー沢　薫　もっと負ける技術〈カレー沢薫の日常と退廃〉
カレー沢　薫　非リア王

神楽坂　淳　うちの旦那が甘ちゃんで
神楽坂　淳　うちの旦那が甘ちゃんで2
神楽坂　淳　うちの旦那が甘ちゃんで3
神楽坂　淳　うちの旦那が甘ちゃんで4
神楽坂　淳　うちの旦那が甘ちゃんで5
神楽坂　淳　うちの旦那が甘ちゃんで6
神楽坂　淳　うちの旦那が甘ちゃんで7
神楽坂　淳　うちの旦那が甘ちゃんで8
神楽坂　淳　うちの旦那が甘ちゃんで9
加藤元浩　捕まえたもん勝ち！〈七夕菊乃の捜査報告書〉
加藤元浩　量子人間《クォンタムマン》からの手紙〈捕まえたもん勝ち！〉
梶永正史　銃の啼《な》き声〈潔癖刑事・田島慎吾〉
梶永正史　潔癖刑事　仮面の哄笑《こうしょう》
川内有緒　晴れたら空に骨まいて
神永　学　悪魔と呼ばれた男
岸本英夫　死を見つめる心〈ガンとたたかった十年間〉
北方謙三　汚名の広場
北方謙三　試みの地平線〈伝説復活編〉
北方謙三　抱影

菊地秀行　魔界医師メフィスト〈怪屋敷〉
桐野夏生　新装版　顔に降りかかる雨
桐野夏生　新装版　天使に見捨てられた夜
桐野夏生　新装版　ローズガーデン
桐野夏生　OUT(上)(下)
桐野夏生　ダーク(上)(下)
桐野夏生　猿の見る夢
京極夏彦　文庫版　姑獲鳥《うぶめ》の夏
京極夏彦　文庫版　魍魎《もうりょう》の匣《はこ》
京極夏彦　文庫版　狂骨《きょうこつ》の夢《ゆめ》
京極夏彦　文庫版　鉄鼠《てっそ》の檻《おり》
京極夏彦　文庫版　絡新婦《じょろうぐも》の理《ことわり》
京極夏彦　文庫版　塗仏《ぬりぼとけ》の宴《うたげ》―宴の支度
京極夏彦　文庫版　塗仏の宴―宴の始末
京極夏彦　文庫版　百鬼夜行―陰
京極夏彦　文庫版　百器徒然袋―雨
京極夏彦　文庫版　百器徒然袋―風
京極夏彦　文庫版　今昔続百鬼―雲
京極夏彦　文庫版　陰摩羅鬼《おんもらき》の瑕《きず》

講談社文庫　目録

倉知　淳　新装版 星降り山荘の殺人
倉知　淳　シュークリーム・パニック
熊谷達也　浜の甚兵衛
倉阪鬼一郎　大江戸秘脚便
倉阪鬼一郎　娘飛脚を救え〈大江戸秘脚便〉
倉阪鬼一郎　開運十社巡り〈大江戸秘脚便〉
倉阪鬼一郎　決戦、武甲山〈大江戸秘脚便〉
倉阪鬼一郎　八丁堀の忍
倉阪鬼一郎　八丁堀の忍(二)〈大川端の死闘〉
倉阪鬼一郎　八丁堀の忍(三)〈遥かなる故郷〉
倉阪鬼一郎　八丁堀の忍(四)〈隻腕の抜け忍〉
黒木　渚　壁の鹿
黒木　渚　本性
栗山圭介　居酒屋ふじ
栗山圭介　国士舘物語
久坂部　羊　祝葬
黒澤いづみ　人間に向いてない
決戦！シリーズ　決戦！関ヶ原
決戦！シリーズ　決戦！大坂城
決戦！シリーズ　決戦！本能寺
決戦！シリーズ　決戦！川中島
決戦！シリーズ　決戦！桶狭間
決戦！シリーズ　決戦！関ヶ原2
決戦！シリーズ　決戦！新選組
小峰　元　アルキメデスは手を汚さない
今野　敏　ST 警視庁科学特捜班 エピソード1〈新装版〉
今野　敏　ST 警視庁科学特捜班 毒物殺人〈新装版〉
今野　敏　ST 警視庁科学特捜班〈黒いモスクワ〉
今野　敏　ST 警視庁科学特捜班〈青の調査ファイル〉
今野　敏　ST 警視庁科学特捜班〈赤の調査ファイル〉
今野　敏　ST 警視庁科学特捜班〈黄の調査ファイル〉
今野　敏　ST 警視庁科学特捜班〈緑の調査ファイル〉
今野　敏　ST 警視庁科学特捜班〈黒の調査ファイル〉
今野　敏　ST 為朝伝説殺人ファイル〈警視庁科学特捜班〉
今野　敏　ST 桃太郎伝説殺人ファイル〈警視庁科学特捜班〉
今野　敏　ST 沖ノ島伝説殺人ファイル〈警視庁科学特捜班〉
今野　敏　ST 化合 エピソード0〈警視庁科学特捜班〉
今野　敏　ST プロフェッション〈警視庁科学特捜班〉
今野　敏　特殊防諜班 諜報潜入
今野　敏　特殊防諜班 聖域炎上
今野　敏　特殊防諜班 最終特命
今野　敏　茶室殺人伝説
今野　敏　奏者水滸伝 白の暗殺教団
今野　敏　同期
今野　敏　欠落
今野　敏　変幻
今野　敏　警視庁FC
今野　敏　継続捜査ゼミ
今野　敏　蓬莱〈新装版〉
今野　敏　イコン〈新装版〉
後藤正治　天人〈深代惇郎と新聞の時代〉
幸田　文　崩れ
幸田　文　台所のおと
幸田　文　季節のかたみ
小池真理子　冬の伽藍
小池真理子　夏の吐息
小池真理子　千日のマリア

講談社文庫　目録

講談社文庫　目録

こだま　夫のちんぽが入らない
こだま　ここは、おしまいの地
講談社校閲部　〈熟練校閲者が教える〉間違えやすい日本語実例集
佐藤さとる　〈コロボックル物語①〉だれも知らない小さな国
佐藤さとる　〈コロボックル物語②〉豆つぶほどの小さないぬ
佐藤さとる　〈コロボックル物語③〉星からおちた小さなひと
佐藤さとる　〈コロボックル物語④〉ふしぎな目をした男の子
佐藤さとる　〈コロボックル物語⑤〉小さな国のつづきの話
佐藤さとる　〈コロボックル物語⑥〉コロボックルむかしむかし
佐藤さとる　天狗童子
佐藤さとる／絵／村上勉　わんぱく天国
佐藤愛子　新装版 戦いすんで日が暮れて
佐木隆三　慟哭〈小説・林郁夫裁判〉
佐木隆三　身分帳
佐高信　石原莞爾 その虚飾
佐高信　わたしを変えた百冊の本
佐高信　新装版 逆命利君
佐藤雅美　恵比寿屋喜兵衛手控え
佐藤雅美　隼小僧異聞〈物書同心居眠り紋蔵〉
佐藤雅美　密約〈物書同心居眠り紋蔵〉
佐藤雅美　老博奕打ち〈物書同心居眠り紋蔵〉
佐藤雅美　向井帯刀の発心〈物書同心居眠り紋蔵〉
佐藤雅美　一心斎不覚の筆禍〈物書同心居眠り紋蔵〉
佐藤雅美　魔物が棲む町〈物書同心居眠り紋蔵〉
佐藤雅美　ちよの負けん気、実の父親〈物書同心居眠り紋蔵〉
佐藤雅美　へこたれない人〈物書同心居眠り紋蔵〉
佐藤雅美　わけあり師匠事《こと》の顚末〈物書同心居眠り紋蔵〉
佐藤雅美　御奉行の頭の火照《ほて》り〈物書同心居眠り紋蔵〉
佐藤雅美　江戸繁昌記〈寺門静軒無聊伝〉
佐藤雅美　青雲遙かに〈大内俊助の生涯〉
佐藤雅美　悪足搔《あが》きの跡始末 厄介弥三郎
酒井順子　負け犬の遠吠え
酒井順子　金閣寺の燃やし方
酒井順子　気付くのが遅すぎて、
酒井順子　朝からスキャンダル
酒井順子　忘れる女、忘れられる女
佐野洋子　嘘ばっか〈新釈・世界おとぎ話〉
佐野洋子　コッコロから
佐川芳枝　寿司屋のかみさん サヨナラ大将
笹生陽子　ぼくらのサイテーの夏
笹生陽子　きのう、火星に行った。
笹生陽子　世界がぼくを笑っても
沢木耕太郎　一号線を北上せよ〈ヴェトナム街道編〉
沢村凜　タソガレ
佐藤多佳子　一瞬の風になれ 全三巻
笹本稜平　駐在刑事
笹本稜平　駐在刑事 尾根を渡る風
佐藤あつ子　昭《あき》 田中角栄と生きた女
西條奈加　世直し小町りんりん
西條奈加　まるまるの毬《いが》
佐伯チズ　改訂完全版 佐伯チズ式「完全美肌バイブル」〈123の肌悩みにズバリ回答!〉
斎藤洋　ルドルフとイッパイアッテナ
斎藤洋　ルドルフともだちひとりだち
佐々木裕一　若返り同心 如月源十郎〈不思議な飴玉〉
佐々木裕一　若返り同心 如月源十郎〈闇の顔〉
佐々木裕一　公家武者 信平《のぶひら》〈消えた狐丸〉
佐々木裕一　逃げた名馬〈公家武者 信平(二)〉

2020年12月15日現在